破碎与梦想

至暗之光里的五代十国（上）

花竹散人 著

長江出版傳媒
长江文艺出版社

图书在版编目（CIP）数据

破碎与梦想 ：至暗之光里的五代十国 ：全二册 /
花竹散人著. -- 武汉 ：长江文艺出版社，2023.10
ISBN 978-7-5702-3181-2

Ⅰ. ①破… Ⅱ. ①花… Ⅲ. ①长篇历史小说－中国－
当代 Ⅳ. ①I247.5

中国国家版本馆 CIP 数据核字(2023)第 115127 号

破碎与梦想 ：至暗之光里的五代十国 ：全二册
POSUI YU MENGXIANG : ZHI'AN ZHI GUANG LI DE WUDAI SHIGUO :
QUAN ER CE

责任编辑：马菱药　　　　责任校对：毛季慧
封面设计：王媚设计工作室　　　　责任印制：邱　莉　胡丽平

出版：長江出版傳媒 | 长江文艺出版社
地址：武汉市雄楚大街 268 号　　　　邮编：430070
发行：长江文艺出版社
http://www.cjlap.com
印刷：湖北新华印务有限公司

开本：730 毫米×1040 毫米　　1/16　　印张：40.25
版次：2023 年 10 月第 1 版　　　　2023 年 10 月第 1 次印刷
字数：574 千字

定价：98.00 元（全二册）

序

破碎和重造

江南
著名作家，代表作《龙族》《九州缥缈录》

花竹散人先生叮嘱我为他的新作写序，这或许是我为朋友所写的序言中最难着笔的一篇。因为我知道花竹散人是个很沉浸于历史研究的人，他写历史并非要做些洋洋洒洒浮光掠影的事，不是醉后淋漓的几笔墨迹，而是要写他自己研究历史的心得；而我却是个在历史方面懂得很片面、很驳杂的人，不够深入，因此也无从谈起自己的史观；而花竹散人所写的五代十国，又是中国历史上最变动的时代之一，是我用尽笔力也难以临摹的。

以我粗浅的历史知识而言，在大唐的余晖之下，五代十国显得晦暗得多。然则无数英雄横行于这个时代，他们与战争和饥馑为伴，接受人性的考验，用野心和希望支撑起自己的意志。从“飞虎子”李克用到“儿皇帝”石敬瑭，从“陌上花开，可缓缓归矣”的钱镠到“问君能有几多愁，恰似一江春水向东流”的李煜，他们的光辉照亮了那个时代，如同荒原上的烛光和月晦之夜里的繁星——那是个英雄和文人辈出的时代。

然则危机和死亡也紧随着他们。皇权不再如天日般昭昭，诸国来朝的盛景不复存在，中原王朝时刻面临着边境威胁。对每个掌权者来说，似乎再努努力都能够得到天；对于出身草莽的猛人来说，一朝名闻天下晋身权力阶层也不是遥不可及的梦想。是以很多人奋战拼搏，人性中的贪婪与弱点也因此暴露出来。令人悲哀的是，战争和权力斗争似乎永远都是人类历史的重要母题，巨龙从云端上坠落之后，人类就在巨龙的尸体上继续搏杀；而“明朝散发弄扁舟”的文人放逸，反倒像是违背历史规律的异类。想到以前曾经读李后主和小周皇后的故事，说这对夫妇虔心事佛，亲手为寺庙里的高僧制作厕筹，打磨完毕之后还要以自己的面颊来试以确保没有毛刺。最后这种富贵小夫妻的生活终究也因宋王朝的强势崛起而终结。赵匡胤又何尝不是五代十国所蕴含的某种精神的真正继承者和集大成者呢？

我觉得五代十国有三国的影子，透着朝生暮死的迷惑和悲伤。

要想提纲挈领地记述那个时代的风貌并非易事，它很像是从很多部电影里剪辑出来的一部哀歌，哪怕英雄也只能在历史上留下少数几个令人热血沸腾的瞬间，旋即便被时代淹没。关于这个时代的出版物也是我在图书市场中所见较少的。花竹散人先生经过长达十余年的研究，着笔写了这部《破碎与梦想：至暗之光里的五代十国》，这部书的时间跨度很大，以纪传体和编年体结合的方式写来，覆盖的人物极多，归根结底是以人物去推动叙事，以点亮繁星的方式来描绘那个晦暗的时代，思维的深度也伴随着时间线的推进渐渐加深。花竹散人先生在书中展现了广博的阅读量，用平实的语言娓娓道来，阅读起来颇具回味。唯其信息量巨大，读者可能要反复阅读才能抓住其中隐藏的思考，是那种拿起书打开书都很容易，但读完书放下书不容易的作品。

我与花竹散人先生在生活中相识，知道他在工作中是资深的专家，在钱币方面是爱好者和收藏家，如今他手握老笔，临写清壮，其中热情令人感佩。

祝愿这部书能为读者打开一扇走进五代十国的门，也祝愿花竹散人先生在笔耕之路上越走越远，竹杖芒鞋轻胜马，求索天地任己心。

多年之后，我们再度回望那个破碎的时代，回望岁月安好的今下，既感慨于那个时代的壮美，也感慨于中国人重塑自己精神的顽强。

2023年9月

自序

那是一个至暗的时代，但至暗中的一点微光，便显得愈加明亮；那是一个破碎的时代，但在战火纷飞、尸横遍野中，却始终孕育着倔强而顽强的希望。

“五代”，又称“五代十国”，是在强盛的唐朝灭亡之后，一段从大分裂重新走向大一统的气势恢宏的历史时期。所谓“五代”，指后梁、后唐、后晋、后汉、后周五个中原王朝；所谓“十国”，是指建立在南方的吴、南唐、吴越、楚、闽、南汉、南平、前蜀、后蜀等九个政权，再加上割据于今山西省的北汉。

对五代历史的兴趣，源于杜文玉先生的《夜宴》一书。杜文玉先生为学界泰斗，却在学术研究之余，将五代那段“人们未必耳熟能详的故事”用通俗的语言娓娓道来，令人仿佛置身其中，欲罢不能。五代十国，金戈铁马，风云变幻，其精彩程度不逊三国，逸闻趣事、草莽英雄俯拾皆是。

五代十国的君主们，出身大多低微。梁太祖朱温，原来是一个给地主家放猪的牧童；南吴太祖杨行密，本是盐贩出身；南唐烈祖李昪，年幼漂泊流浪，甚至不知其生父为谁；楚国开国国君马殷，早年以木匠为业；前蜀高祖王建，年轻时是个无赖之徒，以杀牛、偷驴、贩卖私盐为业，被乡人称为“贼王八”。这些人出身微贱，而终成大业，颇值得我们研究与思考。

五代乱世，纷纭复杂。鄙人只是一名历史业余爱好者，随笔漫谈，聊做谈资。如有疏误，还请诸位老师和同好不吝赐教。那么，就让我们一起回望那个距离我们不算遥远的时代，听听那些或让人血脉涌动，或让人扼腕叹息，而又未必人人耳熟能详的故事吧。

醉后乱语，是为序。

京城春雨洗新柳，
故国丁香笑枝头。
竹杖芒鞋轻胜马，
何必千里觅封侯。
红尘万丈谁看透，
人间百岁转瞬休。
花前竹下且饮酒，
明朝散发弄扁舟。

花竹散人

2020 年春于北京东直门

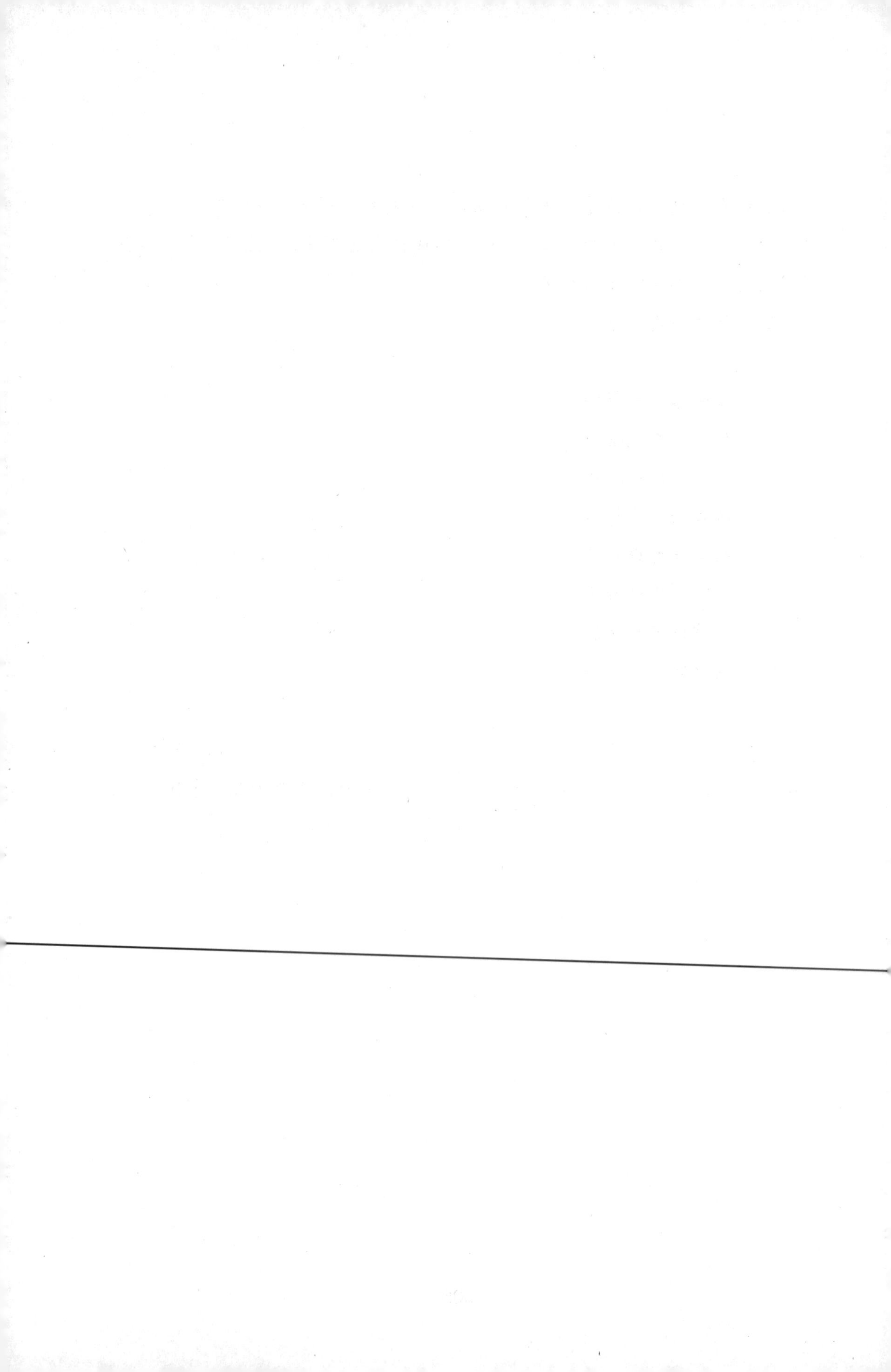

目录

第一章

前传

皇皇大唐，凡二百八十九年。隋末大乱，高祖李渊起于太原，扫灭群雄，一统海内。此后历经太宗贞观之治，二圣永徽之治，玄宗开元盛世，期间虽前有武后临朝，后有韦后、太平公主乱政，但都是宫廷政争，并未波及民间。百姓安居乐业，天下晏然。诗圣杜甫有诗云：“忆昔开元全盛日，小邑犹藏万家室。稻米流脂粟米白，公私仓廪俱丰实。”

但玄宗晚年承平日久，日益骄奢，宠爱杨贵妃，亲近李林甫、杨国忠等小人，罢黜贤相张九龄，重用安禄山，致有安史之乱。安史之乱以后，藩镇割据之势已成。后经肃宗、代宗、德宗、顺宗、宪宗、文宗、武宗、宣宗等朝，虽国事沉浮，但时有中兴之势，大唐犹有可为者。

直到传至懿宗，皇帝荒淫无道，官吏贪污成风，各地水旱蝗灾，百姓流离失所，农夫饿死沟渠。懿宗崩后，宦官又矫诏立僖宗。僖宗继位之时，年仅十二岁，不知国政为何物，每日游玩不息，宦官田令孜专权，百姓生无所赖。官逼民反，王仙芝起兵于长垣，黄巢响应。

广明元年（880 年），黄巢占长安，僖宗奔蜀，黄巢终于实现了他“满城尽带黄金甲”的夙愿。黄巢覆灭之后，大唐根基已摇，藩镇跋扈，各专租税。此后内乱迭起，光启四年（888 年），僖宗驾崩，年仅二十七岁，昭宗继位。大唐如同一位风烛残年的老人，中华历史渐渐进入残唐五代时节。

唐昭宗天祐四年（907 年），朱温接受唐的禅让（实则是抢来的皇位，不过谁家皇位不是抢的呢），定都汴梁（今开封），改元开平，国号梁，史称后梁。唐虽亡于 907 年，但事实上，从三年前天祐元年（904 年）的那个秋夜开始，大唐就已经名存实亡了。

第一节

三年前的那个夜晚

洛阳城的风儿在轻轻地吹，炎热的夏季渐渐远去，正是一个爽适的夜晚。晴朗的夜空上散落着颗颗晚星，星星们眨着眼，仿佛要说话似的。皇城内椒殿院的烛火忽明忽暗，传来微微的鼾声。大唐天子昭宗皇帝刚喝了点闷酒，已经沉沉睡去。沉静的夜空中，传来两声梆子响，已经是二更天了。突然宫外传来一片吵嚷声，宣武军节度使朱温的两名部将蒋玄晖和史太带着一百多名士兵来到宫门外，声言军前有要事上奏，欲面见皇帝。宫门道道开启，蒋玄晖在每门留下 10 名士兵把守，直接闯至皇后寝宫椒殿院。昭宗的妃子河东夫人裴贞一起身开门，就见蒋玄晖带着一众士兵，慨然问道："急奏何以兵为？"蒋玄晖默不作声，史太一急，抓住河东夫人，手起刀落，河东夫人顿时倒在血泊之中。

叛军杀死河东夫人后，一拥而入闯至院内。昭宗皇帝正在沉睡，听到殿外人声嘈杂，一惊而起。蒋玄晖大声喝问：“至尊安在？”昭仪李渐荣（正二品昭仪李渐荣，由于唐末政治动荡，宫档缺失，身世已无从查考）在窗前大呼道：“宁杀我曹，勿伤大家（古时称皇帝为大家）！”

史太瞥见皇帝躲在柱后，二话不说，提刀向皇帝追去。皇帝刚刚酒醒，只得穿着单衣绕殿柱四处躲藏，由于太过惊慌，一不小心跌倒在地。史太几大步追上，举刀猛地砍下，不想这时，昭仪李渐荣大喊一声，覆在皇帝身上，用自己娇柔的身躯替皇帝挡了这一刀。史太紧接着又是一刀下去，正砍在皇帝身上。昭仪李渐荣与昭宗皇帝相拥而亡。

在这刀光剑影之中，裴贞一、李渐荣用生命向世人讲述了什么叫忠贞不贰、宁死不屈，同时却也有另一个人，她活了下来，告诉我们什么叫苟且偷生，她就是昭宗皇帝的正妻何皇后。

第二节

何皇后

昭宗皇后何氏，东蜀人。在昭宗还是寿王的时候，就嫁给了昭宗。她婉丽多智，为昭宗生下德王、辉王两个儿子。昭宗即位，她被册立为淑妃。乾宁年间，在华州被册立为皇后。在昭宗皇帝蒙尘薄狩、颠沛流离的时候，她尝膳御侮，不离左右。昭宗遇弑之后，宰相柳璨、独孤损诈宣皇后令："帝为宫人害，辉王祚宜升帝位。"于是她又被尊为皇太后。皇室频遭变故，何皇后却只能在宫中哭泣，不敢声闻于外。

对于何皇后，有一点是肯定的，那就是在昭宗皇帝与河东夫人裴贞一、昭仪李渐荣遇难的那个夜晚，她活了下来。而有一点是不好确认的，那就是她活下来的原因。

这段公案，有三种猜测。

猜测一：

因为朱温只令蒋玄晖弑杀昭宗，并未命令杀何皇后，而何皇后又乞命于蒋玄晖，蒋玄晖动了恻隐之心，因此皇后得以免死。《资治通鉴》的记载较为客观：“（史太）又欲杀何后，后求哀于玄晖，乃释之。”胡三省评论说：“何后祈生于蒋玄晖而卒以玄晖死，屈节以苟岁月之生，岂若以身殉昭宗之不失节也！”

猜测二：

另外一种说法比较八卦，说的是何皇后见到皇帝被杀后，跪倒在蒋玄晖脚下苦苦哀求饶命，并表示愿意以身相奉。蒋玄晖淫念大动，于是饶何皇后不死。这种说法比较刺激，但是不大合乎情理。试想当时除了蒋玄晖之外，还有史太及一帮士兵在场，蒋玄晖是不大可能在这种情况下搞什么桃色事件的。而且何皇后与昭宗皇帝感情颇深，“尝膳御侮，不离左右”，在皇帝和嫔妃被杀的情况下，出于求生的本能求饶企命是可能的，但是不至于“以身相奉”。这种说法主要源于《旧唐书》关于何皇后的记载：“宣徽副使赵殷衡素与张、蒋不协，且欲代（蒋玄晖）知枢密事，因使于梁，诬告云：‘玄晖私于何太后，相与盟诅，誓复唐室，不欲王受九锡。’全忠大怒，即日遣使至洛阳，诛玄晖、廷范、柳璨等，太后亦被害于积善宫，又杀宫人阿秋、阿虔，仍废太后为庶人。”也就是说，赵殷衡是为了得到蒋玄晖枢密使的位置，向朱温诬告蒋玄晖与何太后私通，于是朱温派人杀掉了何太后与蒋玄晖。既然是诬告，实际上当无此事。

猜测三：

蒋玄晖实乃大唐忠臣。这种说法好像惊世骇俗，实际上来源于近现代史学大家吕思勉，他与钱穆、陈垣、陈寅恪并称为“现代中国四大史学家”。

他在著作《隋唐五代史》中认为，蒋玄晖效忠唐室，当时并未参与弑逆之谋，只是当时官居枢密使，龙武军入宫而不能拒，所以人们大多认为蒋玄晖参与了谋逆之事，并且史太等人皆是蒋玄晖选用。吕先生认为蒋玄晖参与弑杀昭宗不实，而其救何皇后则为真，所以后来才与何皇后一同谋划复兴大唐；抑或蒋玄晖之前早就与唐室有密谋，所以何皇后才哀求于玄晖；抑或何皇后并未曾向玄晖哀求，而是玄晖特意保全何皇后以为后图也。所以蒋玄晖乃“一时之忠臣义士”，亦可见昭宗之能得人心。

不管怎样，斯人已逝，一了百了，生前功过都将随风逝去，成为后人的谈资罢了。读史书，仁者见仁，智者见智，读者也会有自己的思考吧。

第三节

昭宗皇帝血泪史

唐昭宗简历

姓　　名　李　晔
曾 用 名　李　杰　李　敏
父　　亲　唐懿宗李漼
母　　亲　恭宪皇太后王氏
出生时间　唐咸通八年（867 年）
属　　相　猪
配　　偶　皇后何氏
子　　女　17 子 11 女

去世时间　唐天祐元年（904 年）
享　　年　38 岁
在　　位　16 年
爱　　好　读书　音乐　写诗　骑马
梦　　想　复兴大唐
履　　历　6 岁封为寿王（是不是眼熟？杨贵妃的前夫也封寿王）
22~37 岁为唐朝皇帝

历史评价：

《新唐书》卷十："自古亡国，未必皆愚庸暴虐之君也。其祸乱之来有渐积，及其大势已去，适丁斯时，故虽有智勇，有不能为者矣。可谓真不幸也，昭宗是已。昭宗为人明隽，初亦有志于兴复，而外患已成，内无贤佐，颇亦慨然思得非常之材，而用匪其人，徒以益乱。自唐之亡也，其遗毒余酷，更五代五十余年，至于天下分裂，大坏极乱而后止。迹其祸乱，其渐积岂一朝一夕哉！"

1. 青年昭宗

唐昭宗李晔为唐僖宗之弟，唐懿宗第七子。咸通八年（867 年）生于大明宫，母亲王氏出身低微，而且在他出生后不久母亲便去世了。六岁封为寿王，赐名为李杰，长期住在十六宅（十六宅源于唐玄宗时期，玄宗在长安建十六宅，以供诸王聚居）内。

少年时期的李晔喜欢读书，在文学、音乐方面都有比较高的造诣。当时的皇帝唐僖宗经常到十六宅与兄弟们一起玩乐，平易近人，没有一点儿皇帝的架子，兄弟之间相处甚欢。可以想见，昭宗的童年和少年时代应该是幸福快乐的。

而且李晔写得一手好诗词。其中有一首《巫山一段云》，摘录如下：

蝶舞梨园雪，莺啼柳带烟。小池残日艳阳天，苎萝[1]山又山。 青鸟不来愁绝，忍看鸳鸯双结。春风一等少年心，闲情恨不禁。

从唐昭宗的大作里是否能感受到多情种子李后主的韵味呢？看来亡国之君的性情和心境大多是相同的。唐昭宗不仅诗歌写得好，还能谱曲。史籍中这方面记载颇多，有时还能与臣下谱曲同乐。

昭宗不仅颇有文艺青年的才华，而且他在即位前曾饱经颠沛流离之苦。在黄巢起义中与僖宗一起逃往西蜀，对乱世艰难有比较深刻的认识。为此他对骑射也颇有兴趣，而且射箭技能颇佳，曾经一箭射下一只秃鹫。因此，称昭宗能文能武也并非夸大其词。

2. 昭宗即位

人的命运真的有许多偶然因素，昭宗即位亦是如此。昭宗之兄僖宗死时并未留下遗诏确定继承人。僖宗虽然也有二子，但皆年幼，朝臣和宦官不约而同地倾向于拥立长君。而在懿宗诸子中，僖宗排行老五，吉王李保老六，寿王李杰（即李晔）老七。朝臣们都认为吉王李保贤德，年纪也较长，因此朝臣倾向于拥立吉王。朝臣拥立吉王，宦官们一定要反其道而行之，否则就失去了“拥戴之功”。因此，宦官们偏偏要立寿王。

① 苎萝，山名。在浙江省诸暨市南，相传西施为此山鬻薪者之女。

文德元年（888年）三月五日，在僖宗弥留之际，大宦官杨复恭做主立寿王为皇太弟，监军国事。李杰改名为李敏。次日，僖宗驾崩。三月八日，皇太弟即位，即唐昭宗。文德二年（889年），唐昭宗举行祭天大典，于是改名为李晔。

3. 昭宗与宦官集团的斗争

昭宗在做王爷时，本来没有参与政治的想法，每日填词作诗，听曲观舞，逍遥自在。只是在僖宗奔蜀期间，由于缺乏人手，才掌管随侍禁卫。然而昭宗并非碌碌无为之辈，他喜欢读书，时常研读经史，对朝中乱象洞若观火，也深知宦官专权之弊。

大宦官杨复恭拥立昭宗以后，自以为功劳大，狂妄非常，专断朝政，毫无人臣之礼。杨复恭任枢密使时，居然在宰相的堂状后面贴黄，以皇帝自居。唐时宰相处理公文，有堂帖和堂案两种公文。“宰相盘四方之事有堂案，处分百司有堂帖”（《唐国史补》）。所谓“堂状”，是对上述两种公文的统称。宰相所处理的重要公事需要报皇帝裁决，皇帝在公文上贴黄纸，并写上裁决意见，类似于现在的领导批示，称为“贴黄”。杨复恭竟敢贴黄，直接威胁到皇帝权威，这是有志于兴复唐室的昭宗所无法容忍的。

杨复恭不仅专断朝政，而且还以六军十二卫观军容使的身份掌管禁军（唐朝后期宦官掌禁军已成定例，这也是宦官得以专权的主要原因）。杨复恭还收养大批假子（即干儿子，太监当然不会有“真子”），任命他们内任禁军将领，外任各地节度使，还将一些宦官派到各地担任监军使。杨复恭以假子杨守立为天威军使，杨守信为玉山军使，杨守贞为龙剑节度使，杨守忠为武定节度使，杨守厚为绵州刺史，其余假子为州刺史者甚众。传言杨复恭共有假子六百多人，号称“外宅郎君”。

而且杨复恭还与当时的强藩河东节度使李克用（五代中的后唐即由李克用之子建立）关系密切。

昭宗登基以来，志在恢复祖宗旧业，他厉行节约，注意纳谏，提倡儒学，重视对人才的选拔，故旧史称："帝攻书好文，尤重儒术，神气雄俊，有会昌之遗风。以先朝威武不振，国命浸微，而尊礼大臣，详延道术，意在恢张旧业，号令天下。即位之始，中外称之。"（《旧唐书•昭宗本纪》）

在昭宗希望恢复大唐皇室威严的同时，杨复恭却狂妄至极。他上朝时竟敢乘肩舆入宫，直至太极殿前方才下舆，这是严重的逾制行为。有一次昭宗与宰相谈到四方的反叛者，宰相孔纬说："陛下左右就有反叛者，何必言及四方呢？"昭宗自然会问是谁反叛。孔纬答曰："复恭陛下家奴，乃肩舆造前殿，多养壮士为假子，使典禁兵，或为方镇，非反为何？"杨复恭急忙说："子壮士，欲以收士心，卫国家，岂反邪？"昭宗反问杨复恭："卿欲卫国家，何不使姓李而姓杨乎？"问得杨复恭哑口无言。

到这时，昭宗与杨复恭的矛盾已经公开化了。

4. 计除大阉

昭宗的舅舅王瓌工作认真负责，在朝中颇具影响力，这引起了杨复恭的不满。杨复恭先是奏请将王瓌任命为黔南节度使，在王瓌赴任的路上，行至吉柏江时，暗中派人将其乘船弄沉，使王瓌死于非命（好像武侠小说里的情节，不禁令人想起金庸先生《射雕英雄传》里的黄河四鬼）。昭宗心中悲愤异常，但是由于杨复恭掌管禁军，又奈何他不得。

正在这时，昭宗心生一计，感觉昭宗似乎是受了三国时期王允利用吕布铲除董卓的连环计的启发。其实历史就是人间往事的不断循环重演，现实就是历史的种种再现，这也正是读史的现实意义所在！看来昭宗的书没有白读，熟读经史有文化就是好。

杨复恭的养子天威军使杨守立勇武过人，统领禁军。昭宗为了拉拢他，将杨守立召入宫中，厚加赏赐，赐姓李（赐国姓是一种殊荣），名顺节，命他随侍皇帝左右。不久，又任命李顺节为天武都头、领镇海军节度使，加同平章事，但是暂不莅任，并命他掌管六军。李顺节恩宠日隆，得意非常，便开始与杨复恭争权，并向昭宗告发杨复恭干的种种不法之事。昭宗此举一石二鸟，此消彼长，极大地削弱了杨复恭的势力。

大顺元年（890 年）四月，传来了一个令昭宗振奋的消息，实力强大的河东节度使李克用被朱温大败。昭宗对李克用没有好感，而且对李克用与杨复恭的关系非常反感。于是在朱温、李匡威、赫连铎等人的一再请求下，昭宗决定派宰相张睿率禁军五万，与这些藩镇联合进攻李克用。希望在击败李克用后，再回头收拾杨复恭。但是事与愿违，官兵不堪一击，短短几日便被李克用的沙陀铁骑打得落花流水。这在昭宗实在是一招昏棋，一方面削弱了朝廷的军事实力，另一方面降低了朝廷的威望。

5. 杨复恭的败亡

大顺二年（891 年）八月，昭宗下诏解除杨复恭的观军容使、神策中尉的官职，命其去凤翔监军。杨复恭不肯从命，要求致仕回家（也就是退休）。昭宗顺水推舟，马上同意，命杨复恭以上将军的名义致仕。为了防止杨复恭反悔，昭宗专程派人去其家中宣旨，并赐给几杖。但在使者回宫途中，杨复恭又派人将使者杀害（看来杨复恭很喜欢搞暗杀）。

这年十月，杨复恭闲居在家，其养子玉山军使杨守信经常到家中探望。杨守信经常往来于杨复恭家，很快被人发现，并向昭宗报告两人密谋造反。昭宗正要铲除杨复恭，一听此言，马上命令天威都头李顺节、神策军使李守节率领禁军攻打杨府。因为长安城中杨复恭党羽众多，为防不测，昭宗登上安喜楼，并派兵严加护卫。

杨复恭率家丁与禁军对抗，玉山军使杨守信也带兵参战，双方一时相持不下。直至次日凌晨，战斗仍在继续。守卫含光门的禁军看到城中大乱，想趁乱抢劫两市（长安有东市和西市两个市场）财物。宰相刘崇望斥责说："天子正在街东督战，你们作为宿卫之士，应杀贼立功，不要贪图小财，自取恶名！"这些士兵被忠义感召,应命赶赴杨府参战。杨守信部下见禁军兵力增加，自知不敌，溃散而逃。杨守信保护杨复恭杀出通化门，向兴元府逃去。兴元是山南西道的治所，山南西道节度使是杨复恭的从弟杨复光的养子杨守亮。杨复恭到达兴元后，指使杨守亮与其养子武定节度使杨守忠、龙剑节度使杨守贞、绵州刺史杨守厚以及杨守信等联兵造反。

杨复恭被逐出京后，天威都头李顺节难逃兔死狗烹的命运，被设计斩首。

大顺三年（892 年），昭宗大赦天下，改元景福。凤翔节度使李茂贞联合静难节度使王行瑜、镇国节度使韩建、同州王行约、秦州李茂庄等五节度使共同上表，请求皇帝下诏讨伐山南西道，并任命李茂贞为招讨使。李茂贞的真实目的是想扩充地盘，取得山南西道。

对于李茂贞的真实目的，昭宗了然于胸。李茂贞为凤翔节度使，地理位置离长安甚近，本就跋扈难制，如果让他取得山南西道，将对朝廷构成巨大威胁。因此，昭宗下诏和解，不准其进攻山南西道。李茂贞不从，擅自兴兵，昭宗无法约束，也只得授予他招讨使的头衔，这样李茂贞就师出有名了。

乾宁元年（894 年），在李茂贞、王行瑜等强大兵力的进攻下，杨复恭等屡战屡败，只得放弃山南，前往河东，想去投靠李克用。路经华州时，被韩建擒获。韩建不待朝命，当即处死杨复恭和杨守信，将杨守亮等人押送长安，被昭宗下诏处斩。

6. 李茂贞进攻京师

李茂贞，本名宋文通，深州博野（今属河北）人。早年为博野军人，唐僖宗年间博野军奉命宿卫京师，宋文通也逐渐提升为队长。后来在与黄巢军作战时立功，升任为神策军指挥使。后来认田令孜（田令孜是僖宗朝的大宦官）为义父，改名田彦宾。在僖宗出幸兴元时，护驾有功，被赐姓李，改名茂贞，并升任检校太保、同平章事、洋蓬壁等州节度使，后来又改任凤翔节度使，封陇西郡王。由此看来，李茂贞早年对唐朝廷立功颇多，唐朝廷也并未亏待他。

可是随着李茂贞地位不断升高，野心也逐渐膨胀，招兵买马，扩充军队。而且由于李茂贞是凤翔节度使，而凤翔离长安很近（现在从凤翔到西安开车大约 2 个多小时，172 公里），使他更加方便干预朝政。

李茂贞在击败并驱逐杨守亮后，攻占了山南地区，遂向昭宗请求兼领山南西道节度使。昭宗将计就计，当即下诏任命他为山南西道节度使兼武定节度使，同时命中书侍郎、同平章事徐彦若代替李茂贞为凤翔节度使，以图消除肘腋之患。

李茂贞原本没有放弃凤翔节度使的打算，他要求兼领山南西道节度使只是为了扩大地盘。因此，李茂贞接到诏书后勃然大怒，认为这都是宰相杜让能的主意，写信大骂杜让能。昭宗也不示弱，见李茂贞如此跋扈，竟敢辱骂当朝宰相，蔑视朝廷，遂商议讨伐李茂贞。这个消息很快被李茂贞知道了，于是直接上书昭宗，并在上书中讽刺挖苦昭宗。

《资治通鉴》记载，李茂贞恃功骄横，上表及遗杜让能书，言辞不逊。上怒，欲讨之，茂贞又上表，略曰："陛下贵为万乘，不能庇元舅之一身（指王瓌被害事）；尊及九州，不能戮复恭之一竖。"又曰："今朝廷但观强弱，不计是非。"又曰："军情易变，戎马难羁，唯虑甸服生灵，因兹受祸。未审乘舆播越，自此何之？"上益怒，决讨茂贞，命杜让能专掌其事，让能谏曰："陛下初临大宝，国步未夷，茂贞近在国门（凤翔东距长安仅二百八十里），臣愚以为未宜与之构怨，万一不克，悔之无及。"上曰："王室日卑，号令不出国门，此乃志士愤痛之秋。药弗瞑眩，厥疾弗瘳。朕不能甘心为孱懦之主，愔愔度日，坐视陵夷。卿但为朕调兵食，朕自委诸王用兵，成败不以责卿！"让能曰："陛下必欲行之，则中外大臣共宜协力以成圣志，不当独以任臣。"上曰："卿位居元辅，与朕同休戚，无宜避事！"让能泣曰："臣岂敢避事！况陛下所欲行者，宪宗之志也；顾时有所未可，势有所不能耳。但恐他日臣徒受晁错之诛，不能弭七国之祸也。敢不奉诏，以死继之！"上乃命让能留中书，计划调度，月余不归（杜让能月余不归私邸，可见勤谨忠国之心）。

昭宗忍无可忍，决心讨伐李茂贞。宰相杜让能认为朝廷的军事实力尚不足以对抗李茂贞的久战之兵，主张暂时忍让。加之凤翔距离京师太近，一旦兵败，后果不堪设想，苦劝昭宗不可意气用事。但是昭宗为了维护天子的尊严，已经下定决心讨伐李茂贞。昭宗任命覃王李嗣周为京西招讨使，率禁军三万与李茂贞开战。

景福二年（893 年）九月，李嗣周率三万禁军驻扎在长安城西八十里，李茂贞与静难军节度使王行瑜率兵六万布防。叛军不仅兵力超过禁军一倍，而且是久战之兵。而禁军皆为新招募的市井少年，战争尚未开始，结果已可预知。十七日，李茂贞向禁军发起进攻，尚未接仗，禁军即望风而逃。

李茂贞乘势兵临城下，上书要求昭宗处死杜让能。宰相杜让能对昭宗说："臣固先言之矣，请以臣为解。"昭宗涕下不自禁，曰："与卿诀矣！"昭宗无奈，先将杜让能贬为梧州刺史，后再贬为雷州司户。但是李茂贞仍然不依不饶，非要置杜让能于死地。在李茂贞的逼迫下，昭宗只得赐杜让能及其弟户部侍郎杜弘徽自尽，并任命李茂贞为凤翔节度使兼山南西道节度使、守中书令，这样李茂贞获得了凤翔、山南、洋、陇、秦等十五州之地，实力和地盘得到很大扩充。朝廷的威望一落千丈。

7. 昭宗出幸华州

乾宁二年（895 年），河中节度使王重盈死，王氏子弟开始争夺河中节度使之位。王重盈死后，三军拥戴王重荣之子行军司马王珂为节度留后，王重盈之子保义节度使王珙、绛州刺史王瑶举兵攻打王珂。其中，王珂获得了李克用的支持（王珂是李克用的女婿），而王珙获得了朱温的支持。

朝廷为了避免卷入这场纷争，任命朝臣崔胤为河中节度使。但是当李克用为王珂求情的表章到达长安后，昭宗又改任王珂为河中节度使。王珙见求助于朱温无效，便转而向距京师更近的李茂贞、王行瑜、韩建所在的三镇求助。三镇联合上表，请求让王珙任河中节度使。昭宗因为已经答应了李克用，不好朝令夕改，于是拒绝了他们的请求。

这三人对昭宗的怨气越来越大，于是率兵入京，图谋立吉王李保为帝。昭宗登上安福门，义正词严地责问道：“卿等不奏请俟报，辄称兵入京城，其志欲何为乎？若不能事朕，今日请避贤路！”

三人没想到昭宗如此镇定，一时间瞠目结舌，无言以对。王行瑜、李茂贞不能言，独韩建粗略地说了说入朝的事由。三人此行虽然没有达到逼迫昭宗退位的目的，但是却诛杀了他们一贯反感的宰相韦昭度、李溪以及枢密使吴承泌、康尚弼等人，并迫使昭宗任命王珙为河中节度使。

李克用闻讯大怒，率领兵马南下，上表声称要以胁迫朝廷、杀害大臣大罪讨伐李茂贞等三人。李茂贞等人大惧。

当时在长安的各派势力各怀鬼胎，右军指挥使李继鹏，是李茂贞假子，谋劫昭宗至凤翔；中尉刘景宣与王行实，欲劫昭宗至邠州。一日晚间，李茂贞与王行瑜留在长安的军队攻打皇宫，抢夺皇帝。昭宗闻乱，登承天楼，捧日都头李筠率领本军于楼前侍卫。李继鹏以凤翔兵攻打李筠，箭矢如蝗，甚至有的箭矢从昭宗身边擦过。众人扶昭宗下楼，李继鹏又纵火焚烧宫门，烟火蔽日。当时盐州有六都兵屯驻京师，昭宗急令入卫，盐州兵至，叛军退走，各归邠州及凤翔。长安城中一片混乱，互相剽掠。

为了不被劫持，昭宗在李筠、李居实两都禁军的护卫下出启夏门，向南山逃窜，宿于莎城镇。当时士民追从车驾者数十万人，等到达谷口，中暑而死者已有三分之一。到了夜晚，又有盗贼劫掠百姓，哭声震山谷。

此时，李克用已到达同州，昭宗派内侍郗廷昱到李克用军中宣诏，令李克用与王珂发兵新平讨伐王行瑜。此时李克用正在率兵攻打华州的韩建，韩建登城对李克用说："仆于李公未尝失礼，何为见攻？"李克用派使臣对他说："公为人臣，逼逐天子，公为有礼，孰为无礼者乎？"此时刚好内侍郗廷昱奉诏到来，说李茂贞、王行瑜准备劫夺昭宗，兵马将至，于是李克用释华州之围，移兵营于渭桥。

昭宗在南山躲了十多天，跟随车驾的百姓每天惶惶不可终日，一日数惊，都传言说李茂贞、王行瑜的兵马就要到了。昭宗遣延王李戒丕到李克用营中，催促李克用进兵。昭宗又派供奉官张承业到李克用处担任监军。请大家记住张承业这个名字，此后张承业尽心辅佐李克用父子，终成霸业。

于是，李克用一面派军队保护皇帝，一面进军攻打李茂贞、王行瑜。李茂贞知道自己不是李克用的对手，心中惧怕，于是归罪于假子李继鹏，将其斩首并传首行宫。又把责任全部推到王行瑜身上，一面上表请罪，一面遣使向李克用求和。昭宗见李茂贞屈服，同时也不希望李克用的势力发展过大，于是又派遣延王李戒丕、丹王李允诏谕李克用，赦免李茂贞，削夺王行瑜官爵，命令李克用全力攻打王行瑜。李克用上表请求昭宗还京。于是昭宗令李克用派遣三千骑兵防卫京师，起驾回到长安。

李克用大军势如破竹，王行瑜抵挡不住，逃入邠州城内，并且遣使向李克用请降，李克用不予理睬。王行瑜登城号哭，对李克用说："行瑜无罪，迫胁乘舆，皆李茂贞及李继鹏所为，请移兵问凤翔，行瑜愿束身归朝。"李克用说："王尚父（王行瑜赐号尚父，时已削夺，李克用在戏弄王行瑜）何恭之甚？仆受诏讨三贼臣，公预其一，束身归朝，非仆所得专也。”王行瑜无奈，只得弃城逃跑。李克用入邠州城后，封府库，抚百姓，并上奏请新任节度使苏文建赴镇。王行瑜逃到庆州时，被部下所杀，传首京师。李克用要求再接再厉，顺道将李茂贞、韩建灭掉。昭宗虽然痛恨二人，但是担心沙陀族势力过大（李克用是沙陀人），所以始终不同意对两镇用兵。

李克用因功晋爵为晋王，派遣掌书记李袭吉入朝谢恩。

李克用通过李袭吉对昭宗密奏道："比年以来，关辅不宁，乘此胜势，遂取凤翔，一劳永逸，时不可失。臣屯军渭北，专俟进止。"昭宗谋于近臣，有人说："茂贞覆灭，则沙陀大盛，朝廷危矣！"于是昭宗赐李克用诏书，褒其忠款，并说："不臣之状，行瑜为甚。自朕出幸以来，茂贞、韩建自知其罪，不忘国恩，职贡相继，且当休兵息民。"克用奉诏而止。既而私下对诏使说："观朝廷之意，似疑克用有异心也。然不去茂贞，关中无安宁之日。"此后朝廷又颁诏免李克用入朝，将佐有人不满道："今密迩阙廷，岂可不入见天子？"李克用犹豫未决，盖寓（李克用重臣，爵封成阳郡公）对李克用说："向者王行瑜辈纵兵狂悖，致銮舆播越，百姓奔散。今天子还未安席，人心尚危，大王若引兵渡渭，窃恐复惊骇都邑。人臣尽忠，在于勤王，不在入觐，愿熟图之！"李克用大笑说："盖寓尚不欲吾入朝，况天下之人乎？"于是上表称："臣总帅大军，不敢径入朝见，且惧部落士卒侵扰渭北居人。"于是，李克用引兵东归。表至京师，上下始安。诏赐河东士卒钱三十万缗。李克用既去，李茂贞骄横如故，河西州县多为李茂贞所据，以其将胡敬璋为河西节度使。

昭宗不准李克用入京觐见，李克用不愿留下胁迫皇帝的话柄，于是率兵返回河东。当初，李克用屯兵渭北，李茂贞、韩建惧怕，于是事朝廷之礼甚恭。李克用一走，李茂贞、韩建又恢复了往日的骄横之态。

这里不得不说是昭宗的重大失策，李克用有大功于朝廷，却不能对其推心置腹，百般猜疑。反之，李茂贞以下犯上，逼迫朝廷、屠杀大臣，却被轻轻赦免，如此赏罚不明，怎能成大事呢？此时即便不杀李茂贞与韩建，也应将他们逐离京师之地，怎么能继续让他们在左右掣肘呢？所以，后来李克用哀叹说："听我之言，岂有今日之患？"

昭宗回到长安后，感到之所以被强藩欺凌，都是由于禁军战斗力不足，于是重新组建禁军，于神策两军之外，又增设安圣、捧宸、保宁、宣化等军，招募数万人，并诸王率领。延王李戒丕、覃王李嗣周又自行招募数千人。对于朝廷加强军事力量的举动，李茂贞非常不安，认为这是在为讨伐自己做准备，于是扬言要入京申冤。京师士民争相逃匿于山谷。

昭宗于是命令通王李兹、覃王李嗣周、延王李戒丕分别率领诸军防卫近畿，延王李戒丕屯兵于三桥。李茂贞认为这是讨伐自己的举动，于是上表说："延王无故称兵讨臣，臣今勒兵入朝请罪。"昭宗赶忙遣使告急于河东，向李克用求救。

乾宁三年（896 年），李茂贞逼近长安，禁军战败，昭宗决定移驾河东，投靠李克用。当昭宗行至渭北，华州节度使韩建派其子李从允奉表面见皇帝，请求移驾华州。昭宗起初不允，后来韩建奉表相继，再三请求，昭宗动摇了。

当昭宗车驾行至富平，遣宣徽使元公讯召见韩建，面议去留。在富平的这次谈话，是一次重要的谈话，昭宗最终还是被韩建的表象蒙蔽，最终酿成大错。

韩建见到昭宗后，顿首涕泣，说道："方今藩臣跋扈者，非止茂贞。陛下若去宗庙园陵，远巡边鄙，臣恐车驾济河，无复还期。今华州兵力虽微，控带关辅，亦足自固。臣积聚训厉，十五年矣，西距长安不远，望陛下临之，以图兴复。"昭宗以为韩建出于真心，最终决定，听从韩建的建议，驾幸华州，以府署为行宫，韩建视事于龙兴寺。这样，韩建达到了挟天子以令诸侯的目的。李茂贞遂入长安，自中和年间以来所葺宫室、市肆，燔烧俱尽。

韩建控制了皇帝以后，移檄诸道，要求把税赋钱粮全部输送到华州。李克用在得到檄文后，仰天长叹，说道："去年听我之言，岂有今日之患？"又说："韩建为李茂贞张目，弱皇室，不为李茂贞所擒，必为朱全忠（朱温）所掳。"此后果如李克用所言。李克用在这一时期与朱温作战失利，心有余而力不足，一时无力勤王。

昭宗初到华州，韩建还是比较恭敬的，时间一长，就逐渐露出了真面目。

他频频干预朝政，因为不喜欢宰相崔胤，就逼迫昭宗罢去其相位，于是崔胤求助于朱温，并且劝说朱温在洛阳营建宫室，把皇帝迁到洛阳。朱温认为这是一个好主意，于是一边上表请求迁都洛阳，一边要求恢复崔胤的相位。朱温是强镇，韩建当然非常惧怕，于是让昭宗恢复了崔胤的相位，但同时表示不愿迁都洛阳。

昭宗心里明白，之所以走到今天这步田地，都是因为中央没有一支强大的军事力量。昭宗到华州时，禁军也随同来到华州，虽然军事力量仍然不是很强，但是仍然由亲王掌典禁军。对此，韩建心中十分不安，于是开始密谋解散禁军，铲除诸王。

韩建向昭宗提出解散禁军，昭宗当然不会同意。一日，昭宗登齐云楼，西北顾望京师，作《菩萨蛮》词三章以思归，其卒章曰：

野烟生碧树，
陌上行人去。
安得有英雄，
迎归大内中。

昭宗久在华州，一心想要回宫，与韩建的矛盾不断激化。韩建视随驾而来的诸王和禁军如眼中钉，肉中刺。乾宁四年（897年）正月，韩建与李巨川合谋，指使城将张行思、花重武诬告睦、济、韶、通、彭、韩、仪、陈八王谋杀韩建，再劫驾去河中，并将张行思所告奏于昭宗。昭宗大惊，召见韩建，希望与他申辩，韩建却称疾不出。于是昭宗又派诸王造访韩建府上自陈，韩建也是闭门不见。

韩建又上表称：“诸王忽诣臣理所，不测事端。臣详酌事体，不应与诸王相见。”又举七国之乱及西晋八王之乱的例子称：“诸王当自避嫌疑，不可轻为举措。陛下若以友爱含容，请依旧制，令（诸王）归十六宅，妙选师傅，教以诗书，不令典兵预政。”并且请求解散诸王所率的军队，只留殿后兵三十人为控鹤排马官，隶飞龙坊。韩建担心昭宗不从，率麾下精兵包围行宫，连续上表。昭宗不得已，当夜诏令诸王所领军士放归田里，勒令诸王回归十六宅，其甲兵都交给韩建掌管。韩建又奏称:“陛下选贤任能，足清祸乱，何必另置殿后四军？而且招募的都是坊市无赖奸猾之徒，平时就想着惹是生非，临难必不能用，却让他们张弓挟刃接近皇帝，臣私下感到寒心，乞求都罢去。”昭宗不得已只得听从。于是殿后四军二万余人全部被解散，天子至此没有了亲军。

捧日都头李筠昔日在王行瑜、李茂贞图谋劫驾时护驾功居第一，韩建又率精兵数千包围行宫，逼昭宗下诏杀李筠。昭宗害怕，不得已下诏同意，韩建就在大云桥斩杀了李筠。至此昭宗悉散殿后及三都卫兵，幽诸王于十六宅。

韩建已将诸王幽禁，又奏请立皇长子德王李祐为太子、拜未封王皇子为亲王，试图以此缓解与昭宗的关系，掩盖恶名。昭宗乃立李祐为皇太子，更名李裕，打破了唐武宗以来不立储君的惯例。

昭宗后悔来到华州，于是遣延王李戒丕出使河东李克用，以谋兴复。李戒丕还，韩建得知李克用近期遭败而无暇西顾，便更加肆无忌惮地剪除昭宗的羽翼。他上表称李嗣周、李戒丕等诸王谋反，请杀之。昭宗不予回复。韩建便与宦官知枢密刘季述矫诏发兵围十六宅，诸王披头散发，或登上墙头，或爬上屋顶，呼曰：“宅家（唐末宫中称天子为宅家）救儿！”韩建抓捕十一王（李嗣周、李戒丕、丹王李允、通王李滋、皇兄仪王、皇弟睦王李倚、嗣济王、嗣韶王、皇叔祖彭王李惕、嗣韩王李克良、嗣陈王），将他们及侍者驱赶到石堤谷，无论老少通通杀死，并诬以谋反之罪。昭宗无可奈何，还要为韩建立德政碑，屈辱无以复加。

韩建已杀诸王，于是营南庄，起楼阁，欲邀昭宗游幸，并趁机废掉昭宗而立太子德王李裕为皇帝。其叔父韩丰对韩建语重心长地说：“汝陈、许间一田夫尔，遭时之乱，蒙天子厚恩至此，位至方镇，不能感君父之恩惠，而欲以同、华两州百里之地行废立，覆族之祸，吾不忍见，不如先死！”泣下唏嘘。李茂贞、朱温皆欲发兵迎天子，韩建畏惧，这才作罢。

光化元年（898 年），韩建和李茂贞为了防止朱温西征，决定修复长安宫殿，迎昭宗回京，并同李克用讲和。昭宗终于回到长安，昭宗拜韩建为守太傅，升华州为兴德府，以韩建为府尹；亲自为韩建画像，封韩建为颍川郡王，并赐铁券及御笔“忠贞”二字。韩建屡次上表辞王爵，昭宗于十月改封他为许国公。此时韩建炙手可热，身兼宣力兴复功臣、镇国匡国等军节度、开府仪同三司、守太傅、兼中书令、兴德尹、使持节同州诸军事、兼同州刺史、上柱国、许国公、食邑四千户、食实封一百户，获铁券所赐恕九死，子孙恕二死，如犯常刑，有司不可加责，诏付史馆，颁示天下。

8. 幽废风波

昭宗回到长安后，壮志消沉，他已经意识到，扭转乾坤几乎已经不可能了。

尽管唐朝已经到了穷途末路，可是内斗一刻也没有停止。朝臣之间有党争，朝臣与宦官之间还有激烈的南衙北司之争（南衙是朝官，北司是宦官）。

此时的昭宗皇帝，外受制于强藩，内被困于朋党，意志消沉，不复当年的雄心壮志，每日沉湎酒色，喜怒无常，甚至草菅人命，暴怒烦闷时随意砍杀小宦官和小宫女。

此时的宦官首领左军中尉刘季述和枢密使王彦范等密谋拥立太子为皇帝，尊昭宗为太上皇，然后投奔李茂贞、韩建等藩镇。

光化三年（900 年）十一月，昭宗在禁苑狩猎并大摆宴席，君臣们一直畅饮到半夜。昭宗大醉，又一次挥剑杀死几个小宦官和小宫女，方才睡去。直到第二天日上三竿，昭宗也未酒醒，宫门紧闭未开。刘季述找到宰相崔胤，说：“宫中必有变，我内臣也，得以便宜从事，请入视之。”于是刘季述率禁军千人破门而入，看到昭宗又一次随意杀人，遂出宫对崔胤说：“主上所为如是，岂可理天下？废昏立明，自古有之，为社稷大计，非不顺也。”然后刘季述以崔胤的名义写了联名状，请太子监国，崔胤等百官手中无兵，不敢违抗，一一签名。

当时昭宗正在乞巧楼。刘季述做好一切准备之后，命甲士千人伏于宣化门外，自己率宣武进奏官程岩等十余人入宫面见昭宗。刘季述等人刚刚登殿，埋伏在宣化门外的士兵就大喊着冲入宫来，突入宣化门，至思政殿前，逢宫人，辄杀之。昭宗突然见士兵杀来，大惊失色，跌坐于地，又赶紧爬起来想要逃走。此时刘季述来到昭宗面前，拿出百官的联名状，对昭宗说："陛下厌倦大宝，中外群情，愿太子监国，请陛下保颐东宫。"昭宗说："昨与卿曹乐饮，不觉太过，何至于是？"刘季述却把责任推给朝官，说："此非臣等所为，皆南司众情，不可遏也。愿陛下且之东宫，待事小定，复迎归大内尔。"何皇后劝道："请皇上听从季述吧！"即取传国玉玺给刘季述。随后，刘季述将昭宗和皇后送往少阳院关押。刘季述数落昭宗说："某时某事，汝不从我言，其罪一也。"如此数落昭宗数十件事。然后"手锁其门，熔铁锢之"，派兵把守，禁止一切人看望。

然后刘季述矫诏立令太子监国，迎太子入宫。又矫诏令太子即皇帝位，尊昭宗为太上皇，皇后为太上皇后，改少阳院为问安宫。刘季述又给百官加官晋爵，将士皆受优赏，以求获得百官和将士的拥护。对昭宗宠信的宫人、僧道等人，皆杀之。每夜杀人，白天再以十辆车载尸运出，欲以立威。

皇帝被囚禁的消息很快传遍全国，此时的朱温正在河北前线指挥战斗，听到消息后急忙返回汴州。此时刘季述担心朱温起兵讨伐，于是派其养子刘希度来到汴州，表示愿意将唐朝社稷献给朱温，并派供奉官李奉本送来了伪造的太上皇诰命。朱温犹豫不决，遂召集幕僚商议。幕僚天平节度副使李振将朱温比作唐室的齐桓公和晋文公，劝道："王室有难，此霸者之资也。今公为唐桓、文，安危所属。刘季述不过是一个宦竖，竟敢囚废天子，公不能讨，何以复令诸侯？而且太子年幼，如果继承大统，则天下之权尽归宦官矣，后果不堪设想。"朱温恍然大悟，此时的朱温虽然有称帝的野心，但意识到时机尚不成熟。于是囚禁了刘希度和李奉本，并派亲信蒋玄晖到长安，与宰相崔胤商议恢复昭宗帝位。

太子即位以来，天下藩镇皆持观望态度，没有贺表送达，使得宦官们异常惶恐。左神策指挥使孙德昭自从昭宗被囚禁以来愤愤不平，崔胤得知这个情况后，派遣判官石戬与孙德昭联络。石戬见到孙德昭每酒酣必泣，心知其诚，于是劝说道："自上皇幽闭，中外大臣至于行间士卒，孰不切齿！今反者独季述、仲先耳，公诚能诛此二人，迎上皇复位，则富贵穷一时，忠义流千古；苟狐疑不决，则功落他人之手矣！"孙德昭答道："德昭小校，国家大事，安敢专之？苟相公有命，不敢爱死。"石戬回报崔胤，于是崔胤割衣带，手书以授之。这年除夕之夜，孙德昭等将领率军埋伏在安福门外，专等宦官上朝时下手。

天复元年（901 年）正月初一清晨，右军中尉王仲先首先来到安福门，被孙德昭杀死。然后孙德昭便赶到少阳院迎接昭宗。昭宗自从被囚禁以来，衣食不周，"穴墙以通饮食，凡兵器针刀皆不得入，上求钱帛俱不得，求纸笔亦不与。时大寒，嫔御公主无衣衾，号哭闻于外"。每天都过着提心吊胆的日子。孙德昭一行来到少阳院时，大声呼喊昭宗出来面见将士，说道："逆贼已诛，请陛下出劳将士。"何皇后并不相信，说道："果尔，以其首来！"直到孙德昭将王仲先的人头抛进院内，何皇后方命宫人推开门扇，与昭宗一同从院中走了出来。此时崔胤已率百官赶到，共同拥戴昭宗驾临长乐门楼，拜舞称贺。不久，周承诲擒刘季述、王彦范赶到，昭宗刚刚责问几句，二人就被军士乱棍打死。

参与囚禁昭宗的宦官有的闻讯自杀，有的被抓来处死，共杀死大宦官及其同党二十余人，并灭四人之族。

宦官将太子藏于左军，并献传国玉玺。昭宗说道："太子幼弱，为凶竖所立，非其罪也。"命太子还于东宫，罢黜为德王。此次平乱，授孙德昭同平章事、充静海节度使，赐姓名李继昭；周承诲为岭南西道节度使，赐姓名李继诲；董彦弼为宁远节度使，赐姓李，并同平章事，时人称为"三使相"。三人所任节度使皆为遥领，并不莅任，仍在京师统领禁军。

这场风波总算过去了，但是更大的灾难在等待着残破的李唐皇室。

9. 李茂贞劫持昭宗

此次宦官虽被铲除，但是宦官统领禁军的弊端还是没被打破。于是宰相崔胤想要借助藩镇的力量来制约宦官力量。

崔胤的做法是请求李茂贞派一部分军队驻扎在长安。这个崔胤着实让人无语，身为宰相理应熟读经史，他难道不知道汉末袁绍召董卓进京的下场？曹孟德不是早就说过："宦官之祸，古今皆有，但世主不当假之权宠，使至于此。若欲治罪，当除元恶，但付一狱吏足矣。何必纷纷召外兵乎？"

李茂贞当然求之不得，派其假子李继筠率三千人驻扎京城。左谏议大夫韩偓以为不可，崔胤狡辩说："兵自不肯去，非留之也。"韩偓反问道："始者何为召之邪？"问得崔胤哑口无言。韩偓继续劝说道："留此兵则家国两危，不留则家国两安。"崔胤仍不听从。

崔胤自以为有了军队做靠山，遂急于向宦官下手。

为了削弱宦官势力，崔胤下令取消了酒曲专卖权，规定自天复元年（901年）七月之后，卖酒者可以自造酒曲，只要向朝廷缴税即可。而且崔胤取消两军的酒曲专卖权，并临近藩镇一同禁之，这一措施不仅损害了宦官的利益，同时也侵害了凤翔等藩镇的利益，引起了李茂贞的不满。李茂贞上书争论不已，又入朝当面陈奏。宦官韩全诲等趁机拉拢李茂贞，与李茂贞往来甚密。崔胤见势不妙，就抓紧勾结朱温，以对抗李茂贞和宦官。

崔胤志在尽除宦官，韩偓屡次劝说道："事禁太甚。此辈亦不可全无，恐其党迫切，更生他变。"崔胤不从。一次，昭宗单独召见韩偓，问道："敕使（宦官）中为恶者如林，何以处之？"韩偓答道："东内之变（指刘季述幽废昭宗之事），敕使谁非同恶？处之当在正旦，今已失其时矣。"昭宗又问："当是时，卿何不为崔胤言之？"韩偓对答道："臣见陛下诏书云，自刘季述等四家之外，其余一无所问。人主所重，莫大于信，既下此诏，则守之宜坚。若复戮一人，则人人惧死矣。然后来所去者已为不少，此其所以惴惴不安也。陛下不若择其尤无良者数人，明示其罪，置之于法，然后抚谕其余曰：'吾恐尔曹谓吾心有所贮，自今可无疑矣。'乃择其忠厚者使为之长。其徒有善则奖之，有罪则惩之，咸自安矣。今此曹在公私者以万数，岂可尽诛邪？夫帝王之道，当以重厚镇之，公正御之，至于琐细机巧，此机生则彼机应矣，终不能成大功，所谓理丝而棼（fén，意为纷乱）之者也。况今朝廷之权，散在四方。苟能先收此权，则事无不可为者矣。"听得韩偓此言，昭宗深以为然，说道："此事终以属卿。"可惜的是，韩偓虽知道这些道理，最终却未能实施，所以胡三省注曰："呜呼！世固有能知之言之而不能究于行者，韩偓其人也。"

崔胤屡次密奏昭宗，要尽诛宦官，以宫人掌管内诸司事。宦官的耳目遍布宫中，得知崔胤的企图后，韩全诲等人在昭宗面前痛哭流涕，反复哀求。昭宗于是令崔胤"有事封疏以闻，勿口奏"，就是为了避免昭宗与崔胤之间的密谈被宦官窃听。宦官又访求得到读书认字的美女数人，置于昭宗身边，刺探情报，于是宦官尽得崔胤密谋，而昭宗却惘然不知。韩全诲等宦官知道自己死期将近，每次宴聚都痛哭流涕，互相诀别，日夜谋划铲除崔胤。

当时李茂贞和朱温都有挟天子以令诸侯之意，朱温想让昭宗迁都洛阳，而李茂贞却想让昭宗到凤翔去。崔胤知道自己诛杀宦官的密谋已泄露，于是紧急给朱温写信，称奉昭宗密诏，令朱温发兵长安，并说道："昨者反正，皆令公良图（指刘季述幽废昭宗事），而凤翔先入朝抄取其功。今不速来，必成罪人，岂唯功为他人所有，且见征讨矣。"朱温得信，决定率大军向长安进发。

九月，昭宗得知朱温大军将要进入关中，担心一旦与李茂贞交战，则长安必将再次涂炭。于是急忙命韩偓转告崔胤，令其给两镇写信调解。可这岂是一封信所能解决？

十月二十日，朱温正式发兵向关中进发，宦官韩全诲得知朱温将至，急命李继筠（李茂贞养子）、李彦弼等率所部军队劫持昭宗前往凤翔，宫中诸门派禁军把守，人员及文书出入搜阅甚严。

当初崔胤请李茂贞留李继筠的军队在长安，本来是为了对付宦官，没想到他们反与宦官勾结，成为一党，酿成大祸。昭宗在给崔胤的密诏中说："我为宗社大计，势须西行（凤翔），卿等但东行也。惆怅，惆怅！"并命崔胤催促朱温尽快进兵，营救自己。

二十九日，李继筠派人把内库的宝货、帷帐、法物等抢掠一空，宦官韩全诲命人将诸王与宫人秘密送往凤翔。次日，朱温的表章传到长安，请皇帝移驾洛阳。长安百姓知道大乱将至，纷纷逃往山谷。诸军在城中趁乱抢掠，甚至将百姓的衣裤也都扒去，百姓只得穿着纸糊的衣服遮羞。只有崔胤所居的开化坊因为有李继昭的保护而幸免，官吏百姓多逃往开化坊避难。

宦官韩全诲等陈兵殿前，对昭宗说："全忠以大兵逼京师，欲劫天子幸洛阳，求传禅；臣等请奉陛下幸凤翔，收兵拒之。"昭宗不许，仗剑登乞巧楼。韩全诲等人逼迫昭宗下楼，昭宗刚刚走到寿春殿，李彦弼已经开始放火焚烧后宫。这一天正好是冬至，昭宗独坐思政殿，跷一足，一足踏栏杆。庭无群臣，旁无侍者。天子落到如此地步，当真是凄惨悲凉。昭宗不得已，与皇后、妃嫔和诸王百余人上马离开宫中，恸哭之声不绝，出得宫门以后回望禁中，熊熊大火、浓烟蔽天。次日，李茂贞亲自从凤翔赶来迎驾，与昭宗一行返回他的老巢凤翔。

朱温大军一路势如破竹，他先是派司马邺入华州，对韩建说："公不早知过自归，又烦此军少留城下矣。"韩建自知不是对手，于是遣节度副使李巨川请降，献银三万两助军。朱温的谋臣张浚进言道："韩建，茂贞之党，不先取之，必为后患。"朱温听闻韩建曾经有表章劝天子幸凤翔，于是以此为由，兵临华州城下。韩建自知不敌，单骑迎谒。朱温责问韩建为何要劝天子幸凤翔，韩建推脱道："建目不知书，凡表章书檄，皆李巨川所为。"朱温知道李巨川是韩建的重要谋臣，经常为韩建出谋划策，于是借机将李巨川斩于军门。朱温又对韩建说："公是许州人，可衣锦还乡。"于是，朱温将韩建改任为忠武节度使，以前商州刺史李存权知华州，徙忠武节度使赵珝（xǔ）为匡国节度使。于是朱温顺利将华州据为己有。当年昭宗车驾驻于华州二年，商贾多聚于此，韩建横征暴敛，得钱九百万缗（即成串的铜钱），到得此时，尽为朱温所获。

取得华州后，朱温继续向长安进军。由于昭宗西幸凤翔时，百官大多不愿前往，留在长安。此时崔胤赶紧派人与朱温联络，希望他尽快派军队往凤翔迎回皇帝。朱温至长安，宰相率百官迎于长乐坡。朱温赏李继昭之功，先是令李继昭权知匡国留后，后来又留为两街制置使，赐予甚厚。李继昭尽献其兵八千人。朱温入长安的次日，便与崔胤商议决定立即向凤翔进军。

李茂贞派遣大将符道昭屯驻武功，抵御朱温，被朱温的大将康怀贞击破。朱温大军于十月二十日到达凤翔，扎营于凤翔城东。李茂贞自知不是朱温的对手，登城辩解说："天子避灾，非臣下无礼；谗人误公至此！"朱温说道："韩全诲劫迁天子，今来问罪，迎扈还宫。岐王（即李茂贞）苟不预谋，何烦陈谕！"劝他早日送出昭宗，免受宦官牵连。

在陈兵凤翔城下的同时，朱温派兵攻打邠州。邠州和凤翔，乃是辅车之援，唇齿相依，邠州的静难节度使李继徽请降，复其本名杨崇本。朱温又以杨崇本之妻为人质（实际上是杨崇本之妻貌美，朱温好色），令杨崇本仍镇邠州。

朱温向西进军时，已经攻取了李茂贞在关中的大部分州县。西川王建又乘李茂贞势穷之机，派军队攻其山南西道，据为已有。李茂贞虽然是强镇，但不是最强大的藩镇。此次劫持皇帝，真是偷鸡不成蚀把米，赔了夫人又折兵。

李茂贞为了解围，曾亲自率军与朱温的汴军在凤翔城南决战，结果大败，损失一万多人。李茂贞的弟弟保大节度使李茂勋来救，也被打得大败而逃。天复二年（902年）八月二十日，凤翔兵倾巢出动，欲与汴军决一死战，再次大败，凤翔西门险被攻陷，从此李茂贞再也不敢轻易出战。

时至九月，大雨连绵，士卒多病，朱温召集诸将商议退兵。亲从指挥使高季昌和左开道指挥使刘知俊进言道："天下英雄，窥此举一岁矣；今茂贞已困，奈何舍之去？”朱温担心李茂贞坚壁不出，高季昌请求以计诱之。于是在军中招募能入城为间谍者，骑兵马景慨然应募，并说道：“此行必死，愿大王抚恤妻子。”朱温闻之恻然止之，劝马景不必如此，但马景志向已定。

当时刚好朱友伦奉朱全忠之命从开封调兵前来，明日将至，当出兵迎之。于是朱温命诸军厉兵秣马，将士饱餐，放下旗帜潜伏起来，营中寂如无人。马景与其他一些骑兵出营，忽然马景跃马西去，诈为逃亡，一路奔驰进入凤翔城，向李茂贞报告说：“全忠举军遁矣，独留伤病者近万人守营，今夕亦去矣，请速击之。”李茂贞信以为真，大开城门，倾巢而出攻打朱温营寨。朱温见李茂贞中计，鼓于中军，百营俱出，纵兵击之，又遣数百骑据其城门，断其归路。凤翔军进退失据，自相践踏，伤亡殆尽。李茂贞从此只能闭城死守不战，汴军在城外挖掘长壕，彻底隔绝了凤翔城与外界的联系。此战高季昌立首功，朱温表高季昌为宋州团练使。高季昌，硖石人，本来是开封富人李让的家奴，朱温见他机灵，收为养子，更姓名曰朱友恭。

朱温穿蚰蜒壕围凤翔，又设犬铺、铃架隔绝内外。蚰蜒俗称“钱串子”“千足虫”，天阴雨则出行，地上留下痕迹。蚰蜒壕如同蚰蜒行地之状，故得此名。所谓犬铺，就是行军下寨四面以犬守之，敌来则群吠，为军中警备。所谓铃架，就是绕营设架，挂铃其上，敌来触之则鸣。

到了如此地步，不断有士兵出城投降，甚至李茂贞的养子也陆续率部出城投降。朱温先是遣使向皇帝进献熊白（熊肉当中有白脂如玉，味甚美），之后进献食物和衣物不断。朱温又再次遣使与李茂贞议和，民出城樵采者皆不抄掠，然后又奉表请修宫阙并迎车驾。

李茂贞还在负隅顽抗，做最后的挣扎。他出兵攻击朱温驻扎在城西的营寨，却大败而还。朱温让降兵穿上绛红色的袍子，命他们招降城中人，凤翔军夜间缒城而出及樵采不返者甚众。

不久，保大节度使李茂勋率万余人来救凤翔，屯于城北，与城中遥相呼应。朱温将计就计，派遣孔勍（qíng）、李晖率兵乘虚偷袭李茂勋的大本营鄜州、坊州。先拔坊州，是日大雪，汴军冒雪乘夜色急进，五鼓时分抵达鄜州城下。

鄜州守军毫无防备，汴军入城之时，城中兵尚有八千人。双方展开激烈巷战，一直到中午，鄜州兵战败，擒守将李继瑭。孔勍入城后，安抚李茂勋及将士之家，并无侵扰，命李晖权知军府事。李茂勋得到战败的消息后，引兵遁去，后来投降了朱温。胡三省评论道："重战轻防，此李茂勋之所以败也；厚抚其家以携之，茂勋所以归心于朱全忠（即朱温）也。"

至此，李茂勋坚守的鄜州也被朱温攻破，李茂勋本人投降。李茂贞在关中的地盘除了凤翔孤城外，已经全部被朱温占据。汴军每夜鸣鼓角，城中地动。攻城的人诟骂城上的人是"劫天子贼"，守城的人诟骂城下的人是"夺天子贼"。

凤翔成为孤城后，最苦的还是百姓。这年冬天大雪纷飞，城中食尽，居民冻死饿死者不计其数。人们甚至以人肉为食，市场上人肉每斤卖一百文，狗肉每斤五百文。有的人奄奄一息尚未断气，就被人割肉吃掉，甚至出现了父子相食的惨状。读史至此，不禁掩卷叹息，文字尚不忍足视，当时悲惨的画面更不忍在心中勾勒。宁做太平犬，不做乱世人，信夫！

昭宗贵为皇帝，生活也极其艰难。李茂贞只能供应一点猪肉和狗肉，皇子、公主、嫔妃只能喝粥喝汤，后来竟然连汤也供应不上，昭宗只能拿出自己的御衣和小皇子的衣物到市场上卖掉，换回一点粮食，命宫人用小磨磨面，做粥给皇子、公主食用。

凤翔当真是守不下去了，在这种情况下，李茂贞为了自保，不得不向朱温求和。十二月，李茂贞遣使请降于朱温。此时李茂贞在山南的地盘皆入王建之手，关中的州镇皆入朱温之手，李茂贞只有凤翔一座孤城。李茂贞于是密谋诛宦官以自赎，在给朱温的信中说："此番祸乱，都是因为韩全诲这些宦官。我迎驾至此，以备他盗。公既志在匡扶社稷，就请公迎驾还宫，我以弊甲凋兵，跟随您出力效劳。"朱温回信说："我举兵至此，正是因为乘舆播迁。公能协力，固所愿也。"凤翔城的士兵和百姓每次看见宦官必大骂，把全城生灵涂炭的罪过归于宦官。

天复三年（903年）正月二日，昭宗派朝臣与李茂贞的使者一同出城议和。六日，李茂贞瞒着宦官偷偷面见昭宗，表示愿意诛杀宦官，奉车驾返京。昭宗大喜，当时授命收捕宦官韩全诲，禁军将领李继筠、李继诲、李彦弼等人，全部处死。然后命人将这些首级拿出城去给朱温验视。

经过谈判，正月二十二日，李茂贞打开城门，送出昭宗一行来到汴军营寨。朱温素服待罪，跪伏于地，泪流满面。昭宗令人将其扶起，好言相慰，亲解玉带以赐之。接着，昭宗在汴军的护送下，终于又一次回到了长安。

10. 强迫迁都

昭宗回到长安后，崔胤与朱温加紧讨论彻底铲除宦官的问题。崔胤上奏："国初承平之时，宦官不典兵预政。天宝以来，宦官浸盛。贞元之末，分羽林卫为左、右神策军以便卫从，始令宦官主之，以二千人为定制。自是参掌机密，夺百司权，上下弥缝，共为不法，大则构扇藩镇，倾危国家；小则卖官鬻爵，蠹害朝政。王室衰乱，职此之由，不剪其根，祸终不已。请悉罢诸司使，其事务尽归之省寺，诸道监军俱召还阙下。"崔胤奏请昭宗罢免宦官所任官职，并下令召回在各道监军的宦官。昭宗按他们的意思下诏，朱温将宦官七百余人全部集中到内侍省杀死，冤号之声，彻于内外。

各地监军宦官除少数与节度使关系密切的得以免死，其余大多数也被就地处死，其中河东监军张承业被李克用藏匿，此后竭忠尽力辅佐李克用父子。自此，荼毒唐朝中后期的宦官专权问题终于解决，可笑的是居然是这种解决方式。宰相崔胤如愿取得了禁军的兵权，然而这时禁军也没有多少人供其统领了。

此时的朱温志得意满。朝廷赐朱温称号为"回天再造竭忠守正功臣"，赐朱温的僚佐敬翔等人称号为"迎銮协赞功臣"，诸将朱友宁等人称号为"迎銮果毅功臣"，都头以下称号为"四镇静难功臣"。昭宗欲以皇子为诸道兵马元帅，以朱温为副元帅。崔胤请求以皇子李祚为诸道兵马元帅，昭宗认为李祚年幼，应以濮王为诸道兵马元帅。但是崔胤秉承朱全忠的意图，固请不已。（李祚年幼更好控制。）昭宗无奈，以李祚为诸道兵马元帅。接着，又加朱。守太尉，充副元帅，晋爵梁王，以崔胤为司徒兼侍中。

此时的朱温已经不满足于挟天子以令诸侯，他也想当皇帝了。在铲除宦官后，朱温把目光转向了朝臣。他利用崔胤，贬逐大臣，安插亲信，先后将跟随昭宗到凤翔的朝臣三十余人贬逐出京（原因是这些人大多是忠于昭宗的），又留步骑万余人驻扎长安。朱温逼迫昭宗将韩偓贬为濮州司马，昭宗悄悄与韩偓泣别，韩偓说："是人（指朱温）非复前来之比，臣得远贬及死乃幸耳，不忍见篡弑之辱！"

朱温命其子朱友伦为左军宿卫都指挥使，统领驻长安的军队，命张廷范为宫苑使，王殷为皇城使，蒋玄晖为巡街使，从而朱全忠的亲信已经遍布京城，掌握要津。做好这些安排后，朱温才离京返汴。

李克用的使者回到晋阳，说到崔胤的骄横之状，李克用说："崔胤作为人臣，外倚贼势，内胁其君，既执朝政，又握兵权。权重则怨多，势侔则衅生，破家亡国，在眼中矣。"可见李克用的见识果然非同一般，事情的发展正是如此。

崔胤与朱温的合作，其目的截然不同。朱温是为了代唐称帝，而崔胤只是为了专擅朝政，并不希望唐朝灭亡。所以，面对朱温的咄咄逼人之势，崔胤也开始担忧起来。崔胤认为，朝廷要想安身立命，必须要有一支忠于朝廷的军队（这是对的，枪杆子里出政权嘛）。可是，他又深知朱温不会让朝廷增强军事实力。于是，崔胤对朱温说："长安离凤翔（李茂贞）太近，禁军有名无实，我想招募一些士兵补充禁军，防范凤翔，使您没有西顾之忧。"朱温是何等人物，他对于崔胤的意图洞若观火，却佯作不知，表面很痛快地表示赞同，暗地里却派手下军士数千人化装成平民前去应募。崔胤对此毫无察觉，共招募六千六百人，每日训练，修缮兵甲。

天复三年（903 年）十月，朱友伦在打马球时不慎摔死，朱温闻讯悲伤不已，心中怀疑是崔胤做了手脚。于是朱温另派其侄朱友谅代替朱友伦的职务，并密切监视崔胤的动向。崔胤为了摆脱朱温的控制，密劝昭宗远幸荆襄，投靠忠于朝廷的赵匡凝兄弟。朱温闻讯大怒，对崔胤动了杀机。

天祐元年（904 年）正月，朱温上密表，说崔胤专权乱国，离间君臣，请求诛杀崔胤及其同党。昭宗自知无法与朱温相抗，为了自保，只得下诏罢去崔胤相位，贬为太子宾客。当时崔胤所居开化坊由新募禁军护卫，其实里面有许多朱温的汴军混杂其中。朱温密令朱友谅率军包围开化坊，纵兵攻打，混在禁军中的汴军自内杀出，里应外合，一举攻下崔胤府第，将崔胤擒杀。接着又铲除了崔胤同党，并解散了新募禁军。

胡三省评论说：“崔胤有误国之罪，无负国之心。崔胤阴狡险躁，其罪固多;然本召全忠（即朱温），欲假其兵力以除宦官耳。宦官既诛，全忠兵势益强，遂有篡夺之心。胤复欲以谲诈并图全忠，故全忠觉而杀之。若云唐室因胤而亡则可矣;旧传云‘胤为全忠划图王之策’,实录云‘胤志灭唐祚’,恐未必然也。”

这段评论应该算是公道的，崔胤在唐已经位极人臣，灭唐立梁，对崔胤并无好处。但是崔胤作为宰相，对唐朝的灭亡有着不可推卸的责任。

昭宗自登基以来，多次试图努力增强中央军事力量，重振大唐雄风，都没有成功。组建的中央军不是被藩镇打垮，就是被迫解散。这次禁军被再次解散，使朝廷彻底丧失了防卫能力，成为案板上的鱼肉，任人宰割。

朱温杀掉崔胤以后，担心李茂贞再次劫持皇帝，遂决心将昭宗迁往洛阳。朱温令东都留守张全义加紧修缮洛阳宫室，以便安置昭宗和百官。

天祐元年（904 年）正月十三日，朱温移兵河中（今山西永济西南），派部将寇彦卿奉表入京，督促昭宗迁都。二十一日，寇彦卿到达长安，称李茂贞所部凤翔兵已经逼近长安，请皇帝迁往洛阳。与此同时，汴军强迫百姓也迁往洛阳，百姓们不愿意背井离乡，被驱赶着，号哭之声不绝于耳，并大骂崔胤勾结朱温，倾覆家国。二十六日，昭宗被迫离开长安，在汴军的保护下（实为监视）启程东行。

朱温下令拆毁长安宫室、百官衙署、百姓住房，把拆下的木料顺渭河漂流，运到洛阳以修建宫室。长安，辉煌的长安，曾经是世界文明中心的长安，曾经为世人向往的长安，虽经无数次战火摧残却仍然规模尚存的长安，从此不复存在了。呜呼哀哉！

当昭宗一行抵达华州时，百姓夹道欢呼："万岁！"昭宗流着泪说："不要再喊'万岁'，朕已经不再是你们的天子！"当夜昭宗住在华州兴德宫，作了一首诗，名为《思帝乡》：

纥干山[1]头冻杀雀，
何不飞去生处乐？
况我此行悠悠，
未知落在何处。

此诗大意为："纥干山头冷得可以冻死小鸟，为什么不飞向能活命的生处使得自己开心些？我此行前途未卜，不知下场如何。"

昭宗吟罢此诗泪流不止，臣僚皆莫能仰视。

继续东行至陕州时，昭宗借口洛阳宫室尚未完工，遂滞留陕州。此前昭宗曾经派人向河东李克用、西川王建、淮南杨行密告急，希望他们兴兵勤王，匡扶社稷，因为昭宗知道，一旦进入洛阳，就完全在朱温控制之下，想要脱身再无可能。

朱温见昭宗滞留陕州，便亲自来到陕州朝见，昭宗邀他入内室见何皇后，何皇后哭着说："从今以后，我们夫妻便全靠你了。"朱温深知昭宗滞留陕州的意图，于是决定亲赴洛阳，督建宫室。临行时昭宗设宴款待，宴会后独留朱温、韩建继续饮酒。这时晋国夫人来到昭宗耳边低语了几句，韩建见状，暗中踩了一下朱温的脚。朱温会意，担心昭宗图谋自己，假装喝醉离开。

四月十六日，洛阳宫室修缮完毕，朱温奏请皇帝早日起驾，表章相继。

---

① 纥干山位于大同城东20公里处，系阴山余脉，素以山峰峭拔，高寒异常，冬夏积雪而著称。

昭宗以皇后刚刚产下皇子行动不便为由，想继续拖延时日。朱温大怒，命寇彦卿速到陕州，催促昭宗启程。昭宗无奈，只好动身出发。

朱温为了完全控制皇帝，将跟随昭宗东迁时尚存的击球供奉、内园小儿二百余人全部缢杀，又挑选二百余年龄相仿的人，换上相同的衣服，代替他们侍候在皇帝身边。开始昭宗还没有察觉，过了一段时间以后，才发觉自己身边已经全部是朱温的人了。

闰四月十日，昭宗终于到达洛阳，坐朝于正殿，接受百官朝贺。五月二日，昭宗设宴于内廷，召朱温宴饮，朱温心疑，拒不前往。昭宗又说："全忠不来，可令敬翔来。"敬翔是朱温手下第一谋士，朱温怕起意外，也以酒醉为由不令入宫。不久，朱温要离开洛阳前往汴州，任命亲信蒋玄晖为宣徽南院使兼枢密使，王殷为宣徽北院使兼皇城使，张廷范为金吾卫将军，韦震为河南尹兼六军诸卫副使，朱友恭为左龙武统军，氏叔琮为右龙武统军。

昭宗已经完全落于朱温的掌中。

11. 昭宗之死

昭宗自从离开长安，每日忧心忡忡，担心遭遇不测，与何皇后终日饮酒，相对而泣。朱温命枢密使蒋玄晖观察昭宗的动静，有一次昭宗对蒋玄晖说："德王朕之爱子，全忠何故坚欲杀之？"边说边哭，恨得咬破了自己的中指。蒋玄晖报告给朱温，朱温亦不自安。

朱温强迫昭宗迁都，引起天下藩镇的强烈反响。李茂贞（凤翔）、杨崇本（邠州）、李克用（河东）、刘仁恭（幽州）、王建（四川）、杨行密（江淮）、赵匡凝（荆襄）等书信往来，皆以匡扶唐室为辞。

朱温打算亲自率军讨伐，又担心昭宗乘机在后方行动，于是决定杀害昭宗，另立幼主。

就这样，发生了本章第一节的那一幕。天祐元年（904年）八月十一日夜，蒋玄晖率兵弑昭宗，夫人裴贞一殉国，昭仪李渐荣以身蔽帝，殉国，何皇后苦苦哀求，得以免死。

次日，蒋玄晖宣称昭仪李渐荣、夫人裴贞一谋害皇帝，矫诏立辉王李祚为太子，改名李柷，权监军国事。接着又以何皇后的名义立太子为皇帝，史称唐哀帝，当时年仅十三岁。

从蒋玄晖走的这套官样程序来看，他对篡权夺位的流程是熟悉了解的，环环相扣，一步不差。由此可见，他后来劝朱温按照程序，经过封大国、加九锡、享殊礼等程序，再行禅让确实是替朱温着想，而不是因为与何皇后有私情而保全唐室。

12. 几个人的下场

昭宗死了，那些杀死昭宗的人下场如何呢？在此简略交代一下。

朱温得知昭宗已死的消息后，假装大惊，哭倒在地，说："奴辈负我，令我受恶名于万代！"

十月，朱温从前线赶回洛阳，先在昭宗灵位前痛哭流涕，后又在唐哀帝面前自我表白。然后，以对部下约束不严，骚扰百姓的罪名，将参与杀害唐昭宗的朱友恭、氏叔琮等人贬官，接着又赐自尽。朱友恭是朱温的养子，原名李彦威，他在临死前大呼："卖我以塞天下之谤，如鬼神何！行事如此，忘有后乎？"

至于蒋玄晖，前文已经提过，他后来被朱温以其与何皇后有私情、欲延唐祚为由处死，何皇后也被杀害。

13. 唐灭梁立

唐哀帝在位仅有三年，这一时期唐朝已经名存实亡。

天祐二年（905年）二月，朱温命人将昭宗除了唐哀帝以外的诸子，灌醉后全部缢死，投尸池中。

在杀死昭宗诸子后，朱温认为宗室已经不是其称帝的障碍，于是准备清理朝臣。

天祐二年（905年）五月七日，天有彗星出现，卜者认为天降大灾，需要杀一批人以消灾。柳璨及第后，不到四年时间就成为宰相，因为性格倾巧轻佻，又对朱温奴颜婢膝，因此在朝堂上被其他几位宰相裴枢、崔远、独孤损等朝廷宿望所轻，于是柳璨借机对朱温说："此曹皆聚徒横议，怨望腹非，宜以之塞灾异。"朱温的谋士李振早年屡试不第，对朝廷公卿恨之入骨，也对朱温说："朝廷所以不理，良由衣冠浮薄之徒紊乱纲纪；且王欲图大事，此曹皆朝廷之难制者也，不若尽去之。"

朱温深以为然。于是，贬独孤损为棣州刺史，裴枢为登州刺史，崔远为莱州刺史；贬吏部尚书陆扆为濮州司户，工部尚书王溥为淄州司户；贬太子太保致仕赵崇为曹州司户，兵部侍郎王赞为潍州司户。其余人等或门胄高华，或科第自进，居三省台阁，以名检自处，声迹稍著者，皆指为浮薄，贬逐无虚日，缙绅为之一空。此后，再贬裴枢为泷州司户，独孤损为琼州司户，崔远为白州司户。

六月，令裴枢、独孤损、崔远、陆扆、王溥、赵崇、王赞等自尽。朱温聚裴枢等及朝士贬官者三十余人于白马驿，一夕尽杀之，投尸于河。当初，李振屡次参加科举，都不中第，所以对缙绅之士恨之入骨，他对朱温说："此辈常自谓清流，宜投之黄河，使为浊流！"朱温笑而从之。

朱温诛杀了宦官，又清洗了朝官，中原地区的藩镇都被他击败，就连实力强大的李克用此时也不敢与他正面交锋，在这种情况下，朱温已经迫不及待要当皇帝了。朱温令蒋玄晖、张廷范、柳璨等人商议禅让办法，他们认为自古以来的禅让都要经过封大国、加九锡、享殊礼等一套程序，最后再行禅让之礼。但是这个方案不但没有赢得朱温的赞赏，反而引起了他的震怒。朱全忠认为这是他们有意拖延。加之赵殷衡等人的挑唆，朱温对蒋、柳二人更加怀疑。蒋玄晖听说朱温震怒，非常惧怕，面见朱全忠百般解释。朱温说："汝曹巧述闲事以沮我，借使我不受九锡，岂不能做天子邪？"

蒋玄晖、柳璨等人见朱温动怒，连忙在一日之间加封朱温为相国、封魏王（跟曹操一样）、加九锡，并派蒋玄晖赴大梁（今开封）宣旨。但朱温毫不领情，拒绝了这些加封，仅接受了天下兵马元帅的职务。在这种情况下，蒋、柳二人的下场已经决定了。柳璨又奏称："人望归梁王，陛下释重负，今其时也。"当日便派遣柳璨赴大梁传达禅让之意，又遭到拒绝。

天祐二年（905 年）十二月，朱温杀蒋玄晖，并且聚众焚尸。仅过了几天，又贬柳璨为登州刺史，接着又把他斩于洛阳东门外，柳璨临刑时大呼："负国贼柳璨，死其宜矣！"

至此，哀帝已经对延续国祚彻底死心，做好了随时禅让的准备。只是由于朱温忙于在前线作战，才使唐朝又延续了一年多。

天祐三年（906 年）十月，朱温进攻幽州（今北京）刘仁恭，刘仁恭向河东李克用求救。李克用与刘仁恭有宿怨，但从大局考虑，仍出兵潞州，以牵制朱温对刘仁恭的进攻。潞州守将丁会是朱温的爱将，因为不满其弑昭宗、篡帝位，出于忠义，开城投降李克用，使得汴州所在的河南地区门户洞开。此时朱温正在进攻沧州，听闻后院失火，连忙烧营而退。

朱温回到汴州后，由于战场失利，威望大受影响，害怕中外离心，迟则生变，于是加紧篡位，以维系人心。天祐四年（907 年）正月，朱温向哀宗表示愿意接受禅让。哀帝无奈，下诏表示二月举行禅让。到了二月，哀帝命百官劝进，朱温假意推辞。三月，哀帝再次表示逊位之意，依附朱温的藩镇也上表劝进。

其实朱温早在汴州修好了宫殿，他见戏已经演够了，于是在四月五日，端坐在大殿之上，接受百官朝贺。十八日，正式举行禅让仪式。数日后，大赦天下，改元开平，国号大梁，历史上称之为后梁（因为在南北朝时期还有一个南朝梁）。以汴州为开封府，作为东都，以洛阳为西都。封唐哀帝为济阴王，幽居于曹州，次年二月被害，时年十七岁。

唐朝自公元 618 年建立，至公元 907 年灭亡，共二十二位皇帝，享祚二百八十九年。自此，历史进入了分裂割据、战火连绵的五代十国时期。

第四节

乱世枭雄——朱温

姓　　名　朱　温

曾 用 名　朱全忠（其实一点也不忠）　朱晃

父　　亲　朱诚（乡村教师）

母　　亲　文惠王皇后（农妇朱王氏，皇后为朱温称帝后加封）

出生时间　大中六年（852 年）十月二十一日（农历）

家庭关系　兄弟三人，老大朱全昱，老二朱存，老三朱温

配　　偶　张惠（确实非常贤惠）

子　　女　若干（干儿子数不过来）

去世时间　后梁乾化二年（912 年）

享　　年　61 岁
在　　位　6 年
特　　长　权谋
性　　格　心狠手辣
梦　　想　自己做皇帝
工作经历　25 岁前，给地主刘崇放猪
25~30 岁跟黄巢一起起义，先后封东南面行营先锋使、同州防御使等职
30 岁承制拜左金吾卫大将军、河中行营招讨副使，天子赐名朱全忠
31 岁拜汴州刺史、宣武军节度使，封检校司徒、同中书门下平章事，封沛郡侯。
36 岁封王爵，徙封吴兴郡王，兼任淮南节度使（杨行密为节度副使）
37 岁，封东平王
49 岁，封梁王
55 岁，称帝

1. 童年和少年

公元 852 年，大唐大中六年，正是被后世称道的“小太宗”唐宣宗在位，百姓生活虽然比不上贞观盛世，但是大部分家庭也足以温饱。

这一年的十月二十一日，已入深秋，天气微微有些凉意。宋州砀山（今安徽砀山）午沟里，教书先生朱诚家里有一个男婴呱呱落地了。因为是将来要当皇帝的人嘛，所以按照史书记载，当天夜里，朱家房顶上有赤气上腾。

村里人看见了，都惊慌地跑过来，边跑边喊："老朱家着火啦！"等跑到地方一看，咦？房子安然无恙。朱家的邻居说："你们慌啥哩，人家家里生了个男孩！"于是，众咸异之。这个男孩被爸爸朱诚取名叫朱温。朱温是老三，还有大哥朱全昱和二哥朱存。

不管屋顶发光的事情是真是假，不过老朱家这哥儿几个命是真够苦的。"昆仲三人，俱未冠而孤。"也就是说，在老朱家这仨小子还没成年的时候，他们的父亲就去世了。

在古代社会，男人是家里的经济支柱。乡村教师这个职业虽然不算富贵，但总可维持温饱。父亲去世后，一个妇女拉扯三个孩子，着实不易。迫于生计，母亲朱王氏带着三个儿子流落到了萧县地主刘崇家，以帮佣为生。朱温从小就负责为刘地主家放猪。

牧猪儿朱温渐渐长大了，长得膀大腰圆、孔武有力。

老朱家哥仨，老大朱全昱老实本分，每日辛勤劳作，而老二朱存、老三朱温每日游手好闲，仗着一身力气自命不凡。尤其是老三朱温，更是凶狠霸道，十里八村儿的人见他就躲。

史载："帝既壮，不事生业，以雄勇自负，里人多厌之。"（《旧五代史》卷一）"全昱无他材能，然为人颇长者。存、温勇有力，而温尤凶悍。"（《新五代史》卷一）

地主家也没有余粮，更不养闲人。刘崇看见朱温每天不事生产，好吃懒做的样子，打心眼儿里来气，有时候拿起棍子上去就要揍他。只有刘崇的母亲刘奶奶，从小就可怜这没爹的孩子。看见朱温乱蓬蓬、脏兮兮的头发都打结了，而且满头虱子，刘奶奶就把朱温叫到身旁，亲自拿出篦子，帮他篦头。朱温在刘奶奶面前从来不耍混蛋，乖乖听话，这大概是朱温小朋友童年难得的温馨回忆吧。刘奶奶看见家里人欺负朱温，就教训他们说："朱家老三可不是一般人，你们要好好相处，不准欺负他。"家里的几个年轻人不服气："他不就是我们家的长工，放猪的吗？有什么了不起？"刘奶奶就神秘兮兮地告诉大家："我有一次看见朱三在熟睡的时候，变身成一条红通通的大蛇！"

大伙儿听了哈哈大笑："奶奶，您眼花了吧！"

史载："崇以其慵惰，每加谴杖。唯崇母自幼怜之，亲为栉发，尝诫家人曰：'朱三非常人也，汝辈当善待之。'家人问其故，答曰：'我尝见其熟寐之次，化为一赤蛇。'然众亦未之信也。"

关于这段历史记载，我的感受是：

第一，朱温确实是苦命的孩子，小小年纪就跟着母亲寄人篱下，干着脏活累活，还要受人白眼，挨人欺负。所以，他绝不是天生凶残而狡诈的，在这种环境下，他不仅从小心中就埋下了怨念，而且学会了见机行事。

第二，刘奶奶确实是个好人，她对朱三好，一定不是看见他变成什么赤蛇，而是真心疼这个苦命的孩子。而朱温成就事业之后，也没有忘记她，好人有好报。

朱家老三就是这样每天过着与猪为伍的生活，直到他二十五岁的那一年。

2. 黄巢起义

朱温出生在唐宣宗当政的相对太平的年份，可是经过唐懿宗的折腾，到了唐僖宗即位时，社会矛盾已经非常激化了。大小官员贪污成风，大批农民失去土地，四处流亡。官府不知安抚，却将逃亡百姓的税赋加在未逃之人的头上，从而引起新的逃亡。

唐僖宗即位时只有十二岁，每日只知玩乐，将政事全部交给臣下，国家更加混乱不堪。僖宗即位的次年，改元乾符，这一年爆发了给唐王朝最后一记重击的王仙芝、黄巢起义。

乾符元年（874 年），史载："上年少，政在臣下。南牙（朝臣）、北司（宦官）互相矛盾。自懿宗以来，奢侈日甚，用兵不息，赋敛愈急。关东连年水、旱，州县不以实闻，上下相蒙，百姓流殍，无所控诉。相聚为盗，所在蜂起。州县兵少，加以承平日久，人不习战，每与盗遇，官军多败。是岁，濮州人王仙芝始聚众数千，起于长垣（今河南东北部）。乾符二年（875年）六月，冤句人黄巢亦聚众数千人应仙芝。”（《资治通鉴》卷二百五十二）

黄巢，曹州冤句人（今山东菏泽西南），出身盐商家庭（私盐贩子），史载：“巢少与仙芝皆以贩私盐为事，巢善骑射，喜任侠，粗涉书传，屡举进士不第，遂为盗，与仙芝攻剽州县，横行山东，民之困于重敛者争归之，数月之间，众至数万。”

黄巢第一个身份，应该是诗人。

宋朝张端义的《贵耳集》记载，黄巢五岁时侍奉在爷爷身旁，黄巢的父亲和爷爷以菊花为题连句，爷爷思索未至，黄巢却随口应曰：

堪于百花为总首，
自然天赐赫黄衣。

黄巢的父亲听到如此小儿，竟然口出悖逆之语，扬起手来就要给他一个耳刮子。因为黄袍是唐代的天子服饰，怎能胡乱拿来比喻？

黄巢的爷爷劝道：“孙能诗，但未知轻重，可令再赋一篇。”黄巢随即应之曰：

飒飒西风满院栽，
蕊寒香冷蝶难来。
他年我若为青帝，
报与桃花一处开。

如果宋人的记载属实，黄巢在五岁时能做出此等文采飞扬同时又霸气外露的诗来，着实令人惊叹，其才思之敏捷堪比三国曹植。但是令人叹息的是，如此才华横溢的人才，在成年之后却屡试不第。在落榜之后，黄巢又作了一首非常有名的诗《不第后赋菊》：

> 待到秋来九月八，
> 我花开后百花杀。
> 冲天香阵透长安，
> 满城尽带黄金甲。

后来，他号称“冲天大将军”，而且真的实现了自己“冲天香阵透长安，满城尽带黄金甲”的梦想。

黄巢的第二个身份，是盐帮首领。

名落孙山后，黄巢继承祖业成为盐帮首领。贩卖私盐是一个充满风险、刺激、挑战，随时掉脑袋的行业，但是利润非常丰厚。因为在我国古代，国家往往实行盐铁专卖以获取厚利，因此严禁民间贩卖私盐。对私盐贩子一旦抓获，往往处以极刑。因此，私盐贩子通常都会组织自己的私人武装与政府对抗。黄巢干的这个行业，既有资金又有武装，黄巢成为农民起义的领导人，也绝非偶然。

黄巢的第三个身份，是冲天大将军、大齐金统皇帝。

唐僖宗乾符元年（874 年），全国各地连年发生水旱灾，河南最为严重，“麦才半收，秋稼几无，冬菜至少”。朝廷却“用兵不息，赋敛愈急”，各州县又不上言灾情，致使“百姓流殍，无处控诉”。于是濮阳的私盐贩子王仙芝等聚众数千人，于长垣县揭竿而起。乾符二年（875 年）六月，黄巢与兄侄八人聚众数千人，响应王仙芝，攻剽州县，横行山东，民之困于重敛者争归之，数月之间，众至数万。

在这种情况下，朝廷的官员们依旧欺上瞒下。乾符二年秋，七月，蝗虫自东而西，遮天蔽日，所过赤地。京兆尹杨知至却奏称：“蝗入京畿，不食稼，皆抱荆棘而死。”宰相皆贺。稍有常识的人都知道蝗灾的厉害，百姓颗粒无收、饿殍遍野，百姓的父母官却睁眼说瞎话，向皇帝禀告蝗虫不吃庄稼，皆抱荆棘而死。满朝公卿，你们都是来搞笑的吗？就算哄皇帝小孩子玩，也编个稍微像样点儿的谎言好不好？你们是在侮辱天下人的智商吗？

僖宗乾符五年（878年），官军大破王仙芝于黄梅，杀五万余人，斩王仙芝。尚让率王仙芝余部归附黄巢，推黄巢为主，号称“冲天大将军”，改元王霸（总是那么直接、霸气）。

广明元年（880年）十一月十七日，东都留守刘允章迎黄巢军入东都洛阳。十二月一日，兵抵潼关。十二月十三日，兵进长安，黄巢于含元殿即皇帝位，国号大齐，建元金统，大赦天下。

历代史家对黄巢褒贬不一，有一首《秦妇吟》记录了这段历史。《秦妇吟》是唐末五代诗人韦庄创作的长篇叙事诗。借一位逃难的妇女之口描述了唐末黄巢起义时的社会景象，反映了战争给人民带来的深重灾难。全诗情节曲折丰富，结构宏大严密，语言流丽精工，为中国古代叙事诗树立了一座丰碑。后人把此诗与汉乐府《孔雀东南飞》、北朝乐府《木兰辞》并称为“乐府三绝”；也有人认为它是继杜甫“三吏三别”和白居易《长恨歌》之后唐代叙事诗的第三座丰碑。现录之于下，各位读者可以体会当时的乱世。

秦妇吟

中和癸卯春三月，洛阳城外花如雪。
东西南北路人绝，绿杨悄悄香尘灭。
路旁忽见如花人，独向绿杨阴下歇。
凤侧鸾欹鬓脚斜，红攒黛敛眉心折。
借问女郎何处来？含颦欲语声先咽。
回头敛袂谢行人，丧乱漂沦何堪说！
三年陷贼留秦地，依稀记得秦中事。
君能为妾解金鞍，妾亦与君停玉趾。

前年庚子腊月五，正闭金笼教鹦鹉。
斜开鸾镜懒梳头，闲凭雕栏慵不语。
忽看门外起红尘，已见街中擂金鼓。
居人走出半仓皇，朝士归来尚疑误。
是时西面官军入，拟向潼关为警急。
皆言博野自相持，尽道贼军来未及。
须臾主父乘奔至，下马入门痴似醉。
适逢紫盖去蒙尘，已见白旗来匝地。

扶羸携幼竞相呼，上屋缘墙不知次。
南邻走入北邻藏，东邻走向西邻避。
北邻诸妇咸相凑，户外崩腾如走兽。
轰轰昆昆乾坤动，万马雷声从地涌。
火迸金星上九天，十二官街烟烘烔。
日轮西下寒光白，上帝无言空脉脉。
阴云晕气若重围，宦者流星如血色。
紫气渐随帝座移，妖光暗射台星拆。

家家流血如泉沸，处处冤声声动地。
舞伎歌姬尽暗捐，婴儿稚女皆生弃。
东邻有女眉新画，倾国倾城不知价。
长戈拥得上戎车，回首香闺泪盈把。
旋抽金线学缝旗，才上雕鞍教走马。
有时马上见良人，不敢回眸空泪下。
西邻有女真仙子，一寸横波剪秋水。
妆成只对镜中春，年幼不知门外事。
一夫跳跃上金阶，斜袒半肩欲相耻。

牵衣不肯出朱门，红粉香脂刀下死。
南邻有女不记姓，昨日良媒新纳聘。
琉璃阶上不闻行，翡翠帘间空见影。
忽看庭际刀刃鸣，身首支离在俄顷。
仰天掩面哭一声，女弟女兄同入井。
北邻少妇行相促，旋拆云鬟拭眉绿。
已闻击托坏高门，不觉攀缘上重屋。
须臾四面火光来，欲下回梯梯又摧。
烟中大叫犹求救，梁上悬尸已作灰。
妾身幸得全刀锯，不敢踟蹰久回顾。
旋梳蝉鬓逐军行，强展蛾眉出门去。
旧里从兹不得归，六亲自此无寻处。

一从陷贼经三载，终日惊忧心胆碎。
夜卧千重剑戟围，朝餐一味人肝脍。
鸳帏纵入岂成欢？宝货虽多非所爱。
蓬头垢面眉犹赤，几转横波看不得。
衣裳颠倒语言异，面上夸功雕作字。
柏台多半是狐精，兰省诸郎皆鼠魅。
还将短发戴华簪，不脱朝衣缠绣被。
翻持象笏作三公，倒佩金鱼为两史。
朝闻奏对入朝堂，暮见喧呼来酒市。

一朝五鼓人惊起，叫啸喧呼如窃语。
夜来探马入皇城，昨日官军收赤水。
赤水去城一百里，朝若来兮暮应至。
凶徒马上暗吞声，女伴闺中潜生喜。

皆言冤愤此时销，必谓妖徒今日死。
逡巡走马传声急，又道官军全阵入。
大彭小彭相顾忧，二郎四郎抱鞍泣。
沉沉数日无消息，必谓军前已衔璧。
簸旗掉剑却来归，又道官军悉败绩。

四面从兹多厄束，一斗黄金一斗粟。
尚让厨中食木皮，黄巢机上刲人肉。
东南断绝无粮道，沟壑渐平人渐少。
六军门外倚僵尸，七架营中填饿殍。
长安寂寂今何有？废市荒街麦苗秀。
采樵斫尽杏园花，修寨诛残御沟柳。
华轩绣毂皆销散，甲第朱门无一半。
含元殿上狐兔行，花萼楼前荆棘满。
昔时繁盛皆埋没，举目凄凉无故物。
内库烧为锦绣灰，天街踏尽公卿骨！

来时晓出城东陌，城外风烟如塞色。
路旁时见游奕军，坡下寂无迎送客。
霸陵东望人烟绝，树锁骊山金翠灭。
大道俱成棘子林，行人夜宿墙匡月。

明朝晓至三峰路，百万人家无一户。
破落田园但有蒿，摧残竹树皆无主。
路旁试问金天神，金天无语愁于人。
庙前古柏有残枿，殿上金炉生暗尘。
一从狂寇陷中国，天地晦暝风雨黑。

案前神水咒不成，壁上阴兵驱不得。
闲日徒歆奠飨恩，危时不助神通力。
我今愧恧拙为神，且向山中深避匿。
寰中箫管不曾闻，筵上牺牲无处觅。
旋教魇鬼傍乡村，诛剥生灵过朝夕。
妾闻此语愁更愁，天遣时灾非自由。
神在山中犹避难，何须责望东诸侯？

前年又出杨震关，举头云际见荆山。
如从地府到人间，顿觉时清天地闲。
陕州主帅忠且贞，不动干戈唯守城。
蒲津主帅能戢兵，千里晏然无犬声。
朝携宝货无人问，暮插金钗唯独行。

明朝又过新安东，路上乞浆逢一翁。
苍苍面带苔藓色，隐隐身藏蓬荻中。
问翁本是何乡曲？底事寒天霜露宿？
老翁暂起欲陈辞，却坐支颐仰天哭。
乡园本贯东畿县，岁岁耕桑临近甸。
岁种良田二百廛，年输户税三千万。
小姑惯织褐絁袍，中妇能炊红黍饭。
千间仓兮万丝箱，黄巢过后犹残半。
自从洛下屯师旅，日夜巡兵入村坞。
匣中秋水拔青蛇，旗上高风吹白虎。
入门下马若旋风，罄室倾囊如卷土。
家财既尽骨肉离，今日垂年一身苦。
一身苦兮何足嗟，山中更有千万家。

朝饥山上寻蓬子，夜宿霜中卧荻花！

妾闻此老伤心语，竟日阑干泪如雨。
出门唯见乱枭鸣，更欲东奔何处所？
仍闻汴路舟车绝，又道彭门自相杀。
野色徒销战士魂，河津半是冤人血。
适闻有客金陵至，见说江南风景异。
自从大寇犯中原，戎马不曾生四鄙。
诛锄窃盗若神功，惠爱生灵如赤子。
城壕固护教金汤，赋税如云送军垒。
奈何四海尽滔滔，湛然一境平如砥。
避难徒为阙下人，怀安却羡江南鬼。
愿君举棹东复东，咏此长歌献相公。

说了半天黄巢，朱温闹意见了："我是主角，该说我了！"好的，咱们现在就说说此时的朱温。

3. 朱阿三的冒险之旅

公元 877 年，唐僖宗乾符四年，朱温二十五岁了。这个时候，正是黄巢起兵、天下大乱之时。朱温、朱存兄弟俩坐不住了，他们辞别自己的老东家刘崇，辞别自己的老母，辞别慈爱的刘奶奶，踏上了脑袋别在裤腰带上的旅途。《新五代史·梁本纪第一》载："唐僖宗乾符四年，黄巢起曹、濮，存、温亡入贼中。"

我在地图上查了一下，从朱温兄弟所在的萧县到黄巢起事的菏泽曹州，距离为二百多公里。开始我心想，这朱温兄弟的决心也真够大的，在没有现代交通工具的情况下，奔波二百多公里，真是意志坚定。后来再细一看，不是那么回事。史载乾符四年，王仙芝、黄巢围攻宋州（朱温的老家），并与唐政府军发生激战，朱温兄弟很有可能是在宋州之战期间加入黄巢队伍的。

朱温、朱存参加起义后，战斗勇敢，“以力战屡捷，得补为队长”。后来，老二朱存在黄巢进攻岭南的战斗中战死，老三朱温却越战越勇，如日中天，一发不可收拾。

唐广明元年（880 年）十二月，黄巢攻陷长安。

中和元年（881 年）二月，黄巢任命朱温为东南面行营都虞候，令朱温率军攻邓州，朱温很快就将邓州攻了下来，驻军在邓州并控扼荆、襄。六月，朱温回到长安，黄巢亲自到灞上迎接慰劳。七月，黄巢又派遣朱温在西线兴平抗拒唐朝廷邠、岐、鄜、夏等州的政府军，所到之处皆立战功。

中和二年（882 年）二月，黄巢任命朱温为同州刺史，命朱温自行攻取。唐朝的同州刺史米诚弃城逃往河中，朱温遂占据了同州。由此，朱温获得了一支受自己控制和支配的武装力量，而且获得了自由行动的授权。

就在朱温要放开拳脚大干一场的时候，唐朝河中节度使王重荣屯兵数万，纠合诸侯，前来征讨。朱温的队伍在数量和质量上都比不上王重荣的政府军，连战连败。于是，朱温向自己的皇帝黄巢请求救兵，形势危急，以至于“表章十上”。可是黄巢身边的心腹大将孟楷与朱温不合，朱温的求救表章被孟楷扣留，并没有送达黄巢手中。史载“巢中尉孟楷抑而不通”（《新五代史•梁本纪第一》）。

朱温见黄巢兵势日衰，知其将亡，在此情况下，朱温的手下谢瞳劝朱温说：“黄家起于草莽，幸唐衰乱，直投其隙而取之尔，非有功德兴王之业也，此岂足与共成事哉！今天子在蜀，诸镇之兵日集，以谋兴复，是唐德未厌于人也。且将军力战于外，而庸人制之于内，此章邯所以背秦而归楚也。”（《新五代史•梁本纪第一》）

在这生死存亡的关键时刻，朱温权衡利弊，经过深思熟虑，做出了一个重大决定，杀掉黄巢派来的监军使严实，向唐朝的河中节度使王重荣投降，并且认王重荣做自己的舅父（因为朱温的母亲也姓王，这种攀亲模式在当时颇为流行）。

4. 强藩的崛起

朱温的归顺，对唐朝而言是天大的喜讯。王重荣当天即飞章上奏。僖宗在四川看到奏章后，喜出望外，说："是天赐予也！"当即颁诏封朱温为右金吾大将军，河东行营招讨副使，并赐名朱全忠（这个赐名真是讽刺，其实朱温过去既不忠于大齐金统皇帝黄巢，未来也没有忠于大唐天子）。

此后，朱温正式成为政府官员。朱温所部与河中节度使王重荣的军队协同作战，攻击黄巢的农民起义军，连战连胜，所向无不克捷。

中和三年（883 年）三月，唐廷封朱温为汴州刺史、宣武军节度使，但是有一个条件，要求他在收复长安后才能正式上任。

中和三年四月，李克用与黄巢军战于渭南，一日三战，连战连捷。李克用军自光泰门进入长安，黄巢败走，长安收复。

七月，朱温正式到宣武节度使的州治——汴州（今河南开封）上任了。从此以后，汴州成为朱温的重要后方，这也是未来汴州成为北宋都城的起源。朱温初到汴州的时候，部下只带了几百人，虽有庞师古、朱珍等将校，但兵微将寡，实力并不算强。这一年，朱温刚满三十二岁。

朱温初到的汴州，百姓饥馑，公私穷竭，内则骄军难制，外为大敌所攻，无日不战，众心危惧。但是朱温勇气百倍，心中谋划着他的雄图伟业。朝廷以黄巢未平，加朱温为东北面都招讨使，这也为朱温未来展开兼并战争，吞并其他割据势力披上了合法外衣。

朱温任节度使后，盛饰舆马，派人去当年打工的地主刘崇家迎接母亲。朱温的母亲王氏哪里相信自己的儿子朱三能做节度使，想来必是认错了人，心中害怕，赶忙躲了起来。王氏对人说："我家朱三落拓无行，不知在何处做贼送死，焉能自至富贵？汴帅非吾子也。"派来的使者向王氏详细禀报了当年朱三离乡去里之由，归国立功之事，王氏听得瞠目结舌，过了半晌才回过神来，"泣而信之"。当日，使者就将王氏和刘崇的母亲刘奶奶一起迎回汴州。朱温盛礼郊迎，地主刘崇也因为旧日恩情位至列卿，授官为商州刺史。朱温母亲王氏则被朝廷封为晋国太夫人。

朱温大摆宴席，与母亲相谈甚欢，说到家事，朱温对母亲说："我爹朱五经（朱温之父本名朱五经）辛辛苦苦读书育人，却到死也没有做官取得功名。今有子为节度使，也算光宗耀祖、无忝前人矣。"朱温的母亲面露不悦之色，沉默许久，对朱温说："汝致身及此，建功立业，相信你必有英武奇特之处，然而你的为人处世却未必赶得上先人。朱二与汝同入贼军，身死蛮夷之地，如今朱二的后代孤男稚女无人抚养，艰食无告。汝未有恤孤之心，英特即有，诸无取也。"朱温垂泪谢罪，随即将兄弟子侄都接到汴州来。

5. 陈州！赵犨！

我们暂且放下朱温这边，看看黄巢离开长安后的去向。

黄巢撤离长安后，经蓝田进入商山，以孟楷为先锋进攻蔡州，蔡州节度使秦宗权大败投降。紧接着，孟楷军与秦宗权军合流，一起围攻陈州。

对黄巢来讲，这是一个错误的决定，因为他们找错了攻击的对象。他们要攻打的是陈州，而陈州刺史，是赵犨（chōu）。

陈州刺史赵犨为将门之后，博学多才，精于弓马，可谓文武双全，智勇双全，忠义双全，晚唐年间的超级猛人。

早在黄巢攻陷长安之时，陈州的同僚们深感大唐末日降临，一个个惶恐不安，而赵犨却轻松大笑。对手下将领说："巢不死长安，必东走，陈州（陈州为忠武军节度使辖区）乃其冲也。且巢素与忠武为仇，不可不为之备。"

当其他州县的地方官都收拾东西准备跑路的时候，赵犨却一直整修城墙，疏浚沟堑，囤积粮草，缮治甲兵，并且把方圆六十里之内的老百姓统统迁到城里。赵犨任命其弟赵昶（chǎng）为防遏都指挥使，另一弟赵珝为亲从都知兵马使，与儿子赵麓、赵霖分领精兵，加强战备。当黄巢大军真的攻来之时，赵犨，这位有担当、敢负责、不怕死的大唐刺史，已经做好了准备。

赵犨谓将吏曰："贼巢之虐，遍于四方，苟不为长安市人所诛，则必驱残党以东下。况与忠武久为仇雠，凌我土疆，势必然也。"乃遣增垣墉，浚沟洫，实仓廪，积薪刍。凡四门之外，两舍之内，民有资粮者，悉令挽入郡中。缮甲兵，利剑槊，弓弩矢石无不毕备。又招召劲勇，置之麾下。以仲弟昶为防遏都指挥使，以季弟珝为亲从都知兵马使，长子麓、次子霖，皆分领锐兵。（《旧五代史•梁书•列传四》）

孟楷刚刚攻破蔡州秦宗权，志得意满，骄傲自大。赵犨利用孟楷轻敌的弱点，先向其示弱，待孟楷轻敌无备，乘机发动奇袭，一举将敌军杀获殆尽，并俘杀孟楷，将孟楷枭首示众。朝廷以赵犨之功，加封其为检校兵部尚书、右仆射，不久又加司空，封颍川县伯。

孟楷是黄巢爱将，赵犨此举，彻底把黄巢激怒了。黄巢与秦宗权合兵，亲率全军先据溵水，后攻宛丘，在陈州城北扎营，开始围攻，誓为孟楷报仇。黄巢的军队在陈州城外"掘堑五重，百道攻之"，疯狂开始攻城。

看着黄巢军队的疯狂进攻，陈州的百姓害怕了，城破了难逃屠城，有谁不怕？面对数十倍于己的敌军，赵犨慷慨陈词，说道："忠武军以义勇著称，陈州兵以悍猛出名，我赵犨一家久食陈州俸禄，如今献身捍卫陈州的时候到了，我誓与陈州共存亡。男儿当求生于死中，况且以身殉国死，不比向贼寇屈膝偷生强吗？有异议者斩！"赵犨为了给大家鼓劲，数次率精兵开城门出战，屡破黄巢军，以鼓舞士气。黄巢攻城不克，愈加愤怒。遂在城北"起八仙营，如宫阙之状，又修百司廨署，储蓄山峙”，准备持久作战。赵犨全力抵御，大小数百战，虽兵食将尽，但人心益固。

这时，黄巢军也面临着巨大的问题——粮食。

连年烽火，使得百姓无法耕种，民间的粮食积储本来就极其贫瘠，赵犨又早早坚壁清野，把方圆六十里内的居民全部迁入城中，黄巢几十万大军的粮食立刻成了大问题。

陈州赵犨还在不屈不挠地坚持着，与黄巢军已经相持三百余日。正是陈州的决死抵抗，拖住了黄巢的脚步，令其兵力疲敝，主力瓦解。

中和三年（883 年）十二月，赵犨遣人突围，求救于邻道。宣武军节度使朱温、感化军（治今江苏徐州）节度使时溥、忠武军（治许州，即今河南许昌）节度使周岌率军救援。

这是朱温显露英雄本色的正确抉择。当时朱温所辖的汴州等地连年饥荒，公私俱困，国库与粮仓空虚，外为大敌所攻，内则骄军难制，却还要持续作战，日甚一日。大家的失败情绪日益蔓延，但是朱温始终保持着旺盛的斗志、锐气和决心。当赵犨的使者到来时，朱温果断决定，出征！

朱温的宣武军出手不凡，在鹿邑与黄巢的军队相遇，纵兵击之，斩首二千余级，并引兵进入亳州。这使朱温兼有了谯郡之地，扩大了地盘。更为重要的是，陈州之战使朱温获得了名将赵犨的绝对信任，此后赵犨一心归附朱温，结为儿女亲家，并始终以朱温的下属自居。

为了对付实力尚强的黄巢，三镇节度使决定，联名请求河东节度使李克用出兵。李克用这时统帅的，是大唐北方最强大的骑兵军团，且多是百战之兵。李克用接信后，二话不说，立即率军讨伐。史载：“黄巢兵尚强，周岌、时溥、朱全忠（即朱温）不能支，共求救于河东节度使李克用。二月，克用将蕃、汉兵五万出天井关。”（《资治通鉴》卷二百五十五）

中和四年（884 年）二月，四镇兵马合兵一处，气势大盛。三月，朱温攻破瓦子寨，杀贼数万。这时候，陈州四面，仍然是与黄巢营寨相望。四镇分兵剪扑，大小四十余战。四月，攻破西华寨，守将黄邺（黄巢之弟）单人单骑逃往陈州城下的黄巢据点。联军紧追不舍，直扑陈州城下的黄巢所建的“八仙营”（不愧是诗人，连营的名字都起得很浪漫）。

陈州刺史赵犨见到援军已至，率领守军冲出城来，喊杀声震天动地。积攒了三百天的怒火，顿时火山一般倾泻出来，黄巢的军队被杀得尸横遍野，血流成河。黄巢腹背受敌，招架不住，只得撤退到故阳里。朱温进入陈州，陈州刺史赵犨迎于马前，从此赵犨与朱温结为生死之交。

五月初三，“大雨震电，川溪皆暴溢”，平地水深数尺，几可齐腰，黄巢营寨全被大水冲毁，无法屯驻，黄巢决定离开陈州地界，全军开往汴州。这时的朱温刚刚回到汴州，听说黄巢来攻，急忙向李克用求救。李克用闻讯后，立即从许州出发，五月八日追上了黄巢军。当黄巢军从中牟北的王满渡（地名，汴河渡口）渡河时，李克用乘其半济而奋击之，黄巢军大败，死伤万余人。黄巢率残兵败将向东北逃去，李克用又追杀到封丘（今河南封丘）。黄巢手下的宰相尚让率其部下投降了时溥，将领霍存、葛从周、张归厚、张归霸等人投降了朱温。这时又遇大雨，黄巢只收集散兵近千人，冒雨东奔兖州。

六月十五日，黄巢与唐军在兖州“殊死战，其众殆尽”，黄巢与其外甥林言逃到泰山狼虎谷的襄王村（今山东莱芜西南）。这时，黄巢的外甥林言见大势已去，于是便乘机杀掉黄巢及其兄弟妻子。林言持黄巢等人首级欲向时溥献功，却在路上遇到沙陀的博野军，他们杀了林言，将林言及黄巢等人首级一并献给了时溥。

唐僖宗中和四年（884 年），秋七月，僖宗在成都大玄楼举行受俘仪式。时溥献上黄巢首级，另有黄巢姬妾二三十人。僖宗问道：“汝曹皆勋贵子女，世受国恩，何为从贼？”居首的女子回答：“狂贼凶逆，国家以百万之众，失守宗祧，播迁巴、蜀；今陛下以不能拒贼责一女子，置公卿将帅于何地乎！”上不复问，皆戮之于市。临刑前，执法人员可怜这些妇女，让她们喝醉后再行刑，女孩们边哭边喝，不久在醉卧中受死，独居首女子不哭亦不醉，从容就死。此真奇女子也，惜未闻其姓名掌故也。

经过与黄巢作战，朱温扩大了地盘，吸纳了人才，赢得了声誉，并且获得了良将赵犨的信任。

中和四年（884 年）九月，天子封朱温为检校司徒、同中书门下平章事，封沛郡侯，食邑千户。

6. 梁（朱温）晋（李克用）结怨

朱温和李克用不是生死与共、一个战壕里的朋友吗？怎么会结怨呢？

原来在追击黄巢的过程中，李克用率军昼夜不停地纵马疾驰，人困马乏，粮草也吃光了，于是就近到汴州修整，想恢复体力，补充粮草后，继续追击黄巢。李克用在汴州城外安营，本来没想入城，与朱温互不相扰。可是朱温认为这是除掉未来对手的大好机会，盛情邀请李克用入城休息。

李克用为人坦荡，心中不疑，只带了几百亲兵入城，住在上源驿馆。朱温待客之礼非常周到，按高规格接待李克用，酒菜、歌舞、欢迎仪式一应俱全，场面那是热烈而隆重，朱温“礼貌甚恭”。

但是在酒宴之上，据史籍记载，当时“克用乘酒使气，语颇侵之，全忠不平”。也就是说,李克用有点儿喝多了,于是口不择言,言语之中冒犯了朱温。史书没有记载李克用究竟说了什么话，但有可能是提到朱温当年跟着黄巢起义的事儿。于是，朱温怀恨在心，欲除李克用而后快。照此说来，仿佛这件事情并非预谋，而且李克用也有一定责任。

让我们来分析一下，首先李克用是作为客人接受朱温的招待，吃人家、喝人家又口出不逊之言，是不合情理的；其次李克用入城之时，带兵不多，从保护自身安全来看，也不会主动与朱温冲突；再次，从朱温后面的所作所为来看，狡诈欺骗之事不胜枚举。所以推断这件事情很可能就是朱温的预谋，而史书为他进行了掩饰。

当夜，李克用和几百亲兵都喝得不少，安然进入梦乡。朱温命部将杨彦洪在街上设置路障，又横七竖八地停放许多车辆，然后纵兵围攻李克用所居驿馆，喊杀声震天动地。李克用刚才大概喝了不少酒，睡得很沉，外面杀声震天，李克用竟然毫无所闻。李克用手下薛志勤、史敬思等十几名亲兵力战，暂时挡住了汴兵。侍者郭景铢吹灭蜡烛，扶着李克用先躲到床下，再用冷水浇脸，才把李克用唤醒，告诉李克用他们正在受到朱温的袭击。李克用一惊而醒，拿起弓箭（李克用是神射手）。此时形势万分危急，亲兵薛志勤虽然用弓箭连续射倒几十人，但由于汴兵人数太多，加以放火助攻，室内浓烟滚滚，令人窒息，眼睛都睁不开，更别提抵抗了。

李克用这边眼看就要支持不住了。但是李克用命不该绝，老天爷在此时帮了他一把。

此时正值夏夜，风雷突变，雷雨大作。大雨不仅压制了火势，而且雨水遇火后，蒸发出大量水汽。夜幕、水汽、浓烟形成了天然绝佳的突围良机。亲兵薛志勤扶着李克用越墙而出，靠闪电照明，辨认道路。汴州州桥是必经之路，有重兵把守。李克用等人拼死力战，杀开一条血路。亲兵史敬思拼死断后，阻滞追兵，为李克用争取时间，最后力战而亡。当李克用登上尉氏门（汴城北门）时，身边只剩几人。他们用绳索缒城而出，天明之时才回到营地。此战李克用的监军陈敬思等三百多人死在城中，他们都是李克用的心腹亲信之人。

可笑的是那个率领汴兵围攻李克用的杨彦洪，他见李克用突出重围，飞马去追。不料朱温赶来，据说是把他误看成李克用，一箭射死（实则是杀人灭口）。

李克用回到营中后，立刻就要兴兵复仇。李克用的夫人刘氏很有见识，她说："汴人无道，自当向朝廷申述。如果擅自举兵进攻，天下人就无法分辨是非曲直了。"李克用听了她的话，引兵而去，只留下一封信质问朱温。朱温装傻答道："前夜之变，我一无所知，是朝廷使者和杨彦洪搞的阴谋。杨彦洪今已自取灭亡，望公鉴察。"朱温把责任推到杨彦洪这个死人身上，当真是死无对证，看来，当初射杨彦洪也未必是认错了人。

这件案子，朝廷无从下手，最终不了了之。但是从此之后，朱温与李克用势同水火，结成死仇。

7. 消灭秦宗权

中和四年（884 年）六月，陈州为了感谢朱温的救命之恩，在陈州为朱温造生祠。

此时朱温的事业有点儿基础了，然而未来的发展仍困难重重。朱温的汴州宣武镇，地处河南的平原地区，从战略地位上看，是所谓的四战之地。那时候，北方的旧藩镇有以幽州为中心的卢龙、以镇州为中心的镇定、以魏州为中心的魏博，即所谓的河朔三镇，以及以青州为中心的平卢。它们都没有受到农民起义的打击，军事、经济实力都很强。兖州、郓州一带的朱氏兄弟，他们都是勇将，而且和农民军打过硬仗，是所谓的百战之兵，趁乱割据，很有战斗力。河东（今山西）的李克用是朱温的死仇（原因前面已经讲过），他的沙陀骑兵是当时最强大的骑兵军团。河南则是原蔡州节度使秦宗权，此人本是许州的一员牙将，本军出兵时发生兵变，他趁乱占据蔡州，上司无力惩治，无奈只得任命他为刺史。因与黄巢作战，升为节度使。后来黄巢逃离长安，进攻蔡州，秦宗权又投降黄巢，一起去攻打陈州。（秦宗权蔡州集团的将领王审知兄弟、马殷、王建后来发展出来十国中的闽国、马楚、前蜀三个政权，此是后话。）

黄巢败亡后，秦宗权到处肆虐，“攻陷邻郡，杀掠吏民，屠害之酷，更甚巢贼”。

完全失去控制的秦宗权，野心极度膨胀。光启元年（885 年）二月，秦宗权在蔡州称帝，国号大齐（以黄巢继承者自居），并分兵攻陷陕、洛、怀、孟、唐、许、汝、郑等州。在秦宗权气焰最盛的时候，朱全忠的汴州和赵犨的陈州几乎是中原大地上唯一没有被秦宗权占领的两个点。因此，此后朱温与赵犨的真心合作也就不难理解了。前文提到，此后赵犨一心依附朱温，结为儿女亲家，并以部署自居。除了赵犨之外，朱温还有个帮手，那就是兖州和郓州的朱氏（朱瑄、朱瑾）兄弟，他们一起成为对抗秦宗权的主力军。不过朱氏兄弟与赵犨不同，朱温对他们只是暂时利用，这一点后面还会提到。

朱温与秦宗权相争，秦宗权的实力远胜朱温。但是秦宗权用兵没有章法，兵力分散。而且派出去的将领只要掳掠有得，便自顾自地行动，不听主将号令。这是秦宗权的致命弱点。

秦宗权最终败亡的另一个根本性原因，是因为他的反人类暴行。秦宗权的军队四处掳掠，害民之烈，谓之恐怖。

决定性的战斗发生在光启三年（887 年），地点是汴州北郊的边孝村。此前秦宗权曾经多次派部将进攻汴州，却屡战屡败，深以为耻。于是，在光启三年正月，秦宗权集中全部兵力进攻汴州。秦宗权遣其将秦贤、卢瑭、张晊进攻汴州。秦贤的军队驻扎板桥，张晊的军队驻扎北郊，卢瑭的军队驻扎万胜，绕汴州建立三十六栅，连延二十余里。此时，秦宗权的总兵力约为十五万人，想要一举消灭朱温。

朱温担心兵少，委任朱珍为淄州刺史，命他招募军队，并要其于初夏赶回汴州。朱珍到淄州（治淄川，今山东淄博淄川），只用十天时间便招募万余人，又率众袭击青州，获得马一千匹，于四月初八返回汴州。朱温大喜过望，说道：“吾事济矣！”

这时，秦宗权部将正在四处袭扰掳掠，准备围攻汴州。他们不知城中的兵力已得到加强，因此放松了戒备。朱温对诸将说：“彼蓄锐休兵，方来击我，未知朱珍之至，谓吾兵少，畏怯自守而已；宜出其不意，先击之。”

于是朱温抢先突然出击，先攻打秦贤在板桥的四个营寨，士卒踊跃争先，秦贤丝毫没有防备，朱温连拔四寨，斩首万余。又在万胜击败了卢瑭，卢瑭战败投水而死。朱温又派牙将郭言募兵于河阳、陕州、虢州，得万余人而还。

秦宗权听闻秦贤、卢瑭战败，亲率精兵驻扎在汴州北郊。

朱温派人向兖、郓（治今山东兖州、东平）二州求援。五月，二州节度使朱瑄、朱瑾兄弟领兵抵汴，朱温在军中置酒欢迎。正当欢迎酒会进行到最热烈的时候，朱温假装如厕，却悄悄地带领轻兵出北门袭击张晊，而在此过程中乐舞之声始终不绝于耳。张晊哪里想得到朱温会在宴会中间偷袭，兖州、郓州兵又一起发动攻击，张晊大败。朱温以四州兵攻秦宗权于边孝村，大破之，斩首贼军两万余级。

秦宗权和张晊连夜逃走，路过郑州，屠城而去。秦宗权逃回蔡州，再次派遣张晊攻汴。朱温听闻张晊复来，登上了封禅寺的后山，远远望见张晊兵过，派朱珍尾随于后，并告诫朱珍说："张晊见吾兵必止。望其止，当速返，毋与之斗也。"过了一会张晊看见朱珍在后，果然停了下来。朱珍当即返回。

朱温又令朱珍领兵隐蔽在密林之中，而亲自率精骑埋伏在东边的高大坟冢之间。张晊的军队停下来埋锅造饭，吃饱之后，向朱珍发起攻击。朱珍的队伍稍稍退后，这时，朱温的伏兵横出，断张晊军为三而击之。张晊的军队首尾不能相顾，大败而逃，只身逃回。秦宗权大怒，斩张晊。

这时候，河阳、陕州、洛阳的秦宗权守军，听闻秦宗权的精兵皆被歼于汴州，就各自溃去了。这也是秦宗权不得人心的结果。于是李罕之取河阳、张全义（张全义对朱温的胜利至关重要，后面会提到）取洛阳都来归附朱全忠。

经此一战，秦宗权军实力大损，只得龟缩蔡州。而依着朱温的个性，必定要将他斩尽杀绝。

文德元年（888年），朱温集中力量围攻蔡州。朱温自任蔡州四面行营都统，诸镇兵皆受朱温节度。朱温率军进至滑州（治今河南滑县），相继攻克黎阳（今河南滑县北）、临河（今河南濮阳）、李固（今河北大名东北）三镇，又占据洛州和孟州（治今河南孟州），解除了西顾之忧。五月，朱温对秦宗权发动总攻，大败秦宗权于龙陂（今河南汝南），进逼蔡州城下，攻入北门。秦宗权退守蔡州中城（城中之城），朱温分诸将为二十八寨而环之。

龙纪元年（889 年）二月，秦宗权被部将申丛囚禁，“蔡将申丛遣使来告，缚秦宗权于帐下，折其足而囚之矣”。申丛降于朱温，朱温表申丛为蔡州留后。

可笑的是螳螂捕蝉黄雀在后，没过几天，申丛又被都将郭璠所杀。郭璠押着秦宗权献给了朱温，于是又以郭璠为淮西留后。

这里，朱温还搞了一把黑色幽默。朱温出师迎劳，对秦宗权接之以礼，又对秦宗权说：“下官屡以天子命达于公，如前年中幡然改图，与下官同力勤王，则岂有今日之事乎？”宗权曰：“仆若不死，公何以兴？天以仆霸公也。”（《旧唐书》卷二百一十四）

这段有趣的对话翻译过来是这样的。朱温对秦宗权搞了一个欢迎仪式（真的难以想象双脚被打断的秦宗权，关在囚车之中，是怎样接受这个欢迎仪式的）。朱温说：“下官多次向您传达天子的命令，如果前年您能够弃暗投明，和我一起共同勤王，怎么会有今日之事呢？”秦宗权也不含糊，答道：“我要是不死，你怎么会兴盛呢？是老天用我来成就你的霸业啊！”

然后，朱温派行军司马李璠、牙校朱克让把秦宗权押送长安。唐昭宗驾临延喜楼受俘，令京兆尹孙揆将秦宗权斩于独柳树下。

临刑之前，秦宗权还在槛车里伸出脑袋向孙揆辩解：“尚书大人，您看我秦宗权是造反的人吗？我只是对朝廷一片忠心，无处投效罢了。”围观的百姓都捧腹大笑。（《旧唐书》卷二百一十四记载：“‘尚书明鉴，宗权岂反者耶？但输忠不效耳。’众大笑。”）

8. 兼并四邻

兖州、郓州位于山东省的西部，正在宣武节度使朱温的卧榻之旁。朱氏兄弟虽然都是猛将，但是若论阴谋诡计，则与朱温不可同日而语。在对抗秦宗权的过程中，朱氏兄弟跟朱温诚心实意，可是朱温的心中时刻惦念着兼并兖、郓。

而且，当时的感化节度使时溥据有淮北的徐、宿、濠、泗等州，也在宣武的旁边，朱温实力渐强，自然也把时溥列入了兼并目标。

光启三年（887 年），秦宗权虽然还没有彻底灭亡，但实力已弱，朱温准备动手了。十月，朱温借口朱瑄、朱瑾招诱汴州士兵，挑起了冲突，派兵攻取了曹州和濮州。又派遣朱珍攻打郓州，但是被朱氏兄弟打败，大败而还。

文德元年（888 年）三月，昭宗即位。四月，天雄军（魏博）发生兵变，节度使乐彦贞被乱兵囚禁。乐彦贞的儿子相州刺史乐从训准备进攻魏博，并来向朱温求援。朱温派遣朱珍会同乐从训一同攻魏博。魏博军杀死了乐彦贞，乐从训战死，魏博军立罗弘信为主将，朱珍率军返还。之后，朱温为了专心对付徐州的时溥和兖州、郓州的朱氏兄弟，竭力与魏博罗弘信保持良好关系，让其作为与河东李克用之间的缓冲力量。

这个时候，洛阳的张全义和河阳的李罕之发生了冲突，这是怎么回事呢？张全义，字国维，原来是濮州临濮的一个农民，在县里服劳役的时候，由于受到县令的欺凌，一怒之下参加了黄巢的队伍，而且在黄巢手下还做到了吏部尚书（这个农民有水平）。黄巢失败后，归顺朝廷，后来又趁着秦宗权的守军溃散，在光启三年趁乱占据了洛阳，朝廷任命他为河南尹。

张全义这个人可不一般，当时洛阳屡遭兵灾，白骨遍野，荆棘满地，居民不满百户，田地尽归荒芜。隋唐两代的东都洛阳，当年的神都竟然残破到这个程度，真是让人揪心。张全义上任时手下只有百余人，先一起守住中州城（城中之城）。张全义从这一百余人中挑选了精明强干的十八人，每人授予一旗一榜，称为“屯将”，在洛阳的十八个下辖属县插上旗帜，张贴榜文，招收流民，恢复生产。张全义规定，在开始的时候对百姓不征收任何租税，对于犯法的人，除了杀人犯，其余的刑罚都是打几下板子。这就是所谓的“宽刑薄赋”吧。在他的治理下，流民渐渐安定，归之者如市，逐渐加入正常农业生产，人口逐渐增加起来。人口多了，张全义又挑选身体强壮者，进行操练，教之战阵，以御寇盗，保卫地方。几年以后，洛阳地面的元气逐渐恢复，"都市坊曲，渐复旧制，诸县户口，率皆恢复，桑麻蔚然，野无旷土"。可以当兵的壮丁，大县七千多人，小县也有两千多人。到了这个时候，他才开始设置县令以治理百姓。

张全义明察秋毫，人不能欺，而为政宽简。他常常亲自出外巡视，看见庄稼长得好的，就慰问奖励这户人家，劳以酒食；有善于养蚕耕织的，有时就亲至其家，呼出老幼，赐给茶彩衣物；看见荒芜的土地，就叫来主人进行责打；有人抱怨家里人力、畜力不够用，他便叫来邻居，叮嘱邻里要互相帮助。民间都对张全义赞不绝口，纷纷传言："张公不喜声伎，见之未尝笑；独见佳麦良茧则笑耳。"经过张全义的努力经营，洛阳十八个属县的农业生产完全恢复了。我常常想，张全义先生，您真的是一个农民吗？

可是张全义的兵力单薄，无法独立生存。他起初与河阳的李罕之结盟。李罕之兵强善战，但是不事生产。他见张全义有粮有帛，就经常向张全义索取，张全义总是有求必应。日子长了，李罕之的胃口越来越大，张全义渐渐负担不起。稍不如意，李罕之就把张全义的人捉去拷打。张全义忍无可忍，在文德元年（888 年）三月，袭占河阳。李罕之逃走，投奔李克用，想利用河东的兵力，夺回河阳。

李克用派兵围攻河阳，张全义只得向朱温求救。朱温派丁会、牛存节率兵救援，打退了河东兵。从此以后，张全义一心一意服从朱温。朱温出战，粮草全由张全义供应。从此，朱温有了自己稳固的后方和经济来源。

文德元年五月，唐昭宗封朱温为检校侍中，增食邑三千户。命名朱温的故乡为衣锦乡，里曰沛王里，以示荣宠。

文德元年九月，朱温围攻秦宗权的蔡州，由于粮运不济，朱温班师。在回兵途中，顺势向时溥发起攻击。朱温手下悍将朱珍与时溥战于吴康，大败时溥，取其丰、萧二县，接着又攻下宿州。朱珍驻扎在萧县，继续派遣庞师古攻打徐州。龙纪元年（889 年）正月，庞师古又败时溥于吕梁。三月，天子封朱温为东平王。七月，朱珍由于和将领李唐宾不和，因琐事斩杀李唐宾。朱珍担心朱温降罪，于是派人向朱温报告，说李唐宾谋叛。敬翔为朱温出谋划策，假装将李唐宾的妻子下狱，遣使者前往慰抚朱珍。然后，朱温亲自前往萧县，朱珍出迎，朱温命武士将朱珍拿下，责以专杀之罪而诛之。霍存等数十名将领叩头为朱珍求情，朱温大怒，以床（当为胡床）掷之，众将才退下。

朱珍是朱温手下第一猛将，朱温因为他不遵号令，擅杀将领而果断将朱珍处死，以后再也没有人敢擅自行动。紧接着，朱温以庞师古代替朱珍为都指挥使，继续挥师进攻徐州。到了冬天，天降大雨，朱温不能久战而返。

此后，朱温终于经过连年征战，于景福二年（893 年）四月，派庞师古攻破徐州，时溥全族登楼自焚而死。乾宁四年（897 年），攻破郓州，擒杀朱瑄。攻破郓州后，朱温得知朱瑾正带兵在外抢夺粮草，只留下康怀英守兖州。于是朱温乘胜遣葛从周以大军奇袭兖州，康怀英听说郓州已经失守，朱温的大军又突然攻来，仓皇之间出降。朱瑾无家可归，只得南下渡淮，投奔杨行密（不要忘记猛将朱瑾，后面他还会出场）。

到了这个时候，朱温已经控制了黄河中下游的绝大部分地盘，只有淄青一镇，位于现在山东省的东北部，位置较为偏僻，平卢节度使王师范还能暂时保持自立的局面。

9. 收服魏博

魏博是唐末以来的强镇，以兵精粮足著称。前面提到，在文德元年（888 年）四月，魏博发生兵变，节度使乐彦贞被乱兵囚禁。乐彦贞的儿子相州刺史乐从训向朱温求援。朱温派遣朱珍会同乐从训一同攻魏。魏博军杀死了乐彦贞，乐从训战死，魏博军立小校罗弘信为主将。罗弘信既立，遣使送款于汴，朱温优而纳之，遂命班师。

大顺元年（890年）十月，朱温要讨伐李克用，向魏博借道，魏博不从。朱温又派人要求魏博供应粮草，使者却被魏博牙军所杀。罗弘信畏惧，遂通好于李克用。十二月，朱温遣丁会、葛从周率众渡河取黎阳、临河，又令庞师古、霍存攻取淇门、卫县，紧接着朱温亲率大军到达。

大顺二年（891年）正月，魏博军屯于内黄。朱温大举进攻魏博，魏博军五败，斩首万余级。罗弘信惧，遣使持厚币请和。朱温命令停止焚掠，归还战俘，罗弘信从此感念朱温之恩而听命于朱温。

光化二年（899年）正月，幽州节度使刘仁恭发幽、沧等十二州兵十万，大举进攻魏博，欲兼河朔。刘仁恭攻陷贝州，州民万余户无论老少都被屠杀，投尸河中。其他诸城见贝州屠城，都坚决防守，刘仁恭自食其果难以攻下。紧接着刘仁恭开始进攻魏州，扎营于城北，魏博节度使罗绍威（罗弘信之子）派人向朱温求援。

朱全忠派遣朱友伦、张存敬、李思安等先屯于内黄，然后朱温亲自出征。刘仁恭对其子刘守文说道："汝勇十倍于思安，当先虏鼠辈，后擒绍威耳！"于是派刘守文及其妹夫单可及率精兵五万攻打李思安。李思安先令其将袁象先伏兵于清水之右，自己则与幽州军战于繁阳。李思安假装战败退却，刘守文率兵在后紧追不舍，直到内黄之北。李思安率军返身再战，同时伏兵大起，对幽州军前后夹击。幽州兵大败，杀获三万人，夺马二千余匹，擒获都将单可及以下七十余人。单可及为幽州骁将，号称单无敌，幽州军见单可及被擒斩，士气大减。

当月，葛从周也自山东领其部众，驰援魏博，率精骑八百进入魏州。刘仁恭攻打上水关、馆陶门（魏州北门），葛从周与贺德伦出战，在经过城门时，葛从周回头对守门人说："前有大敌，不可返顾。"命令将城门关闭。葛从周率军与幽州军殊死决战，刘仁恭再次大败。次日，汴军、魏军乘胜合并攻打刘仁恭，连破八寨，刘仁恭父子烧营而逃。汴军、魏军长驱追之，北至临清。刘仁恭的残兵败将争相渡河，相互拥塞，溺死者甚众。镇州王镕也出兵邀击刘仁恭，刘仁恭一路狼狈逃回沧州。从魏州至沧州五百里间，僵尸相枕，刘仁恭从此一蹶不振。

朱温抓住援助魏博的机会，在大破幽州兵的同时，顺利进入河北，从此，魏博镇完全服从朱温，成为朱温的附庸。镇州的王镕、定州的王处直兵力不敌，也都依附了朱温。到了这个地步，长淮以北，大河南北都成了朱温的势力范围。

10. 攻击河东

前文讲到，由于朱温使阴招想要除掉李克用，梁、晋结成死仇。但是由于朱温专心在对付兖州、郓州的朱氏兄弟和徐州时溥，而李克用又经常与河北各藩镇发生冲突，因此梁晋两家在这期间并未发生直接冲突。

但是在朱温取得绝对优势后，他开始向李克用发动攻击了。天复元年（901年）正月，朝廷封朱温为梁王。三月，朱温派大将贺德伦、氏叔琮领大军分多路讨伐太原，氏叔琮等自太行路入，魏博都将张文恭自磁州新口入，葛从周以兖、郓之众自土门路入，洺州刺史张归厚以本军自马岭入，定州刺史王处直以本军自飞狐入，晋州侯言自阴地入。

李克用的泽州刺史李存璋自知不敌，弃城逃回太原。氏叔琮又率军进逼潞州，节度使孟迁投降。河东的屯将李审建、王周，领步军一万、骑二千也投降了氏叔琮。四月，朱温大军出石会关，驻扎在洞涡驿。都将白奉国自井陉入，收降承天军。张归厚率兵到辽州，刺史张鄂投降。氏叔琮与诸军来到了晋阳城下，晋阳是李克用的老巢，城中虽时出精骑来战，然而形势已经十分危急。这时恰逢雨水太多，运粮困难，由于粮草不济，加之军中疾疫流行，朱温只得解围撤退。第二年，朱温再次围攻，李克用甚至有过弃城而走的打算，最后，汴军仍受疾疫威胁，不得不退。此后，梁晋之间你来我往，互有胜负，处于相持的状态。

11. 王师范的小插曲

在朱温气焰最盛的时候，只有平卢节度使王师范替他制造过一点麻烦。平卢节度使王师范，颇好学，以忠义自许，为治有声迹。

天复三年（903年），朱温围凤翔，王师范趁朱温主力在凤翔城下与李茂贞决战的时机，分派众将，乔装改扮成商贩百姓，暗藏兵器，悄悄进入汴、徐、兖、郓、齐、沂、洛阳、孟、滑、河中、陕、虢、华各州，算好路程远近，约定同时起事，占据各州。此举若能成功，当真是出奇制胜。可惜除了刘鄩成功占据兖州以外，其他诸将都泄露机关，被守将擒获。

这个刘鄩真不简单，有勇有谋，胆大心细。他先派人扮作油贩，进城探明虚实，知道兖州守将葛从周不在城内，而且城墙下面有一条水道可以进出。他引五百精兵利用暗夜的掩护，趁人们熟睡的时间，从水道入城。等到天亮，刘鄩已经完全占领全城，全城居民夜间一直在熟睡，竟然一点都未察觉。刘鄩占领兖州后，每天早晨都去拜谒葛从周的母亲，并且善待葛从周的亲属，对其子弟职掌、供应如故。

朱温从凤翔东还后，集中兵力进攻淄青，王师范兵败，被迫投降，只有刘鄩一直扼守兖州。朱温命葛从周急攻兖州，刘鄩请葛从周的母亲乘板舆登城，对葛从周说："刘将军事我不异于汝，新妇辈皆安居，人各为其主，汝可察之。"葛从周嘘唏而退，攻城的节奏也放缓了许多。刘鄩用兵，号称十步九计，所言非虚。刘鄩将妇人、老人和患有疾病的人，凡是不能作战的百姓都放出城，只将少壮者留在城中，同辛苦、分衣食，坚守城池。城内号令整肃，兵不为暴，民皆安堵。

随着王师范战败，刘鄩外援已经断绝，节度副使王彦温逾城出降，城上的兵卒多从之，不可遏制。于是刘鄩派人对王彦温从容说道："军士非素遣者，勿多与之俱。”（即如果不是原来安排好的士兵，不要多带。）又派人在城上巡逻说：“军士非素遣从副使而敢擅往者，族之！”（即如果不是原来安排好的士兵，而跟从副使擅自前往的灭族。）士卒皆惶惑不敢出。城下的敌人看到这种情形，果然怀疑王彦温，将其斩于城下，由是众心益固。

王师范屡战屡败，于是葛从周劝说刘鄩投降，刘鄩答道：“受王公命守此城，一旦见王公失势，不俟其命而降，非所以事上也。”最后直到王师范的使者到来，刘鄩接到王师范的命令，才开城投降。

葛从周为刘鄩准备行装，要送刘鄩赴大梁。刘鄩说道：“降将未受梁王宽释之命，安敢乘马衣裘乎？”于是素服乘驴至大梁。到达大梁后，朱温赐给刘鄩冠带，刘鄩辞谢不受，请求囚服入见，朱温不许。朱温又慰劳刘鄩，饮之酒，辞以量小。朱温说：“取兖州，量何大邪！”于是朱温以刘鄩为元从都押牙。当时朱温的属下多为功臣和旧人，刘鄩一旦以降将居其上，诸将俱军礼拜于廷，刘鄩坐受自如，朱温益奇之。过了不久，朱温又将刘鄩表为保大留后，镇守鄜州，防备李茂贞。

刘鄩后来成为后梁的重要将领，后面还会提到。

12. 皇帝梦

在朱温不断扩充实力的时候，唐朝的朝臣与宦官的矛盾还在发展，而朝臣之间的党争也从未停歇。

朱温在天复二年（902 年）引兵入关，天复三年（903 年）抢到昭宗，天祐元年（904 年）毁掉长安城，强迫昭宗迁都洛阳，接着杀死昭宗立十三岁的李柷为皇帝，是为唐哀帝。

到了这个时候，朱温称帝已经箭在弦上。他杀朝臣、杀宗室的过程已经在昭宗一节讲过，这里不再赘述。

907年，朱温正式登上帝位，改唐天祐四年为梁开平元年，这一年，朱温五十六岁。这里还有一段有趣的小插曲与各位读者分享。朱温的长兄叫作朱全昱，敦厚朴实，在朱全忠即位后封为广王。朱温登基后，在宫中大摆宴席，只有诸位亲王参加。酒过三巡菜过五味，大家就开始赌博游戏，朱全昱借着酒劲，突然将骰子摔在盆中四处迸散，对朱温大呼道："朱三，汝砀山一民，因天下饥荒，入黄巢做贼，天子用汝为四镇节度使，富贵足矣，何故灭他李家三百年社稷，称王称朕，吾不忍见血吾族矣，安用博为？"梁祖不悦而罢。后来，后唐庄宗即位，尽诛朱氏。但是到了北宋至道年间，仍有人自称为朱全昱的子孙，可见朱全昱一脉竟未绝嗣。

这个时候，从表面上看，不承认朱梁政权的只有河东李克用、西川王建、凤翔李茂贞、淮南杨渥，然而那些对朱温称臣的，如两浙钱镠、湖南马殷、广东刘隐等，也依旧保持着割据的事实。

13. 朱温的成功经验总结

儿子问我，朱温这么暴戾，为什么还能当上皇帝呢？有几个重要原因不得不说。

第一，听老婆的话，听好老婆的话。

朱温有个好老婆，这个老婆叫张惠，张惠确实很贤惠。她的规劝与制衡，使朱温少犯了不少错误，得以最终称帝。而她的去世，使朱温失去控制，暴虐荒淫，直至身亡。史书评价她："始能以柔婉之德，制豺虎之心，如张氏者，不亦贤乎！"（《北梦琐言》）

张惠（？—904年），后梁太祖朱温嫡妻，宋州砀山（与朱温同乡）人，追尊元贞皇后，后改元贞皇太后，卒于天祐元年（904年）。

张惠是宋州砀山渠亭里的乡绅之女（据《北梦琐言》记载，其父张蕤曾任宋州刺史）。如果不是生逢乱世，朱温这个养猪专业户是无论如何不可能高攀得上的。据说朱温在青少年时代，情窦初开之时，有一次偶然见过张惠，从此朝思暮想，颇有丽华之叹。但是朱温出身寒微，也只能是想想而已。

后来天下大乱，朱温在唐中和二年（882 年）攻取同州，在乱军之中发现张惠，喜出望外。在当时战乱年代，朱温仍没有忘记礼数，想方设法找到张惠的一位远房亲戚来主持婚礼，明媒正娶，与张惠结为连理，可见朱温对这位初恋的爱慕之深。

张惠深为朱温所爱护看重，张惠为人贤明精干，动有礼法，虽朱温刚暴，亦尝畏之。朱温时时暴怒杀戮，张惠常常救护，人赖以获全。张惠的所作所为一方面帮助朱温减少杀戮罪孽，另一方面也尽可能地减少了朱温集团的内耗。

有一次，朱温的长子朱友裕攻徐州，破朱瑾于石佛山，朱瑾逃走而友裕不追，朱温大怒，夺其兵。朱友裕惶恐，与数骑逃亡山中，后来躲避到伯父（朱温之兄）家里。张惠背地里派人教朱友裕脱身自归，朱友裕晨驰入见朱温，拜伏庭中，泣涕请死。朱温怒甚，将斩友裕。张惠闻之，来不及穿鞋，光着脚儿走到庭中持友裕泣曰："汝束身归罪，岂不欲明非反乎？"朱温意解，友裕方得免死。

朱瑾战败逃走之后，他的妻子却被朱温俘获，朱瑾之妻貌美，朱温欲纳其为妾。张惠出迎朱温，猜到朱温的意图，便请求与朱瑾之妻相见。朱瑾之妻赶忙向张惠跪拜行礼，张惠回礼后，对她推心置腹地说："司空（朱温）与兖、郓（朱瑄、朱瑾）本来是同姓，理应和睦共处。他们兄弟之间为一点小事而兵戎相见，致使姐姐落到这等地步，如果有朝一日汴州失守，那我也会和你今天一样了。"说完，眼泪流了下来。朱温在一旁内心受到触动，便送朱瑾之妻为尼。张惠经常给予朱瑾之妻以资助，使她得以善始善终。

张惠不但内事做主，外事包括作战也常让朱温心服口服。凡遇大事不能决断时朱温就向妻子询问，而张惠所分析预料的又常常切中要害，让朱温茅塞顿开。因此，朱温对张惠越发敬畏钦佩。有时候朱温已率兵出征，中途却被张惠派的使者赶上，说是奉张夫人之命，战局不利，请他速领兵回营，朱温就立即下令收兵返回。

可惜的是，张惠并没有活到朱温称帝之时，于唐昭宗天祐元年（904 年）病故。张惠去世后，朱温失去了约束，开始尽情地荒淫，最后终于败亡。(《北梦琐言》载："张既卒，继宠者非人，及僭号后，大纵朋淫，骨肉聚麀，帷薄荒秽，以致友珪之祸，起于妇人。")

在张惠临去世前，朱温拉住妻子的手说："自从在同州有缘和夫人成婚，相亲相爱二十年，如今眼看大功告成了，你可同我共享荣华富贵，做上几十年的太平皇后，哪知你竟一病不起！"张氏劝慰道："人生总有一死，妾此生得列王妃之位，已心满意足，只望大王记住'戒杀远色'四个字，妾死了也可瞑目了。"说完，闭目而逝，撒手人寰。

朱温倘若真的能够做到戒杀远色，又怎会落到后来那步田地?

第二，要有稳固的后方和经济基础。

一个武装集团的发展壮大，必有其经济上的成功因素。如汉高祖刘邦定鼎天下后，以萧何为第一功臣，就是因为楚汉相争时，他留守关中，使关中成为汉军的稳固后方，不断地输送士卒粮饷支援作战，对刘邦建立汉朝起了重要作用。

张全义和赵犨就是朱温的萧何。张全义的努力经营，使洛阳十八个属县的经济完全恢复，成为朱温争霸天下的经济支柱。陈州的赵犨，也在境内兴修水利，发展生产。有一次，朱温攻打淮南大败而归，就是靠赵犨补充兵员粮草，才得以保全并东山再起。

第三，统御部下颇有权谋。

五代十国，骄兵悍将难以管制，兵变、反叛更是司空见惯。主将被部下杀死推翻，以下克上，都是家常便饭。而朱温，对于统御部下，颇有权谋。

以朱温手下大将朱珍为例。最初，当朱温背离黄巢，归降唐朝时，手下大将只有朱珍、庞师古二人。后来，朱温被任命为宣武节度使，镇守汴州，兼领招讨使，但四周都是拥有强兵的藩镇，朱温以朱珍为心腹大将，简练军伍，裁制纲纪，全由朱珍负责。朱珍为朱温东征西讨，立下无数功劳。

光启元年，朱珍任诸军都指挥使，位列诸将之上，进兵焦夷，击败蔡州节度使秦宗权，又率兵西至汝、郑，南过陈、颍、宋、亳、滑、濮诸州，与秦宗权军战，斩杀不知其数。滑州节度使安师儒御下不严，防备空虚，朱温命朱珍与大将李唐宾率步骑兵攻之，大雪之中，朱珍率部强行军，一夜时间驰至城下，百梯并升，遂克其城。朱温又让朱珍到淄州募兵，东面都统齐克让伏兵于孙师陂，朱珍大破之。此战之后，朱珍率部转战山东各地，平定曹、濮诸州，功在首位。

不过，朱珍与大将李唐宾一向不和。龙纪初年，朱珍与诸将屯萧县，攻击感化节度使时溥，李唐宾的裨将（副将）严郊不听号令，朱珍命责罚之。李唐宾大怒，前来论理，朱珍也大怒说："唐宾无礼！"拔剑斩之。朱温听说此事后，亲自赶到萧县。朱温距萧县一舍（一舍为三十里）时，朱珍率将校前来迎接谒见。朱温命武士将朱珍拿下，责其专杀之罪，并命大将丁会将其处死。大将霍存等数十人为朱珍叩头求情，朱温不听，朱珍终于被处死。

像朱珍这样战功卓著的心腹大将，朱温竟忍心处死，其他将校无不畏服。这样的手段，在其他割据势力来讲，也是不多见的。

第四，该出手时就出手。

朱温之救赵犨，如同东汉末年曹操之攻董卓。虽然朱温救赵犨的目的也是为了自救，但是无论如何，此举对于当时的中原百姓、对于大唐朝廷而言，都是正义的。既扩充了实力，又提高了声望。

东汉末年，董卓肆虐京师的时候，以袁绍为首的一群诸侯每日在酸枣置酒高会，保存实力，只有曹操和孙策两人，全力讨伐董卓。尽管曹操此战损伤了实力，但获得了名声。而朱温救陈州的妙处更多。一是扩大了地盘；二是提高了声望；三是获得了赵犨的绝对支持和信任，并且还拯救了百姓于水火。可谓以正伐邪，一举多得。

在当时各方诸侯纷纷避之不及的情况下，在当时兵员、粮草都捉襟见肘的情况下，敢于亮剑一搏，非常人所能及。

第五，正确的战略。

集中优势兵力，各个击破敌人，是古往今来无数胜利者的战略。避免两线作战，远交近攻，各个击破，这是扩充势力、做大做强的不二法门。

朱温先是联合时溥、朱氏兄弟干掉秦宗权，然后又吃掉朱氏兄弟和时溥，实力强大后又逐个吞并其他割据势力，终于成就大业。

第二章

唐亡梁立　十国开国君主众生相

公元907年，唐朝正式灭亡，后梁正式建立。但是，后梁并不是大一统的王朝，后梁建立时，全国有若干个割据政权。

为了方便后面展开叙述，我们先把这些割据政权介绍一下，让各位主要角色亮个相。

第一节

晋

先看看我们的老熟人李克用。李克用被唐朝封爵晋王，因此我们在此称其为晋。

李克用（856—908年），神武川新城人（今山西雁北地区）。李克用是沙陀族，沙陀是西突厥别部，原住地相当于现在新疆东北部靠近巴里坤湖的地方，后来内迁到盐州（今陕西定边）一带，是长于骑射的游牧部落。

李克用出生时，也照例有一番奇异之事，虽为后人附会，但亦附录于此。据《旧五代史》记载，李克用出生之时，母亲难产，族人忧骇，赴雁门关去买药。遇到一位老者，告诉买药的人说："非巫医所及，可驰归，尽率部人，被甲持旄，击钲鼓，跃马大噪，环所居三周而止。"按其所言行事，李克用果然无恙而生。

李克用的外号特别多，他虽一目失明，却骁勇过人，射得一手好箭，相传能于百步开外射中挂在树上的马鞭，人称“独眼龙”；李克用早年随父出征，常冲锋陷阵，军中称之为“飞虎子”；另外，据《新五代史·唐本纪第四》所载，李克用年少骁勇，军中称其为“李鸦儿”（有点像北京骂人的话）。另据《旧五代史》记载，李克用“尝与鞑靼部人角胜，鞑靼指双雕于空曰：‘公能一发中否？’武皇即弯弧发矢，连贯双雕，边人拜伏。”（金庸先生的《射雕英雄传》是否借鉴于此呢？）

李克用的父亲朱邪赤心因为镇压庞勋起义有功，被唐朝任命为大同防御使，进而升任振武节度使，并赐李姓，改名李国昌。这也是李克用家族得以姓李的原因。李克用曾在唐僖宗时杀死云中防御使段文楚，被唐廷讨伐，李氏父子不敌，流亡鞑靼。

后来黄巢攻破长安，为了增加围剿黄巢的军事力量，朝廷赦免李氏父子，命他们率领本部兵马讨伐黄巢。李克用率领的骑兵主要由沙陀、吐谷浑、突厥、回鹘等少数民族组成，骁勇善战，所向无敌。

中和三年（883年）正月，李克用出兵河中，屯兵乾坑。黄巢军惊恐地说：“鸦儿军到了。”二月，在石堤谷击败黄巢军将领黄邺。三月，在良田坡击败赵璋、尚让，敌军横尸三十里。这时，各地军队都来到长安，在渭桥与黄巢军大战，黄巢军败退入城，李克用乘胜追击，从光泰门攻入，与敌军战于望春宫升阳殿，黄巢军败退，向南逃到蓝田关。收复长安，李克用军功居首。朝廷封李克用为检校司空、同中书门下平章事、河东节度使。此后，李克用继续穷追猛打，连战连胜，为朝廷最后剿灭黄巢做出了决定性贡献。唐昭宗乾宁二年（895年），李克用封晋王，成为唐末强藩之一。

在追击黄巢的过程中，李克用在汴州险些被朱温谋害，从此李克用与朱温结成死仇，这在前文已经交代过。

李克用虽然自身武艺高强，手下的骑兵部队也骁勇善战，但他有几个致命的弱点。

一是他四面出击，到处树敌，虽然一时间收服了一些藩镇，却不能有效控制，所得地区不能完全巩固。

二是他赏罚不公，致使不少人离心离德。当年李克用攻取了昭义镇，命其堂弟李克修为节度使。李克修兢兢业业，境内治理颇见成效。但在李克用视察昭义镇时，却因李克修接待工作搞得不好，不够隆重，对李克修打骂交加。李克修羞愤交加，最后被活活气死。李克用又任命其弟李克恭为昭义节度使，李克恭骄横不法，引起兵变。乱兵杀死李克恭之后，归附了朱温。李克用出兵打败汴军，再重新夺取昭义镇。此战李克用的义子李存孝当居首功，李克用却另任康君力做了昭义节度使。

李存孝是员罕见的猛将，他是飞狐（今河北涞源）人，本名安敬思，被李克用收为义子。史书上说他身披重铠，挂长弓，架条槊，手舞铁挝，冲锋陷阵，往来如飞。他经常带两匹马，马力乏了，便更换坐骑再战。朱温手下有个邓季筠，也是一员猛将，和李存孝交锋，一个回合便被活捉了过去。

李存孝战功卓著，可是自己打下的城池，却被别人做了节度使，不免要发发牢骚。李克用的另外一个干儿子李存信见李存孝本领高，功劳大，于是心生嫉妒，就常常在李克用面前挑拨，说存孝要反。李存孝知道了，怕招致不测，就真的暗中联络朱温和成德节度使王镕，背叛了李克用。李克用率大军征讨李存孝所据的邢州，击败王镕的援军，包围了邢州。李存孝无奈只得出降。李克用爱惜李存孝的本领，本来舍不得杀他。但是又不得不故作姿态，下令将李存孝车裂。李克用原本以为诸将一定会出面劝解，他便可以顺水推舟，赦免存孝。不想存孝平日傲视诸将，人缘不好，竟然无人出面为其求情。最终李克用弄假成真，当真车裂了存孝。存孝之死，使李克用非常郁闷，又借题发挥惩办了几员将领出气。李克用自损羽翼，都是赏罚不公惹的祸。

三是用人不识。刘仁恭原来是幽州节度使李匡威的部将，因为发动兵变失败而逃到太原，归降李克用。李克用攻取幽州后，就任命刘仁恭做节度使。刘仁恭逐渐扩充势力，不听李克用节制。李克用与朱温决战，要求刘仁恭发兵，刘仁恭拒不听命。李克用大怒，亲率军队征讨，双方激战之时，李克用却骄傲轻敌，胡乱指挥，导致大败。从此，刘仁恭与李克用公开决裂，李克用相当于是替自己培养了一个对手。而幽州位于晋的北部，直接威胁李克用的侧后方，此后给晋造成了不少的麻烦。

四是没有恢复境内经济。在史书上没有河东李克用采取措施恢复经济的记载，反之，沙陀军人横行不法，欺凌百姓。不仅河东百姓觉得可恨，连李克用的儿子李存勖都看不下去了。他劝说李克用整顿军纪，与民休息。李克用却说："兵将们跟我打了多年的仗，近来却仓库空虚，他们生活很贫苦，甚至变卖马匹度日。如今四方藩镇都出重赏招募壮士，我如果约束严了，他们必定投奔他方，有谁和我保守眼前这个局面呢？等到天下稍平，再好好治理吧。"如此一来，李克用在经济方面当真是没有什么办法了。他不承想，军纪严了，怕将士投奔别处，那么纵兵殃民，就不怕百姓逃离吗？没有了人口，又有谁来供应钱粮？

由于以上这些原因，李克用一直不是朱温的对手，朱温逐渐占据了绝对优势。

第二节

岐

所谓岐，指的就是凤翔节度使李茂贞了，他在前面的戏份已经够多。李茂贞，受唐廷所封为岐王，因此我们称其为“岐”。朱温称帝后，李茂贞未向后梁称臣，沿用唐哀帝的天祐年号，并准备联合王建、李克用出兵讨伐朱温，但是后来不了了之。

第三节

桀燕

上文提到李克用任命的幽州节度使刘仁恭，后来又脱离李克用形成一个独立王国，这就是桀燕。之所以称之为桀燕，是因为刘仁恭父子的荒淫残暴与夏桀相比，有过之而无不及。下面向各位读者介绍一下桀燕的来历。

唐昭宗景福二年（893 年），当时的卢龙节度使李匡威准备救援王镕，将从幽州出发之时，家人会别。李匡威之弟李匡筹的妻子非常美貌，李匡威醉而淫之。待到李匡威从镇州班师走到博野时，李匡筹占据军府自称留后，李匡威所率军队溃散。镇州王镕觉得李匡威失地是因为救援自己，于是将李匡威迎归镇州，建造府邸，以父事之。

李匡威初到镇州时，为王镕完城堑，缮甲兵，视王镕如子。但是到了后来，李匡威看到王镕年少，于是就起了歪心，想要谋夺镇州。这日，恰逢李匡威父母忌日，王镕前往凭吊。李匡威暗设伏兵，劫持了王镕。王镕抱住李匡威说："镕为晋人（指李克用）所困，几亡矣，赖公以有今日；公欲得四州（指镇、冀、深、赵四州），此固镕所愿也，不若与公共归府，以位让公，则将士莫之拒矣。"李匡威以为然，于是与王镕并马而行，率领自己的军士向军府进发。当李匡威一行进入镇州牙城东偏门之时，突然大风雷雨，屋瓦皆震。王镕的镇州亲军关闭城门，以绝李匡威后至的援兵。正当纷乱之时，一个黑影从路旁的矮墙跃出，奋拳殴击李匡威身旁甲士，又从马上将王镕夹起，登上屋顶。定睛一看，原来此人正是屠夫墨君和，当真是英雄不问出处，大侠隐身民间。镇州兵马见王镕已经脱险，于是对李匡威群起而攻之，杀之并族其党。王镕当年只有十七岁，身体瘦弱，被墨君和所夹，颈痛头偏数日。

刘仁恭当时正是幽州的一员将领，率兵戍守蔚州（今河北蔚县），所率部队已过轮调期而不得还乡，士兵思归。当时正逢李匡筹代李匡威自立，于是戍卒推刘仁恭为首领，回师攻打卢龙的治所幽州。刘仁恭率军至居庸关，被李匡筹所败，刘仁恭遂逃往河东归附李克用，李克用厚待之。

刘仁恭到河东后，不断通过李克用的智囊盖寓游说李克用攻击卢龙。乾宁元年（894 年），李克用方攻邢州，分兵数千命刘仁恭攻幽州（今北京），不克。李匡筹更加自命不凡，数次侵入河东之境。李克用大怒，十一月，大举进兵攻李匡筹，拔武州，进围新州（今河水汤鹿）。十二月，李匡筹遣大将率步骑数万救新州，李克用选精兵逆战于段庄，大破之，斩首万余级。生擒将校三百人，用绳索捆绑，在新州城下示众，是夕，新州降。接着，又进攻妫（guī）州。李匡筹再次发兵出居庸关，李克用使精骑当其前以疲之，遣步将李存审自他道出其背夹击之，幽州兵大败，杀获万计。

李匡筹携其族人逃奔沧州，义昌节度使卢彦威利其辎重、妓妾，遣兵攻之于景城，杀李匡筹，尽俘其众。

李克用进军幽州，幽州降。李匡筹素来懦弱，初据军府之时，其兄李匡威闻之，对诸将说："兄失弟得，不出吾家，亦复何恨！但惜匡筹才短，不能保守，得及二年，幸矣。”果如其言。

乾宁二年（895年），李克用表刘仁恭为卢龙留后，不久，唐政府追认刘仁恭为卢龙节度使。刘仁恭任卢龙节度使后，李克用仅留戍兵及心腹将领十人典其机要，租赋供军之外，悉数送至晋阳。刘仁恭开始想方设法背离李克用而自立。

乾宁四年（897年），唐昭宗被华州韩建挟持，李克用想要用兵勤王，向刘仁恭征兵，刘仁恭以契丹入寇为由，拒不发兵。李克用多次派使者催促，使者相继于道，刘仁恭仍不发兵。李克用写信责备刘仁恭，刘仁恭居然将书信掷地，破口大骂，并囚禁了使者，准备杀害河东派在幽州的戍将。戍将得信逃回河东，李克用大怒，亲自率军征伐幽州。

李克用率军至安塞军（蔚州之东，妫州之西），幽州大将单可及率骑兵到来。李克用正在饮酒，前锋禀报说："贼至矣！"李克用已经醉酒，问道："刘仁恭何在？"对曰："只有单可及等人。"李克用瞋目曰："可及辈何足为敌？"下令即刻攻击。当时天降大雾，不辨人物，幽州将杨师侃伏兵于木瓜涧，河东兵大败，兵力损失大半。当时又正逢狂风暴雨加之雷电，幽州兵才撤回。

刘仁恭自此摆脱河东控制而自立。

乾宁五年（898年），刘仁恭击败义昌节度使卢彦威，并以其子刘守文为义昌节度使，占有两镇的刘仁恭野心逐渐膨胀，有了兼并河朔的图谋。光化二年（899年）刘仁恭南征，大败于宣武朱温、魏博罗绍威联军，其实力受到重创。其后刘仁恭依违于朱温及李克用之间，随着朱温势力的扩张，华北最后仅余河东李克用及卢龙刘仁恭可以自保。

唐哀帝天祐三年（906年），朱温大举进攻刘仁恭，九月，至沧州，在长芦安营扎寨，沧州坚守不出。魏博罗绍威为朱温供应军需，自魏州至长芦五百里不绝于路。又为朱温在魏州建元帅府舍，所过驿亭供应酒馔、帷幄幕帐、什物器皿，上下数十万人，无一不备。罗绍威如此厚奉朱温，不仅是为了报德，更是惧怕朱温取幽州之后顺路灭掉自己。

刘仁恭发兵救沧州，屡战屡败。于是下令境内男子，十五岁以上七十岁以下，都要自备兵粮出征。部队出发之后，如有一人仍在家中，刑无赦。并且在士兵脸上刺字“定霸都”，文人则在手腕或臂膀上刺字“一心事主”，于是境内百姓，除了儿童以外都被文身刺字。如此得兵十万，营于瓦桥。

当时汴军筑垒围沧州，鸟鼠不能通。刘仁恭畏惧汴军强悍，不敢出战。沧州城中食尽,到了吃土的地步。朱温派人对刘守文（刘仁恭之子）说道:“援兵势不可及,何不早降？”刘守文登城回应道:“仆与幽州,父子也。梁王（指朱温）方以大义服天下，若子叛父而来，将安用之？”朱温竟无言以对。

刘仁恭危在旦夕，不得不向自己的前主子河东李克用求救。李克用恨刘仁恭反复无常，自己当初让刘仁恭做幽州节度使，他竟然背叛了自己，于是拒不发兵救援。李克用之子李存勖进谏道：“今天下之势，归朱温者十七八，虽强大如魏博、镇、定莫不附之。今河（黄河）以北，能为温患者独我与幽、沧耳，今幽、沧为温所困，我不与之并力拒之，非我之利也。夫为天下者不顾小怨，且彼尝困我而我救其急，以德怀之，乃一举而名实附也。此乃吾复振之时，不可失也。”李克用深以为然，于是准备召集幽州兵一起进攻朱温的潞州，如此一来，既可以“围魏救赵”之计解幽州之围，又可以开疆拓土。于是李克用与刘仁恭讲和，并召集幽州兵马。刘仁恭派遣都指挥使李溥率三万兵马到晋阳，李克用派遣大将周德威、李嗣昭率河东兵马与幽州兵一同进攻潞州。

朱温分步骑数万，遣行军司马李周彝率领来救潞州。此时恰好昭宗被弑杀的消息传到了潞州，潞州昭义节度使丁会常存忠义之心，听到凶讯后率全军将士身穿缟素为昭宗举哀。河东李嗣昭率军来攻潞州，丁会举军降于河东。于是李克用派李嗣昭为昭义留后，镇守潞州。丁会来到晋阳，拜见李克用，说道：“我丁会并非力不能守，只是梁王（朱温）陵虐唐室，我丁会虽受其举拔之恩，诚不忍其所为，故来归命耳。”李克用感其忠义，厚待丁会，位在诸将之上。

这边朱温正准备全力进攻沧州，闻知潞州失守，仓皇撤军。之前，朱温征调各地粮草，运到军前，堆积如山。朱温撤军之前，命令全部焚烧，烟焰数里，在船中尚未运送上岸的就直接把船凿沉。

此一役，李克用出于唇亡齿寒的考虑，还是不计前嫌救了刘仁恭。

刘仁恭虽然偏处幽州，却骄奢淫逸，肆虐百姓，荒淫无度。他在幽州的大安山（今北京门头沟）上兴筑宫殿，富丽堂皇，从民间强征许多美女居住其中；又与道士炼丹药，以求长生不死；还命令人民将铜钱交出，藏于山上，却令人民用堇（jǐn，浅紫色）泥制钱，行于境内。以泥制钱，古所未有，这样的政权如此盘剥百姓，当真是自取灭亡。

大安山（今北京门头沟区）

后梁开平元年（907 年），后梁太祖朱温派宣武军将领李思安攻打刘仁恭，而当时刘仁恭还在大安山享乐，城中没有戒备。刘仁恭之子刘守光曾因与刘仁恭的爱妾罗氏通奸被刘仁恭棍打，断绝了父子关系。刘守光率兵入城击败李思安，自称卢龙节度使，并派兵攻打大安山，把刘仁恭捉住后幽禁起来。刘守光的哥哥刘守文听说父亲遭囚禁，就率兵讨伐刘守光，被刘守光打败，于是刘守文向契丹乞求援军共同攻打刘守光。

司马光的《资治通鉴》是这样记载刘仁恭的："卢龙节度使刘仁恭，骄侈贪暴，常虑幽州城不固，筑馆于大安山，曰：'此山四面悬绝，可以少制众。'其栋宇壮丽，拟于帝者。选美女实其中。与方士炼丹药，求不死。悉敛境内钱，瘗（yì，埋藏）于山巅，令民间用堇泥为钱。又禁江南茶商无得入境，自采山中草木为茶，鬻（yù，卖）之。刘仁恭有爱妾罗氏，其子守光通（通奸）焉。仁恭杖守光而斥之，不以为子数。李思安引兵入其境，所过焚荡无余。夏，四月，己酉，直抵幽州城下。仁恭犹在大安山，城中无备，几至不守。守光自外引兵入，登城拒守；又出兵与思安战，思安败退。守光遂自称节度使，令部将李小喜、元行钦将兵攻大安山。仁恭遣兵拒战，为小喜所败。虏仁恭以归，囚于别室。仁恭将佐及左右，凡守光素所恶者皆杀之。”

据说刘仁恭埋藏在大安山的宝藏尚存于世，如果哪位朋友有兴趣到北京大安山寻宝，说不定会有所收获呢。

第四节

定难

唐代管理西北，将今天属于陕西绥德北部、甘肃东部、内蒙古南部等地，设置为“定难军”。

唐中和元年（881 年）三月，党项族首领拓跋思恭率领部众勤王，亲率锐卒与黄巢军交战，唐僖宗封拓跋思恭为左武卫将军，权夏绥银节度事。八月，唐僖宗下诏，正式任命拓跋思恭为夏绥节度使，辖夏州、绥州、银州、宥（yòu）州、静州。十二月，诏赐夏州号为定难军（这个名字很酷啊）。中和三年（883 年）七月，唐僖宗封拓跋思恭为夏国公，并赐李姓。正是因为有了拓跋思恭的起兵勤王，才为党项族人争得了立身之本，改变了颠沛流离的生活。

从此以后，拓跋家族靠着“定难五州”起家，在唐末、五代的夹缝中寻找机遇,不断发展。定难军在唐末和五代史中表面上归顺中央,实则割据一方,独立发展，最后终于在北宋爆发，创立了称霸一方的西夏王朝。

第五节

前蜀

五代时蜀中先后出现过两个蜀国，即王建创建的前蜀和孟知祥创建的后蜀。

王氏前蜀，历史纪年从公元 903 年王建受唐封蜀王起，至 925 年被后唐所灭，前后不过二十三年。但如果从公元 891 年王建攻占成都，割据一方算起，实际上有三十四年。王建死于 918 年，享年七十二岁。在王建统治蜀中的二十七年间，蜀中政治稳定、经济繁荣、文化发达，百姓生活总体上是太平的。

王建原是许州舞阳（今属河南）一个卖饼师傅的儿子，年轻时学了些武艺，也干些偷鸡摸狗、贩卖私盐之类的勾当，因为排行第八，时间长了就得了个绰号“贼王八”（这个绰号很有趣）。因为吃官司，逃亡落草。后来投入蔡州忠武军（秦宗权的手下），从士兵逐渐升为队长。忠武监军使大宦官杨复光组建忠武八都时，他与鹿晏宏、韩建等八人为都将，每都手下有一千多军马。

黄巢攻破长安、僖宗逃亡蜀中期间，王建率兵三千人入成都，报效唐廷。当时大宦官田令孜专权，为了扩充实力，收王建为义子，并将王建所部并入神策禁军，号称“扈驾五都”，王建仍为都将。

光启年间，唐僖宗因藩镇混战，逃出京师，流亡在凤翔、宝鸡、汉中一带，在栈道几乎被烧断的情况下，王建牵着僖宗的坐骑，冒烟突火冲过险地。僖宗疲极，山路上又无处歇息，就枕着王建的大腿睡了一觉。能被皇帝枕大腿，王建看来也确实不是凡人。

光启二年（886 年），宦官田令孜因为在朝中成为众矢之的，跑到成都依靠他的兄长陈敬瑄（田令孜与陈敬瑄实为兄弟，田令孜本姓陈，入宫当太监时因为被一个姓田的太监收为义子，故改姓田）。王建也被排挤出朝，任利州刺史。光启三年（887 年）年末，田令孜先是令王建来成都，后来又怕王建争夺地盘，发兵把守鹿头关（今四川德阳北），阻止王建入境。王建大怒，从此开始了与陈敬瑄、田令孜争夺四川的战争。

王建很有政治谋略。他意识到虽然现在的朝廷软弱无能，但还是正统所在，拥兵征伐很需要这块招牌。文德元年（888 年），唐昭宗即位。昭宗皇帝向来深恨田令孜，王建利用这一点，上表陈述陈敬瑄的罪恶，请求出兵讨伐。于是，昭宗派宰相韦昭度做元帅征讨西川，王建也就名正言顺地“奉旨”开始了争夺蜀地的战争。

田令孜、陈敬瑄鼠目寸光，以为守住了成都，就是守住了蜀地。于是，他们驻守在成都。王建利用这一点，一边帮助韦昭度围攻成都，一面乘虚攻略眉、邛、简、资、蜀、雅（今眉山、邛崃、简阳、资中、崇庆、雅安）等州，招降纳叛，实力大增。大顺二年（891 年），韦昭度围攻成都已达三年，还是攻不下来。朝廷不堪重负，决定撤兵。王建对朝廷的决定很是不以为然，认为大功即将告成，弃之实在可惜。

王建的幕僚周庠非常聪明，他劝说王建将计就计，就请韦昭度班师还朝，自己独攻成都，攻下之后，正好割据一方，反而省事。韦昭度班师还朝，刚出剑门，王建便派兵把守，扼守险要，从此不准其他任何军队（包括朝廷的军队）进入蜀境。

此时的成都围城日久，受苦的还是百姓。成都城内缺粮，百姓流浪街头，军士以强凌弱，犯罪层出不穷。陈敬瑄和田令孜想要用严刑酷法维持秩序，怎奈老百姓已经濒临饿死的绝境，又岂是严刑酷法所能治理？正所谓“民不畏死奈何以死惧之”，陈、田采用了断腰、斜劈等残忍的刑法，都不起作用。官吏百姓为了活命纷纷出城投降，陈、田抓住就杀，而且连坐族人，死者不计其数。

王建在最后总攻之前，对将士们开了一张空头支票，说道：“成都繁华得像锦绣一般，打破城池，金帛子女，要什么就拿什么，节度使大家轮流来做！”

大顺二年（891 年），田令孜、陈敬瑄出降。这时王建不再讲“随便抢钱”和“节度使大家做”之类的话了，他要向三国蜀汉的刘备看齐，他要像诸葛武侯那样去治理蜀地，王建是一个胸怀大志的人。王建在入城之前，先是向将士们宣布：“今日大家得了成都，不愁不富贵，切勿胡乱放火抢劫。我已派张勍维持成都的秩序，如果谁敢犯法，要是张勍向我报告，我有可能还来得及赦免；如果张勍先斩后奏，我也没有办法了！”后来张勍果然“先斩后奏”，士卒有犯令者，张勍抓获一百余人，皆捶其胸而杀之，还把这些人的尸首堆放在大街上，以儆效尤。其他将士见了，就没人再敢胡作非为，当时人们称张勍为“张打胸”。王建的驭下之术是不是非常高明呢？

史载陈敬瑄投降之后，但凡其将佐有才能器干者，王建皆礼而用之，这也是王建能在蜀中站稳脚跟的原因之一。

成都的攻克仅仅是王建成功的开始。西川等地还有不肯归降的，其中彭州杨晟抵抗最为激烈。而且彭州（现为成都市下辖的县级市）距离成都只有九十余里，两地相接，烟火相望，王建当然要拿下这个要地。唐昭宗景福元年（892年），王建派遣嘉州刺史王宗裕、雅州刺史王宗侃、威信都指挥使华洪、茂州刺史王宗瑶率兵五万攻彭州。杨晟逆战而败，王宗裕等围之，但是围城之后攻打了几个月也攻不下来。王建攻成都时，严明军纪，打彭州时则完全不同。军士每日出动几百人进行掳掠，称为“淘虏”。掳掠所得，军官挑好的先拿，剩下的给士兵均分。

这时，有一个书生站了出来，他叫王先成，新津（今属四川）人，他是为了能够在乱世中活命，才加入王建的军队的。看到百姓如此困苦，还要遭受掳掠，王先成见诸将之中唯有北寨王宗侃最贤，于是找到了王宗侃，向他陈说利害。王先成劝王宗侃说，如果士兵四处掳掠，第一，会让百姓的人心偏向杨晟，帮助杨晟死守彭州；第二，士兵四处掳掠，城中守军见到城外营中兵少，有可能趁势发动攻击，导致围困失败。

王宗侃觉得有理，就向王先成请教办法。王先成当即要来纸笔，给王建起草了一封文书，事凡七条：“其一，乞招安山中百姓。其二，乞禁诸寨军士及子弟无得一人辄出淘虏，仍表诸寨之旁七里内听樵牧，敢越表者斩。其三，乞置招安寨，中容数千人，以处所招百姓，宗侃请选所部将校谨干者为招安将，使将三十人昼夜执兵巡卫。其四，招安之事须委一人总领，今榜帖既下，诸寨必各遣军士入山招安，百姓见之无不惊疑，如鼠见狸，谁肯来者！欲招之必有其术，愿降帖付宗侃专掌其事。其五，乞严勒四寨指挥使，悉索前日所虏彭州男女老幼集于营场，有父子、兄弟、夫妇自相认者即使相从，牒具人数，部送招安寨，有敢私匿一人者斩；仍乞勒府中诸营，亦令严索，有自军前先寄归者，量给资粮，悉部送招安寨。其六，乞置九陇行县于招安寨中，以前南郑令王丕摄县令，设置曹局，抚安百姓，择其子弟之壮者，给帖使自入山招其亲戚；彼知司徒（指王建）严禁侵掠，前日为军士所虏者，皆获安堵，必欢呼踊跃，相帅下山，如子归母，不日尽出。其七，彭州土地宜麻，百姓未入山时多沤藏者，宜令县令晓谕，各归田里，出所沤麻鬻之，以为资粮，必渐复业。”

王先成提出的几项建议概括起来：一是严明军纪，禁止掳掠；二是设立招安寨，招抚难民；三是释放掳掠来的人口，让他们的家属各自认领，回家后从事生产；四是对勤劳耕种的农民进行鼓励。我们不难看出，王先成提出的这几条建议，与张全义在洛阳恢复生产的措施是何其相似。

中国的老百姓，最为勤劳、质朴，只要能有一口饭吃，能够有较为安定的生活，不至于流离失所、饿死道旁，他们就会任劳任怨地埋头苦干，可是统治者们为什么就连这点最基本的生存权利都不肯给予百姓呢？

王建见到了这封文书，非常高兴，马上下令照办。榜帖至，威令赫然，无敢犯者。仅仅三日，山中百姓尽出，赴招安寨如归市，招安寨容纳不下，就继续扩建。逐渐市场也恢复正常，百姓拿出藏起来的麻来卖，有了本钱，治安也好转了，于是生产也渐渐恢复了。

彭州城外的秩序逐渐恢复了，但是城内的守军仍然在坚持抵抗。

转眼到了乾宁元年（894 年），彭州还是久攻不下，城中已经到了人相食的地步。王先成又提出了用修筑“龙尾道”的方法攻城。所谓“龙尾道”是一种用土堆筑的斜坡，从距离城墙较远的地方开始堆筑，越靠近城墙堆得越高，等于是一点点修出来一条通往城墙顶部的坡道。用了这种方法，彭州终于攻下来了。王建的将士们从“龙尾道”上冲上城墙，斩了杨晟。

此后，王建又一步步兼并了东川。乾宁四年（897 年），王建攻克梓州，从此占据了整个巴蜀。

唐天复三年（903 年），王建受封为蜀王。天祐三年（906 年），王建在成都建立行台。

唐天祐四年（907 年），朱温代唐建立后梁。王建宣布不承认梁朝，在成都自立为帝，国号蜀，史称“前蜀”。

王建在四川施行收揽人心、保境安民的政策，得到了当地豪强的支持，实力迅速发展。王建同时还很勤政，任用贤能，并且重视发展文化事业。唐末大乱，很多文人士大夫流落蜀中避祸，王建都能以礼相待、妥善安置。因此蜀中在王建的治理下欣欣向荣，恢复生产，农业、手工业、商业都得到很大发展，呈现一派太平景象。

王建一生百战而得蜀中天下，年过六旬才称帝，继承人的选立成为头等大事。但是一生精明干练的王建偏偏在这上面犯了糊涂，此是后话，我们放到后面再讲。

第六节

杨吴（杨氏吴国）的崛起

说起杨吴，可能有些读者并不熟悉，说起杨吴的开创者杨行密，可能知道的读者也不多。但如果说起南唐，大家就比较有印象，这大多是由于那位写出“春花秋月何时了”的后主李煜吧。南唐正是从杨吴演变过来的，也就是说杨吴在前而南唐继之。现在就让我们看看杨吴的崛起之路吧。

1. 太平不再

现在让我们把目光从四川转向东部的长江中下游地区吧。在公元 9 世纪 80 年代之前，江淮、两浙地区属于淮南节度使高骈（pián）和镇海节度使周宝管辖。淮南辖有淮河以南、长江以北，西至今安徽宿松、太湖、金寨一带。镇海辖有今苏南的镇江以东和浙江北部地区。这在当时都是富庶地区，黄巢的军队在这里也都是一掠而过，没有发生过激战，更不曾攻战扬、润、常、苏、杭（今天的扬州、镇江、常州、苏州、杭州）等重要城市，这一带未受到严重破坏，地方元气尚在。

淮南节度使高骈，字千里，南平郡王高崇文之孙，晚唐诗人、名将、军事家。高骈出身于禁军世家，唐懿宗咸通七年（866 年），高骈率唐军收复交趾（今越南），破蛮兵二十余万。之后高骈历任天平、西川、荆南、镇海、淮南五镇节度使。乾符六年（879 年），黄巢军队沿长江南岸西进，朝廷任高骈为镇海军（今江苏镇江）节度使，诸道兵马都统、江淮盐铁转运使。高骈遣将领张璘、梁缵阻击，黄巢转由浙江南进广州。广明元年（880 年），迁高骈为淮南（今江苏扬州北）节度副大使知节度事，仍充都统、盐铁使以镇压起义军和主管江淮财赋。黄巢军队北上，五月在信州（今江西上饶）击毙张璘。七月，黄巢军飞渡长江。高骈慑于黄巢威势，又与宦官田令孜有怨，因此坐守扬州，拥兵十余万，保存实力。黄巢军入长安时，唐僖宗急调高骈勤王，他不服朝廷节制，割据一方。此后至长安收复的三年间，淮南未出一兵一卒救援京师，高骈一生功名毁于一旦。高骈由于畏惧黄巢，不敢出扬州一步，声望顿减。他又迷信神仙鬼怪之术，几乎达到癫狂的程度。高骈还宠信方士吕用之等人，实权都落在了方士手中，搞得部下离心离德。

镇海节度使周宝，年轻时是神策禁军中的足球健将，号为天下第一，也是一员良将。但是此时的周宝已经年逾七十，沉溺于声色，不理政事，失去了驾驭部下的能力。光启二年（886年）正月，牙将张郁作乱，占据常州。时溥的部将张雄因为见疑于时溥，害怕遭到时溥的杀害，也在这年，聚众三百人，南渡长江，袭据苏州，张雄自称苏州刺史。因地方富庶，很快招兵至五万人，战舰千余艘，号称天成军。这两件事可以说是大变乱的信号。

光启三年（887年）三月，润州（今江苏镇江）兵变，周宝仓皇出逃。高骈和周宝素来不和，他听说周宝失败，竟然没有唇亡齿寒之感，而召集全体将校进行庆祝。高骈想不到的是，很快就要轮到他了。

高骈听闻秦宗权将寇淮南，于是派左厢都知兵马使毕师铎（黄巢降将）率百骑屯驻高邮。当时方士吕用之得到高骈重用，宿将多被其诛杀，毕师铎自以为是黄巢降将，常常自危，朝不保夕。毕师铎有一个侍妾很是美貌，吕用之提出想见一下这个美人，毕师铎自然不许。有一次毕师铎外出，吕用之偷偷去与这位美人幽会，毕师铎得知后，既惭且怒，从此对吕用之更加怀恨。

四月，高骈的部将毕师铎怕被方士吕用之所害，在高邮起兵，进攻扬州。毕师铎因为实力不足，向宣州观察使秦彦求助。吕用之不得人心，兵败出逃，毕师铎占领扬州后，囚禁了高骈，并且请秦彦过江来做主帅。这件事情，本来可以告一段落，却因为“大侠帮主”杨行密的到来使得波澜再起。

2. 大侠帮主杨行密

我们为什么称杨行密为“大侠帮主”呢？让我们先来看看这位传奇人物。杨行密原名杨行愍，是庐州合肥（今安徽合肥）人，生于唐宣宗大中六年（852年），与朱温同岁。杨行密早年参加过地方上的农民起义，曾被官军俘获，侥幸没有被杀。后来应募当兵，做了队长，被派往朔方（今宁夏回族自治区灵武县西南）戍边。一年期满后杨行密回到家乡，可是上官又要再次派他去朔方戍边。杨行密大怒，带头起事，杀了上级，占了庐州，自称“八营都知兵马使”，可以推测他可能将手下兵马分为八营。当时黄巢的军队已经进入关中，朝廷哪里管得到淮南的事情，也就做个顺水人情，任命杨行密做了庐州刺史。

杨行密长得身材高大，力举百斤（也有记载说是三百斤）。他不但是个大力士，而且相传一天能走三百里路，看来是个运动健将，若在今天，可以去参加奥运会比赛了。杨行密还有一帮心腹弟兄，他与田頵（jūn）、陶雅、刘威、刘金、徐温等人号称“三十六英雄”，颇有些豪侠气概（有没有想到《水浒传》的三十六天罡）。

方士吕用之战败、节度使高骈被囚禁后，杨行密在庐州接到了吕用之以高骈名义发出的援救扬州的文书，署庐州刺史杨行密行军司马，追兵入援。此事正中杨行密下怀，这样正好可以名正言顺地进攻扬州，来争夺这块肥美的地盘。他的谋士袁袭说得清楚：“高公（高骈）昏惑，用之（吕用之）奸邪，师铎（毕师铎）悖逆，三人都有凶德，而求兵于我，此天以淮南授明公也。”

于是杨行密立即出兵向广陵（今江苏扬州）进发，到了广陵城下，筑八寨以守之。从五月到十月，杨行密围城半年，城中无粮，斗米卖到四五万钱，草根木实俱尽，以泥为饼食之，居民百姓饿死者大半。毕师铎用宝货为代价，请占据苏州的张雄来救。张雄到达江北，将士们用米换钱，全部大发其财，将士们有了钱财便不愿继续打仗了。不久，张雄又渡江而南，占据上元，做了昇州（今江苏南京）刺史。城里还是缺粮，于是士兵就掳掠百姓卖给肉店，肉店把人当作猪羊，宰割出售，积骸流血，满于坊市。等到杨行密破城而入的时候，城中只剩下居民几百户，都饿得皮包骨头没人样了。百姓真是可怜啊！

杨行密攻打广陵，是以救高骈为名，城破之时，高骈若在，想要将淮南据为己有在道理上就说不通了。可这愚蠢的秦彦帮他解决了这个问题。有一个装神弄鬼的妖尼，告诉秦彦说：“广陵分野极灾，必有一大人死，此后就万事大吉。”于是，秦彦把高骈及其子弟甥侄全部杀死。

这样高骈既然已经死了，杨行密进城以后自称为“淮南留后”（代理节度使）也就顺理成章。吕用之逃入杨行密的军中，杨行密以吕用之有谋杀高骈的企图为罪名，将吕用之处死，这也是大快人心的举动。

3. 消灭孙儒

然而杨行密要想站住这块地盘并不容易，他十月攻占了广陵城，秦宗权余部在孙儒的率领下也在此时渡过了淮河。秦宗权败亡后，蔡州军的余部在孙儒带领下南扰淮浙达四五年之久，而且也导致了此后马楚政权的建立，后面还会提到。

十一月，孙儒的部队已经到达了广陵城西，正好占领了杨行密攻城时的营寨，还虏获了一大批杨行密来不及运进城的辎重。杨行密敌不过孙儒，于次年（888 年）四月退回庐州。孙儒的军队在淮南到处掳掠破坏，庐州也并不安全。不久，杨行密再次听从谋士袁袭之计，放弃庐州，渡江取宣州为家。此后数年，杨行密和孙儒为了争夺大江南北的地盘展开了激烈的战斗。

孙儒若是按照章法与杨行密作战，由于孙儒率领的是北方来的蔡州军（秦宗权起于蔡州，因此我们称之为蔡州军）旧部，比南方人强壮，而且又都是百战之兵，杨行密一定不是对手。可是孙儒率领的不是一支正常的部队，他们与土匪无异，所以称作匪军。孙儒匪军四处烧杀掳掠、奸淫妇女不说，而且继承了秦宗权筹集军粮的传统，继续杀人为粮，所到之处，只有破坏，却没有任何建设和恢复生产的措施。

龙纪元年（889 年）十二月，孙儒从扬州渡江，攻占常州。不久，孙儒的部将刘建锋又攻占润州。大顺元年（890 年），孙儒军攻占苏州。

这时，杨行密的重要谋士袁袭去世了，虽然没有了袁袭的出谋划策，但是杨行密用兵却比孙儒有章法得多。杨行密并没有死守宣州，而是分遣部将和孙儒、钱镠争夺苏、常、润三州（钱镠在后面还会出场）。杨行密对钱镠敢于力战、决战；对孙儒则避实就虚，逢虚袭取，遇实退避，打运动战。这一地区的百姓不知道在战争中死去多少，孙儒、杨行密却长期决不出胜负。

孙儒军队的声势确实浩大，排场也大。军势最盛时号称三十万人，行军时常常绵延百里，样子好像很厉害。但是经过几年交手，杨行密逐渐发现了他的弱点：一是孙儒的班底是从北方带来，而后来招募或者抓来的淮南人，大多不愿意打仗，希望回家过正常日子；二是孙儒的军队只有破坏，没有建设，四处掳掠，没有巩固的后方和稳定的经济来源，因此，他攻打任何一座城池，如果短期内打不下来，附近又没有粮草可抢，时间稍微一长他就坚持不下去了。杨行密抓住孙儒的这两个弱点，终于打败了这个魔鬼。

大顺二年（891 年），孙儒决定进攻宣州，彻底解决杨行密。他放火烧掉了广陵的房屋，驱赶强迫百姓过江，杀老弱妇孺以供军粮。杨行密反其道而行之，派部将率人进入城内，扑灭余火，收集余粮，散发给饥民。孙儒军队里的淮南人，不论是投降的，还是俘虏的，杨行密都派人护送回乡，让他们恢复生产，重建家园。一边在杀人，一边在救人，淮南的民心归于杨行密，而孙儒的军队逐渐瓦解，也就再自然不过了。

可是孙儒根本不懂这一点，他又在苏州、常州放火掳掠，然后大举西进，耀武扬威地去打宣州，竟然不留一点后方。钱镠见孙儒远去，趁机占了苏州。钱镠害怕孙儒回来，所以内心也十分渴望杨行密战胜孙儒。当杨行密缺粮，向钱镠求助时，钱镠也慷慨地提供了援助。

景福元年（892 年）二月，孙儒进围宣州。杨行密坚壁清野，和孙儒相持。同时分兵到孙儒的后面，乘虚夺取了常、润二州。相持到六月，孙儒就兵疲粮尽了，同时疾疫流行，孙儒本人也患了疟疾。杨行密见时机成熟，发动攻击，一战就擒获了孙儒，将这个恶魔杀掉。从此以后，杨行密以广陵为中心，占据江淮地区。唐廷也正式任命杨行密为淮南节度使。尽管此时距离他被大唐朝廷封为吴王还有十年之久，但是十国中的杨吴已经在事实上出现了。

杨行密招抚流亡百姓，与民休息，恢复生产，只几年的工夫，江淮一带的生产就逐渐恢复了。杨行密本人的生活也十分节俭，一次他到泗州巡察，守将台濛的接待水准很高，供应奢华，杨行密心中很不高兴。杨行密离城后，台濛在他的卧室中发现了一件衣服，上面居然打着补丁，台濛连忙派人赶上送还。杨行密对送衣服的使者笑道："我年轻时贫贱，不敢忘本。"杨行密是有意留下这件衣服来教育台濛的。不忘本，说来容易做来难，如果我们都能不忘本，又怎么会有那么多出身寒门的达官显贵最后却身败名裂呢？

4. 清口之战

清口之战对于杨吴（杨行密的吴国）的意义，就如同赤壁之战对孙吴（孙权的吴国）的意义。

乾宁四年（897年），朱温已经消灭了徐州的时溥，又并吞了朱氏兄弟（朱瑾、朱瑄）的兖州、郓州，朱温和杨行密形成了南北对峙的两股势力。朱温要统一天下，于是派兵大举进攻杨行密。朱温派大将庞师古屯清口，准备直取扬州；葛从周屯安丰（今安徽寿县），准备攻取寿州；朱温本人驻扎宿州，策应两路人马。这样的大将，这样的军队，这样的布置，朱温本来以为要取江南并非什么难事。

杨行密虽然地跨长江两岸，但是重心还是在江北，枢纽是扬州。清口在今天江苏淮阴以西，泗水（清水）入淮之口，也是南北交通咽喉。由此向南，直取扬州，再无险阻。庞师古的这支军队若能一战而胜，淮南必将为朱温所有。

庞师古的军队大约七万人，而杨行密只有三万多人，算得上众寡悬殊。而且庞师古的军队是北方来的百战之兵，战斗力也比杨行密的淮南兵强，本来取得胜利是理所应当的。但是问题也就出在这里，因为庞师古占有绝对优势，所以犯了"骄傲轻敌"的兵家大忌。江南多水，庞师古却在低地安营，而且颇有闲情逸致，时常与人弈棋。杨行密的军队在淮河上游用沙袋壅水，准备放水淹敌。有人发现此事向庞师古报告，他非但不信，还以"惑众"的罪名将报告人处死。

大家还记得前面那位勇将朱瑾吗？朱温背信弃义，并吞了兖州、郓州后，朱瑾逃到淮南，投奔了杨行密，做了淮南大将。这时朱瑾率领五千骑兵，偷渡淮河，从北向南，冒充汴军，杀入汴军营寨并且直取中军。汴军乱作一团仓皇抵御时，吴军又在上游开闸放水，淮水滚滚而至，汴军惊惧大乱，自相践踏，一发不可收拾。杨行密又率主力渡过淮河，与朱瑾来攻汴军。

此战杨行密以寡敌众，彻底击溃汴军，斩庞师古和汴军将士一万多人，取得了决定性胜利。葛从周的部队听到庞师古的败讯，仓皇北撤。淮南兵乘胜追击，到达淠（bì）水，趁葛从周半渡之机，发起猛攻，汴军杀溺殆尽。汴军的残兵败将一路溃退，四日不食，又逢大雪，汴军士卒沿途冻饿而死的不计其数，生还者不满千人。朱温得知败讯，也匆忙撤军。朱温并吞江南的梦想从此破灭。杨行密战胜后还不忘羞辱朱温一番，他在给朱温的信中说："庞师古、葛从周，非敌也，公宜自来淮上决战。"

清口之战以后，吴军又先后攻占了昇州（今江苏南京）、鄂州（今湖北武汉）等地，杨吴的势力到达了长江中游。杨行密和两浙的钱镠，也时有冲突，但也没发生什么大的战事。

5. 大权旁落

唐天祐二年（905 年），杨行密去世，儿子杨渥继承其位，大权实际上掌握在张颢、徐温二人手中。

这个杨渥很不成器，性格残暴，昏庸好杀，在守孝期间，掘地为室，奏乐欢宴。他还夜燃巨烛击球，一根蜡烛价值数万钱。有时杨渥单骑出游，左右不知所往，还要四处找寻。可见对下一代的教育是多么重要啊，杨行密得子较晚，对儿子溺爱、疏于管教，终于酿成祸乱。

杨渥继位后，与杨行密一同创业的老将旧臣多已亡故，只有张颢、徐温分别担任左右牙指挥使，掌握实权。他们多次进谏，杨渥非但不听，反而口出恶言，有诛杀二人之意。杨渥忌惮张、徐，张、徐也惶惶不可终日，担心被害。

这就是朱温建立梁朝时，杨氏吴国的情形。

第七节

吴越钱镠

俗话说“富不过三代”,即便是唐宗宋祖的后代子孙现在也不知流布何方,更遑论五代十国这些短命政权了。但是这里有一个例外，吴越钱氏的后代历经千载,至今不衰。这个家族始终书香绵延,代有人才涌现。宋朝皇帝称“忠孝盛大唯钱氏一族”；清乾隆帝也感佩其家族教子有道，在南巡时御赐“清芬世守”匾额。到了近代钱氏家族更是人才井喷：文坛硕儒、科技巨擘云集，海内外院士子弟数以百计，因而吴越钱氏家族被公认为“千年名门望族，两浙第一世家”。

1. 传奇童年

吴越是钱镠（liú）创建的割据今浙江地区的一个小国。钱镠，字具美，小字婆留，生于唐宣宗大中六年（852 年），与朱温、杨行密同岁。钱镠的出生颇有些传奇色彩，据《临安县志》载："武肃王（指钱镠）初生时有异相，弃井中，婆奋留之，故乳名。"说的是钱镠出生时红光满地，其父认为不祥，打算将他扔到井中。钱镠的祖母坚决不同意丢弃（还是老太太有见识），是婆婆奋力留之，所以他的乳名就叫"婆留"，那口井后来被称为"婆留井"。估计钱镠的名字也是后来长大发达了之后请人改的，"镠"与"留"谐音，看来替他改名的人也颇费了一些心思。

钱镠是浙江杭州临安人，其家世代种田打鱼为生。他从小就显露出了领导者的霸气（现在叫作校园霸凌，家长朋友们请不要这样教育）。钱镠与其他的孩子一起砍柴时，自己不砍，凭借自己人高马大，强迫别的孩子为自己砍柴，多交者赏，少交者罚。钱镠长到十几岁时，不愿意在田间干活，于是走上了贩盐的道路（又是一个私盐贩子）。

2. 吞并董昌

唐朝后期实行严格的食盐专卖政策，对走私食盐打击非常严厉，但是由于有厚利可图，因此私盐贩卖活动仍非常猖獗。为了对付官军，私盐贩子往往组织自己的武装进行对抗。这也是唐末五代很多割据势力出自私盐贩子的原因。

据说钱镠贩盐时，每担盐重二百余斤，他却可以行走如飞。史书记载钱镠“少拳勇，喜任侠，以解愁报怨为事”，说明他不仅武艺高强，而且爱打抱不平，颇富正义感。在我眼前，不禁又出现一位大侠的高大形象。唐末大乱，钱镠在二十多岁时，利用自己贩盐所得，拉起了一支队伍，投入地方武装石镜镇将董昌麾下，与黄巢的军队进行过战斗。不久，董昌做了杭州刺史，把所属部队分为八个都，派钱镠做了都指挥使。

光启二年（886 年），董昌夺得越州（今绍兴），把杭州交给了钱镠。镇海节度使周宝顺水推舟，任命钱镠为权知杭州诸军事。光启三年（887 年），周宝因兵变垮台，钱镠把周宝接到杭州，同时利用这个机会，出兵争夺润、常、苏三州，扩大势力范围。同年，周宝在杭州去世，有人说是钱镠所害，但也并没有什么证据。周宝当时已经七十有四，在古代已属高龄，自然死亡的可能性也很大。

后来钱镠攻下润州，逮捕了兵变的主谋薛朗，钱镠杀薛朗祭奠周宝，这一举动为他赢得了很好的声誉。景福二年（893 年），唐廷封钱镠为镇海节度使，也就是周宝原来的官职。

下一步，钱镠就要兼并他旧日的主将董昌了。用一句话概括，董昌真的应了那句话，“不作死就不会死”。董昌把战略要地杭州交给钱镠，自己却偏处浙东的越州，便是目光短浅的明证。虽然当时的越州比杭州富庶，但越州地处一隅，而杭州处于江南要冲，可进可退，杭州的战略地位自然非越州可比。董昌被朝廷封为越州节度使，却在乾宁二年（895 年）以浙东的弹丸之地，自称大越罗平国皇帝。

董昌称帝之前，召集将佐议之。节度副使黄碣说道：“今唐室虽微，天人未厌。齐桓、晋文皆翼戴周室以成霸业。大王兴于畎（quǎn，田间小沟）亩，受朝廷厚恩，位至将相，富贵极矣，奈何一旦忽为族灭之计乎？碣宁死为忠臣，不生为叛逆！”董昌闻言大怒，说黄碣惑众，斩之，并投其首于厕中，又骂道：“这个贼奴，好好的三公不做，自寻死路！”又杀黄碣家八十余口，同穴埋之。

接着，董昌又问会稽令吴镣，吴镣说道：“大王不为真诸侯以传子孙，乃欲假天子以取灭亡邪！”董昌又把会稽令吴镣族诛。

董昌又对山阴令张逊说道：“汝有能政，吾深知之，俟吾为帝，命汝知御史台。”张逊答道：“大王起石镜镇，建节浙东，荣贵近二十年，何苦效李锜、刘辟之所为乎？（李锜、刘辟在唐宪宗时以反诛）浙东僻处海隅，巡属虽有六州，大王若称帝，彼必不从（当时豪杰并起，各州自为刺史，董昌无力约束，羁縻而已），徒守空城，为天下笑耳！”董昌又杀了山阴令张逊。

杀了这些正直之士后，董昌这蠢货还扬扬得意道：“无此三人者，则人莫我违矣！”

乾宁二年（895 年）二月，董昌身穿皇帝衮冕，登上越州子城的门楼，即皇帝位，并将所谓的“祥瑞之物”陈列于庭以示众。之前，在咸通末年，吴、越间谣传山中有大鸟，四目三足，叫声好像在说“罗平天册”，见到的人多有灾殃，民间多画像祭祀。董昌便以此鸟为祥瑞，自称“大越罗平国”，改元顺天，越州的城楼称为“天册之楼”，令臣下称自己曰“圣人”。又将下属封为丞相、翰林学士、大将军等职。

董昌又给钱镠去信，告诉钱镠自己已经做了罗平国的皇帝，封钱镠为两浙都指挥使。钱镠正愁没有机会，这下可好，名正言顺，以顺讨逆，把董昌搞掉，自己既获得了声誉，又得到了地盘。

钱镠收到董昌的信后，并不买账，在给董昌的回信中，钱镠说道：“与其闭门做天子，与九族、百姓俱陷涂炭，岂若开门做节度使，终身富贵邪！及今悛（quān）悔，尚可及也！”董昌不听，于是钱镠率兵三万直抵越州城下，至迎恩门，见到董昌，再拜说道：“大王位兼将相，奈何舍安就危！镠将兵此来，以俟大王改过耳。纵大王不自惜，乡里士民何罪，随大王族灭乎？”董昌见钱镠率兵而来，玩儿真格的，他可不是钱镠的对手，于是赶紧拿出犒军钱二百万缗，将首谋者吴瑶及巫师数人送予钱镠，并请求待罪天子，等朝廷降罪。于是钱镠暂时退兵。

钱镠回去后，为了名正言顺地吞并董昌，又向朝廷上表，说董昌僭逆，不可赦，请以本道兵讨之。杨行密派遣使者到钱镠处，为董昌说情，说董昌已经改过自新，应该放他一马。杨行密还派遣使者到董昌处，催促董昌赶紧向朝廷朝贡赎罪。杨行密所作所为，实际上是为了留下董昌来制衡钱镠，以使钱镠不能与自己相争。不过钱镠又怎会中计呢？

五月，朝廷降诏削董昌官爵，命钱镠讨之。这下钱镠可算师出有名了。六月，钱镠再次发兵讨伐董昌。董昌连忙向杨行密求救。杨行密一面派大将台濛攻打钱镠的苏州，以牵制钱镠不能专心攻打董昌，一面向朝廷上表，为董昌求情。又给钱镠去信，说："董昌狂疾自立，已畏兵谏，执送同恶（指董昌已经交出首恶之人），不当再讨伐他。"

钱镠哪里肯放过这个千载难逢的良机，于是杨行密为救董昌，和钱镠开始交锋，互有胜负。

到了昭宗乾宁三年（896年），二月，朝廷听从了杨行密的请求，赦免董昌，复其官爵，钱镠不从。四月，杨行密的淮南兵与钱镠的镇海兵战于皇天荡，钱镠的镇海兵交战不利，于是淮南兵包围了苏州。

这时，钱镠手下大将顾全武、许再思也进兵到了董昌的老巢越州城下，董昌出战不利，只得婴城自守，顾全武等人于是包围了越州。董昌惧，去帝号，复称节度使。

苏州这边，叛将陆郢做了杨行密的内应，使得杨行密顺利攻下苏州，并俘虏了刺史成及。杨行密来到成及的家，看到这位苏州刺史所积蓄的并非钱财珠宝，都是图书、药物，于是觉得成及是个贤人，任命他为行军司马。成及拜而泣曰："及百口在钱公所，失苏州不能死，敢求富贵！愿以一身易百口之死。"于是成及引刀欲自刺。杨行密赶紧抓住成及的手，制止了他的自杀行为。此后，杨行密时常拜访成及，虽室中有兵仗，与成及共膳饮，毫无猜疑。

钱镠听说苏州失陷的消息，急忙要召回正在围攻越州的顾全武，以防备杨行密。顾全武说："越州是贼之根本，现在马上就要攻克，为什么要放弃？请先取越州，后复苏州。"钱镠从之。可见顾全武有胆有识，具有战略全局的眼光。

杨行密手下大将朱延寿进攻蕲（qí）州，围其城。蕲州大将贾公铎正好在城外打猎，无法返回城中。于是贾公铎伏兵林中，命勇士二人身披羊皮假扮成羊混入朱延寿所掠的羊群之中，潜入城中，与城内军士相约夜半开门举火为应。然后这两名勇士又身披羊皮返回城外复命。到了夜半时分，贾公铎如期引兵至城南，门中火举，贾公铎率军力战突围入城。看到贾公铎此举，朱延寿惊诧道："吾常常担忧守城之人溃围而出，今城外之人反而溃围而入，此城看来很难攻下！"于是朱延寿派人向杨行密禀告，请派军中与贾公铎有交情的人持誓书金帛前往游说，并许以婚约。寿州团练副使柴再用请行，到了城下为贾公铎陈说利害。数日之后，贾公铎与刺史冯敬章请降。杨行密以冯敬章为左都押牙，贾公铎为右监门卫将军。接着，朱延寿又攻下光州，杀刺史刘存。杨行密自此全占有淮南之地。

另一边，顾全武正在全力急攻越州，已经攻克外城，董昌仍然占据着牙城负隅顽抗。钱镠派遣董昌的故将骆团对董昌说："奉朝廷诏令，请大王致仕归临安。"董昌信以为真，送出牌印，出居清道坊。顾全武假装派武勇都监使吴璋以舟载董昌赴杭州，到了钱清江南，诛杀了董昌，并杀其家三百余人。董昌在围城期间，仍然十分贪吝，还克扣将士粮饷。到了城破之时，仓库中物品堆积如山，并有粮食三百万斛。钱镠将董昌传首京师，并散金帛以赏将士，开粮仓赈济百姓。

消灭董昌后，钱镠令两浙吏民上表朝廷，请求以钱镠兼领浙东。朝廷不得已，只得承认既成事实，以钱镠为镇海、威胜两军节度使，后又将威胜军更名为镇东军。钱镠自此跨有浙东、浙西两浙之地。

钱镠据有两浙（浙东、浙西，包括今浙江省和无锡以东的江苏省南部及上海市）后，身兼镇海、镇东两镇节度使，并将治所迁移到杭州，从此杭州称为吴越的统治中心。唐天复二年（902 年），朝廷封钱镠为越王，天祐元年（904 年），改封吴王，后梁开平元年（907 年），封吴越王。学术界通常将钱镠任镇海节度使的 893 年视为吴越的建国之年。

3. 是非功过

钱镠富贵以后，将其故乡改为衣锦里，兴建宫殿，穷极壮丽。他还经常回归故里，大会故老宾客，车马雄壮，万夫陈列，非常气派。他受封吴越王后，大规模扩建杭州城，周长达三十多里。史书记载吴越赋税繁重，由于百姓贫困，竟然有人因穿不起衣服而裸行，或者以篾竹系于腰间以遮羞。

虽然在钱镠统治期间，百姓负担很重，但是他也做了不少好事。建筑海塘便是头一件利国利民的大事。杭州钱塘江沿岸潮水极强，要想保护百姓的田园，就必须建筑坚固的海塘。相传钱镠对潮水的破坏很恼火，他选出三千名弓弩手，在钱塘江潮浊浪排空而来时，三千名弓弩手一起射去，要将潮水射退。此举虽然违背科学规律，却展示了钱镠勇于斗争的英雄气魄。当时有人想出一种办法，用几丈长的巨竹，剖开编成竹笼，装上石块投入水中。然后再用许多巨木，一层层竖在滩上，构成坚实的基础。钱镠就用这个办法，建成了钱塘江捍海石塘，这是一件功在千秋的大功业。五代十国的君主们，后人往往只能记得姓名，不大记得谥号、庙号，但是钱镠的钱武肃王的称谓却因捍海石塘而代代相传。

关于钱镠的为人，史书上的记载多有矛盾之处。《五代史补》说他"大兴府署，版筑斤夫之声，昼夜不绝，士卒怨嗟"。但是也有记载说钱镠生活简朴，衣服被褥用布而不用锦缎；非公宴，所用器皿为瓷樽漆器而已。他还用小圆木为枕，上面安装铜铃，睡觉时枕动铃响，随时醒觉，名曰"警枕"。他还担心守卫晚上睡觉，不能尽职，常用弹弓向城外射弹，使警卫时刻警觉，人称"南方不睡龙"。

钱镠统治两浙期间，赋税徭役比唐代增加数倍。自从唐朝于公元 780 年施行两税法以来，五代十国多沿袭此制。两税法规定将一切杂税包括丁税（人头税）均并入夏秋两税之中，不再另行征收。而吴越却规定每丁征收三百六十文钱，相当于重复征税。由于百姓负担太重，于是有人就通过隐瞒年龄的方法逃税，以致“民有至老死而不冠者”。通常男子年满二十为成年，就要开始缴纳丁税，这个年龄也是举行冠礼的年龄。所谓“不冠者”就是不举行冠礼，隐瞒年龄以逃避丁税。吴越的杂税也很繁重，甚至连在西湖捕鱼也要收税，规定渔民每天要缴纳若干斤鱼，称作“使宅鱼”。有些渔民捕捞的鱼不够应交之数，逼得没办法只得到市场上买鱼缴纳，痛苦至极。

令人奇怪的是，史书和历代学者记载中对钱氏吴越却颇多溢美之词。造成这种情况的可能原因是，钱氏吴越归宋之后，子孙世代高官，声誉颇佳，因此宋人自然不会揭其祖上之短。最先站出来批评钱氏吴越统治的是宋代大文豪欧阳修，他在《新五代史》中批评了钱氏吴越的严刑酷法和重税盘剥。于是有一个叫作钱世昭的钱氏子孙在《钱氏私志》中毁谤欧阳修，说欧阳修早年在钱镠子孙钱惟演手下时（当时钱惟演任洛阳留守，欧阳修任推官），曾经与一位洛阳名妓关系暧昧，然而此女却被钱惟演占有，欧阳修心怀怨恨，所以在《新五代史》中便污蔑钱惟演的祖先。后来清朝人在著《十国春秋》时采纳了这一说法，使得这种八卦说法流传颇广。

其实这种谣言若想澄清并不是难事。按照宋人的记载，欧阳修与钱惟演共事之时相处甚欢，两人时常聚会，吟诗唱和。欧阳修后来在自己的著作《归田录》中，凡是涉及钱惟演的事情，多称颂其美德。在同时代的宋人所著之书中，记有钱惟演依附奸臣丁渭、诽谤名臣寇准、进贡洛阳花卉以邀宠等丑事，而欧阳修对这些事都只字未提，而且还称颂钱氏归宋的行为，由此可见挟私诽谤的是钱氏子孙，而非欧阳修。

但是实事求是地讲，钱氏统治吴越期间，虽然赋敛繁重，但是其修建捍海石塘、兴修水利、发展农业生产和商业，还是应该被后人铭记的。现在西湖二十四景之一的雷峰夕照，雷峰塔就是钱氏吴越修建的。

第八节

马楚（马氏楚国）

1. 木匠传奇

马氏楚国割据在今湖南和广西北部一带，建立者马殷，字霸图，他自认为是东汉伏波将军马援的后裔，但实际上并无什么依据。马殷年轻时是许州的一个木匠，后来从军。历史上做过木匠的君主有两位，一位是后来的大明天启皇帝朱由校，另一位就是马殷。但是天启皇帝朱由校做木匠是娱乐爱好，而马殷才是货真价实的职业木匠。生逢乱世，做木匠难以养家糊口，于是马殷扔下木匠工具，拿起刀枪参军了。黄巢起义时，马殷正在龙骧指挥使刘建锋手下当兵，戍守在蔡州（也是秦宗权的手下），由于作战勇敢，升为军官。

2. 占据湖南

秦宗权的蔡州军败亡后，秦宗权余部在孙儒的率领下南扰淮浙，马殷也跟随孙儒的队伍南下，并且屡立战功，地位逐渐上升。孙儒扰乱江淮长达四年之久，失败后大部分军队投降了吴国的杨行密，被杨行密编为“黑云都”。杨行密“所得孙儒之众，皆淮西之骁果也，选五千人豢养于府地，厚其衣食，驱之即战，靡不争先。甲胄皆以黑缯饰之，命约黑云都”。另一部分被钱镠吴越收编，号曰“武勇都”。还有一部分军队大约七千人推刘建锋为首领，在刘建锋、张佶、马殷和秦彦晖等人的率领下向长江中游撤退，向西进入了江西、湖南，马殷就是这支队伍的先锋。在进入江西的过程中，刘建锋、马殷的力量得到了充实，“刘建锋、马殷收余众七千，南走洪州（今江西南昌），推建锋为帅，殷为先锋指挥使，张佶为谋主，比至江西，众十余万”。然而，十余万的军队如果四处掳掠，且没有稳固的后方，早晚还要败亡。刘建锋、马殷的队伍进入江西后，受到了江西节度使钟传的打击，由于钟传力量强大且颇有惠政，为江西民心所向，刘建锋、马殷无法与钟传对抗，只能继续寻找合适的地盘。

马殷等人放眼四周，此时，东面的杨行密和钱镠都力量强大，北面是实力更为雄厚的朱温，在刘建锋和马殷面前只有两条路可选：一是南下福建、广东，二是向西进入湖南。此时福建的王潮（原来也是蔡州秦宗权属下）军力颇盛，而且在福建安抚流亡、恢复生产，颇得民心，广东被刘隐兄弟牢牢掌控，刘建锋、马殷也无力与之争锋。反复斟酌，只有割据湖南是刘建锋、马殷的最佳选择。

安史之乱以后，湖南是唐王朝的主要财政来源地之一，经济、政治地位日益重要。至德二年（757 年），唐朝在湖南衡州设置防御使；广德二年（764 年），又在衡州设置湖南观察使，领衡、潭、邵、永、道五州；大历五年（769 年），湖南观察使徙至潭州（今湖南长沙）；中和三年（883 年），湖南观察使升为钦化军节度使；光启元年（885 年），改钦化军节度使为武安节度使。湖南在唐朝后期是典型的财源藩镇，总体上依然处于唐朝廷的控制之下。

但是，黄巢起义使唐王朝在湖南的统治崩溃，在湖南形成了多个势力。这些势力经过不断兼并整合，在刘建锋、马殷进入湖南时，主要为武安节度使邓处讷和武贞节度使雷满。此外，还有衡州杨师远、永州唐世旻、道州蔡结、郴州陈彦谦、连州鲁景仁、岳州邓进忠等大大小小许多割据势力，湖南处于一种混乱割据的状态，这也正好成为刘建锋、马殷进入湖南的有利条件。

乾宁元年（894 年）五月，刘建锋、马殷十余万大军到达湖南醴陵。武安节度使邓处讷派遣邵州蒋勋、邓继崇率领三千兵马扼守"龙回关"。马殷劝降蒋勋，兵不血刃拿下龙回关。《资治通鉴》记载，刘建锋、马殷引兵至醴陵，邓处讷遣邵州指挥使蒋勋、邓继崇将步骑三千守龙回关。（马）殷先至关下，遣使诣勋，勋等以牛酒犒师。殷使说勋曰："刘（龙）骧智勇兼人，术家言当兴翼、轸间。今将十万众，精锐无敌，而君以乡兵数千拒之，难矣。不如先下之，取富贵，还乡里，不亦善乎？"勋等然之，谓众曰："东军许吾属还。"士卒皆欢呼，弃旗帜铠仗遁去。

紧接着，刘建锋让自己的部队穿上了蒋勋将士丢弃的衣服铠甲，举蒋勋旗帜直奔潭州。守卫潭州的将士未加分辨，还以为是龙回关的将士回来了，大开城门。刘建锋顺利进入潭州，斩邓处讷，自称留后（代理节度使）。史载："建锋令前锋衣其甲，张其旗，趋潭州。潭人以为邵州兵还，不为备。建锋径入府，处讷方宴，擒斩之。戊辰，建锋潭州，自称留后。"刘建锋随即向朝廷上表，唐廷任命刘建锋为武安节度使，刘建锋任命马殷为内外马步军都指挥使。自此，刘建锋和马殷终于有了一块自己的地盘。

但是，刘建锋不是个成大事的人，攻占长沙后，得意忘形，每日饮酒作乐，不理政事。乾宁三年（896 年），一次刘建锋居然奸污了亲兵陈瞻的妻子，陈瞻气不过，将刘建锋打死（此处为陈瞻赞一个）。刘建锋被亲兵所杀，于是众将推举行军司马张佶为帅，张佶坚拒不受，于是便推举马殷为首，这也是马殷割据湖南的开端。

马殷开始时控制的地盘只有潭州一地，他首先要取得朝廷对其政治地位的确认。光化元年（898 年）三月，朝廷“以潭州刺史、判湖南军府事马殷知武安留后”，政治地位的确定使得马殷师出有名，集中力量开疆拓土。

二月，蒋勋战败被杀，马殷取得邵州。五月，姚彦章建议马殷以李琼为将，攻取衡、永、道、连、郴五州，统一湖南。“殷以琼及秦彦晖为岭北七州游弈使，张图英、李唐副之，将兵攻衡州，斩杨师远，引兵趣永州，围之月余，唐世旻走死。殷以李唐为永州刺史。”衡州和永州归入马殷囊中。

光化二年（899 年）七月，马殷遣李唐攻道州，道州蔡结召集群蛮于险隘处伏击，李唐大败。但失败是成功之母，李唐善于总结，悟出了战败的症结所在，他说：“蛮所恃者山林耳，若战平地，安能败我？”于是李唐因风纵火，将蔡结等蛮兵逼出山林。蛮兵大败，蔡结被擒，道州纳入马殷掌中。

马殷再接再厉，十一月，“马殷遣其将李琼攻郴州，执陈彦谦，斩之；进攻连州，鲁景仁自杀，湖南皆平”。至此，湖南七州全部被马殷掌握。

3. 转战岭南

此时，马殷本想继续消灭湖南西部、北部的割据势力，却不得不将目光转向南方。因为马殷取得了岭北七州，岭南静江节度使（治所桂州，今广西桂林）刘世政担心马殷南下，于是令节度副使陈可璠屯兵全义岭以抗拒马殷。马殷此时本无南下之意，但是刘世政的举动令马殷担心自己被南北夹击，处于两线作战的不利境地。于是马殷先是派遣使者与刘世政通好，以便集中兵力解决湖南西部和北部，彻底统一湖南，但是被刘世政拒绝。马殷于是决心先攻岭南，再解决湖南西部和北部。

光化三年（900 年）十月，马殷遣秦彦晖、李琼等率兵七千攻打刘世政，刘世政一方面派遣陈可璠与秦彦晖、李琼在全义岭对峙，另一方面派遣指挥使王建武屯兵秦城（今广西兴安县西南），以牵制马殷军。但是陈可璠治军无方，纵容部队抢掠地方民众，抢劫百姓耕牛犒军，当地民众纷纷倾向李琼军，为李琼军主动做向导。李琼在民众的帮助下奇袭秦城，擒获王建武。王建武被擒使得陈可璠军心大乱，李琼趁势一举攻克全义岭，擒获陈可璠。史载："彦晖遣李琼将骑六十、步兵三百袭秦城，中宵，逾垣而入，擒王建武，比明，复还，猘（chè）之以练，造可璠壁下示之，可璠犹未之信。斩其首，投壁中，桂人震恐。琼因勒兵击之，擒可璠，降其将士二千，皆杀之。"

然后，秦彦晖、李琼引兵直扑桂州，自秦城以南二十余壁皆望风奔溃，遂围桂州。刘士政出降，桂、宜、岩、柳、象五州皆降于湖南。马殷以李琼为桂州刺史，不久之后又将李琼表为静江节度使。

原有的湖南七州加上此次攻取的岭南五州，马殷的领地扩展到十二州之地。

4. 消灭成汭

此时的马殷，势力已经颇为强大。但是荆南成汭（ruì）和淮南杨行密与马殷毗邻，力量也很强大。怎样处理与此二者的关系呢？开始时，马殷"畏杨行密、成汭之强，议以金帛结之"。但是谋士高郁（后来成为马殷的谋主和重臣）指出："成汭地狭兵寡，不足为吾患，而刘龑（南汉）志在五管而已，杨行密，孙儒之仇，虽以万金交之，不能得其欢心。然尊王仗顺，霸者之业也，今宜内奉朝廷以求封爵而外夸邻敌，然后退休兵农，畜（蓄）力而有待尔。"真可谓真知灼见。马殷采纳高郁的建议，厚结朱温以自固，这也正是此后马楚“事大政策”（遵奉中原王朝正朔）的开端。

天复二年(902年),唐朝廷加马殷同平章事,不久又准许马殷“淮南、宣歙、湖南等道立功将士，听用都统牒承制迁补，然后表闻”。马殷获得了对属下以朝廷名义的任命权，政治地位不断提升。

天复三年（903年），杨行密令升州刺史李神福为淮南行军司马、鄂岳行营招讨使，舒州团练使刘存为副使，率兵攻鄂州节度使杜洪。杜洪势单力薄，只得向朱温求援。朱温担心杨行密攻取鄂州后对自己造成威胁，于是派韩劲率万人屯驻滠口牵制杨行密。当时朱温正在与李克用大战，又因江山阻隔，无法直接援救杜洪，于是要求荆南节度使成汭、武安节度使马殷、武贞节度使雷彦威一起出兵援救杜洪。三位节度使受命出兵，但各有打算，救援也演变成了一出好戏。

荆南节度使成汭“畏全忠之强，且欲侵江、淮之地以自广，发舟师十万，沿江东下”。成汭倾巢而出，要抢地盘。但是武安、武贞两镇节度使却各有打算，准备在背后捅成汭一刀，解决对自己存在威胁的荆南节度使。

成汭手下的谋士李珽觉察到了武安、武贞的用心和荆南的危险处境，告诫成汭:“今每舰载甲士千人,稻米倍之,缓急不可动也。吴兵剽轻,难与角逐;武陵、长沙，皆吾仇也，岂得不为反顾之虑乎？不若遣骁将屯巴陵，大军与之对岸，坚壁勿战，不过一月，吴兵食尽自遁，鄂围解矣。”但是成汭主要是想扩大地盘，贪欲蒙蔽了智商，决定继续沿江东下。

马殷和雷彦威乘虚而入，一举攻克成汭的老巢江陵，“成汭行未至鄂州，马殷遣大将许德勋将舟帅万余人，雷彦威遣其将欧阳师将舟师三千余人会于荆江口，乘虚袭江陵，庚戌，陷之，尽掠其人及财货而去。将士亡其家，皆无斗志”。五月十二日，淮南将秦裴、杨戎率众数千与成汭大战于君山，淮南因风纵火焚烧荆南战舰，荆南大败，成汭投水死。朱温派在滠口屯驻的韩劲因成汭战败，武安、武贞各怀鬼胎，无法对杨行密进行攻击，也被迫撤兵。失去外援的杜洪失败在所难免，“汭兵败之后，武昌以重围经年，粮尽力困，救援不至，讫为淮寇所陷，载洪以送淮，杨遂杀之”。

此战，马殷乘吴军（杨行密）进攻鄂州，江陵的成汭出兵救援鄂州的机会，从背后袭击江陵，将全城财宝、人口掳掠一空，解除了荆南成汭的威胁。

5. 夺取岳州

马殷紧接着又开始了夺取湖南北部门户岳州（今岳阳）的行动。夺取岳州不仅可以打通与中原的朝贡通商之路，还能够取得湖南北部的门户控制权，对巩固地盘具有非常重要的意义。许德勋率水军由荆南返回，途经岳州，岳州刺史邓进忠开门犒军，许德勋趁机劝降邓进忠。邓进忠举族迁往潭州，并被任命为衡州刺史，许德勋留任岳州刺史，扼守湖南北大门。马殷此次出兵，一是解决了荆南成汭强大水师的威胁，二是取得了地理位置非常重要的岳州，三是进一步扩大了地盘，达到十三州之地。

岳州处于衡州、淮南、荆南交界之处，乃是湘北重镇，两湖咽喉，此后淮南杨行密与马殷展开了对岳州的长期争夺。天祐三年（906 年），杨行密之子杨渥派陈知新攻湖南，占领岳州，驱逐许德勋，陈知新任岳州刺史。次年六月，马殷手下大将秦彦晖又打败陈知新，重新将岳州纳入马殷辖区。

6. 争夺吉州

马殷在北面与杨吴争夺岳州的同时，双方在东线展开了对吉州的争夺。吉州刺史彭玕，“以门籍为胥吏，有大志，常怏怏不乐于吏事，同曹多心厌之”。后来彭玕返回家乡吉州，破家鬻产，冶铁为兵，宰牛练楮为甲胄，以自卫乡党为名，得兵五百余人。不久之后，群盗数千围攻抚州，危全讽和彭玕联合起来，攻击群盗，斩其贼帅。于是当时的镇南节度使钟传表危全讽为抚州刺史，彭玕为吉州刺史。彭玕在吉州务农训兵，禁约赌博，颇有政绩。天祐三年（906年）钟传死后，其子钟匡时与钟匡范争立，淮南趁机收编了江州的钟匡范，攻陷洪州擒获钟匡时。钟传之死和两子争立使吉州彭玕失去依靠，以吉州之力也无法与杨吴抗衡，于是遣使到湖南窥探虚实。“彭玕既失援，厚结马殷，且观虚实。使者还曰：‘殷将校辑睦，未可图也。遂归款。’”天祐三年十二月，吉州彭玕向马殷请降，马殷取得对吉州的控制。自此，马殷的势力范围包括整个湖南地区，岭南五州，以及东面的吉州，实力相当雄厚。马殷与淮南杨吴、吴越钱镠、福建王氏兄弟、南汉刘氏构成了南方的几大割据势力。

后梁开平元年（907年），后梁封马殷为楚王。马殷还不满意，请求以唐太宗李世民做亲王时授天策上将之例，加授自己天策上将的名号。后梁这时正与李克用交战，不想得罪马殷，就同意了马殷的要求。于是马殷开府署，置官吏，总辖二十余州，虽然向中原王朝称臣，却不输赋税，相当于一个独立王国。

7. 经济学家高郁

马殷得了湖南，与谋臣高郁商议立国的方针。高郁提出几点主张：一是尊重中原朝廷，取得封爵；二是保境安民，发展生产，积蓄力量。高郁是扬州人，很可能是马殷跟孙儒在淮南期间获得的人才。

马殷按照高郁的主张，鼓励制茶和种桑养蚕，百姓纳税时可以用帛代替钱币，大大促进了马楚境内的养蚕业和家庭纺织业。

马殷还特别重视商业发展，由于他尊重中原朝廷，与朝廷保持了朝贡关系，因此可以在京师以及襄（今湖北襄阳）、唐（今河南唐河）、郢（今湖北钟祥）、复（今湖北天门）等州，设立邸务卖茶，获得巨额商业利润。这是官营的商业，马殷也提倡民间自己造茶，让商人贩运销售，向政府纳税。史籍说马殷“不征商旅，由是四方商旅辐辏”。大约马殷除了对茶叶征税以外，其他货物都不征税。

马殷还听从谋士高郁的建议，实行一项特殊的货币政策。他利用湖南境内富有铅矿和锡矿的特点，用铅和锡铸造钱币，在楚国境内流通。其他各国商人来到楚国经商，得到的都是铅锡之钱，而当时各国又禁止铅锡钱等劣质货币入境,铅锡钱只能在楚国境内流通。因此,商人们所获钱币不能带出楚国，只能再用铅锡钱在楚国采购货物后运出，使得楚国物流畅通，国家富庶。

看来高郁真是发展经济的高手，放在今天说不定可以得到诺贝尔经济学奖的奖项了。

湖南境内的产品，特别值得一提的是瓷器。湖南的长沙窑首创多彩瓷器。长沙窑的产品在国内外多有出土，看来客商们采购的楚国特产，瓷器是一个重要门类。

第九节

南平高氏

南平是十国中最小的政权,为高季昌创建。高季昌,陕州(今河南三门峡)人士，后来为了避后唐庄宗先祖李国昌的名讳，改名高季兴。他幼年时在汴州商人李七郎家为奴，朱温收李七郎为养子，改名为朱友让，又颇为喜爱高季兴,命朱友让收其为养子,也改姓为朱。高季兴开始时在军中做朱温的亲兵,后来逐渐提升为牙将，因为立有军功，后来提升为颍州防御使。

高季兴所割据的荆南地区，原来辖有七州之地，唐朝末年成汭割据于此。成汭，青州人，年轻时因为酒后杀人，流亡江湖，当过和尚，后来投入了蔡州的秦宗权军，改名郭禹。秦宗权败后，成汭被发配江陵，中途逃亡落草。再后来，成汭又向荆南的唐军投降，做了一名下级军官。上司见他凶悍难治,就想要设计杀害他。于是，成汭联合了千余人，逃到了长江三峡地区。光启元年（885 年），成汭占领归州（今湖北秭归），自称刺史，算是有了自己的一小块地盘。文德元年（888 年），成汭又进一步占有江陵。此后，又将地盘逐渐地向西扩展到渝州（今重庆）一带，地盘也不算小了。荆南地区经过唐末多年战乱，本已残破不堪。以江陵为例，在成汭刚刚占据江陵之时，居民只有十七户。成汭招抚流亡，奖励农桑，恢复经济，又实行通商政策，经过十几年的经营，江陵的人口增加到一万户，整个荆南地区也成为较为富庶的地区。成汭虽然是个武夫，但是在审问案件的时候，能够力求翔实，避免冤狱，在唐末的军阀中，算得上一个难得的人物。光启三年（887 年），朝廷任命成汭为荆南节度使。

成汭为人虽有值得称道之处，但是他太过急于求成。如果他能保境安民，搞好与中央政府和周边诸侯的关系，是很有可能久有其地，传之子孙的。我们从后来南平高氏的情况也可以看到这一点。但是成汭以区区荆南，几面受敌的地理位置，急于扩张地盘，先后与朗州雷氏、长沙马殷、江淮杨行密交战，四面出征，四面树敌，最后终于兵败身死。

事情发生在唐昭宗天复三年（903 年）。当时的吴国向西发展，两湖和江西都是吴的兼并对象。这年，吴将李神福进攻鄂州，武昌节度使杜洪向朱温求救。朱温自己腾不出手来，就命荆南、湖南、朗州三镇出兵救鄂州。成汭正想借此向江淮一带发展，便率领十万水军，沿江东下。根据《太平广记》的记载："汭欲往亲征，乃力造巨舰一艘，三年而成，号曰和州载。舰上列厅宇洎司局，有若衙府之制。又有齐山截海之名。其余华壮，即可知也。"

成汭所乘的大船，叫作"和州载"，取整个江陵都装得下的意思。船上可装载将士千余人，加上武器、粮食，非常笨重。其余比较小的船只也都取了一些威风的名字，比如"齐山""截海"等船。他用三年的时间制造了这许多船只，看来早有用兵之心了，听朱温的命令出兵不过是借口，实际上是为了争夺江淮一带的地盘。他此次出征，有两大败笔：一是装备和战术上的，大船笨重，行动不便，遇到火攻，更是除了沉没，别无他法；二是战略上的，更为要命，他倾巢而出，后方空虚，一旦被敌人袭击后方，必将无家可归。这两点，幕僚中也曾有人指出，他却听不进去。其实，湖南、朗州两镇迟迟不去救援鄂州，就是在打他成汭江陵的主意。成汭刚刚出发不久，还没有到岳州，湖南和朗州的军队已经袭破了江陵，大掠而去。成汭的将士们亲人被人掳走，家产被人抢劫，哪里还有心思战斗。吴国的李神福得知这个消息后，不等成汭到鄂州，而是派兵主动迎击。在洞庭湖君山附近两军相遇，吴兵顺风纵火，烧毁江陵水军的战船，成汭就死在了洞庭湖里。成汭死后，杜洪又苦撑了两年，最后被吴军俘杀，从此杨氏吴国势力到达了鄂东。

高氏的南平“建国”发生在这些事情之后，而且在后梁统治期间，南平实际上还不能称为国，我们只是为了在后面叙述方便，在这里先让高氏亮个相罢了。

江陵这个地方，几经争夺，最后为朱温所得。开平元年（907 年），朱温任命他所认为的“自己人”高季兴来做荆南节度使，史学界通常以此作为南平立国的开始。其实这样有些勉强，因为在后梁时，高季兴的身份不过是后梁的地方军政长官。此时的荆南只有一州之地，后来辖有三州，即荆州、归州和峡州，治所在荆州，也就是今天的湖北江陵。朱温在世之时，高季兴不敢跋扈，朱温死后，高季兴见到梁朝衰乱，便有了割据一方的打算。然而南平地小力弱，终五代之世，不过勉强维持。

后来梁末帝封高季兴为渤海郡王，他仍不满足，后来索性断绝了对朝廷的贡赋。后唐建立后，高季兴畏其强大，前往洛阳朝见皇帝。返回时高季兴对左右说：“我此行有二失，来洛阳朝见为一失；主上纵我归去，为二失。”于是倍道兼程，为了加快速度，行李全部丢弃不顾，等他过了襄州，后唐庄宗果然命襄州节度使刘训拦截，但是已经来不及了。

不久，后唐封他为南平王，这也是我们称其政权为南平的缘由。荆南处于四战之地，国小力弱，不仅向中原王朝称臣，而且还曾向其他割据政权称臣，周旋于大国之间，又经常派兵抢劫他国财货，所以得了一个“高赖子”的诨号。

比如后唐灭前蜀，获得珍宝金帛四十万，顺长江水路而下，行至峡口，被高季兴派兵截杀，尽夺财宝。后唐明宗派使者责问，高季兴回答："船行三峡，水道险恶，也许是船覆人亡，其中详情只有水神知晓。"再比如楚国向后唐朝贡归来，后唐明宗回赐骏马十四、美女两名，路过江陵时又被高季兴抢夺。高季兴害怕被后唐或者楚国讨伐，于是向吴国称臣，希望得到庇护。高季兴当真是个墙头草，谁给他好处，他就向谁称臣，高氏子孙甚至还向南汉、闽、后蜀、南唐称臣。

在五代十国前期，除了吴国、前蜀称帝以外，其他割据势力皆奉中原王朝为正朔，时有朝贡。由于吴国与中原王朝为敌，因此各国北上必须路过荆南地区。无论是高季兴本人还是高氏子孙，时常干些截击使者、抢劫财货的勾当。各国若前来责问或发兵讨伐，荆南便原物奉还；如果各国因为其他事情一时顾及不上，高氏便收入囊中。于是各国皆称高氏为"高赖子"。

第十节

闽

闽国割据在今天的福建地区，为光州固始人（今河南固始）王潮创建。

王潮出身农家，唐朝末年，在本乡固始县当了一名小吏。固始地处河南省南部，这一地区曾经被秦宗权占据。秦宗权的部将王绪（此人从军前的职业是屠夫）占据固始时，县吏王潮和兄弟王审之投入王绪军中，做了军校。王绪任命王潮为军正，相当于军需官，主管军需供给。黄巢的军队进入河南时，秦宗权命令王绪攻击黄巢，王绪畏惧不行。秦宗权大怒，发兵攻讨，王绪敌不过秦宗权，只好率众南渡长江，希望在南方寻找安身之地。

唐光启元年（885 年），王绪率军经过江西，转入福建，攻克汀、漳二州，所到之处，并不久留，都是洗劫一空而去。从他们的所作所为和史籍上记载的王潮曾说“吾属弃坟墓、妻子而为盗”来看，这支部队算不得官军，也是一支匪军。

到达漳州以后，王绪因为路险粮少，令军中“无得以老弱自随，犯者斩”。王潮兄弟三人都是孝子，共奉一母，兄弟三人扶其母董氏崎岖从军。王绪召王潮兄弟责备说：“军皆有法，未有无法之军。汝违吾令而不诛，是无法也。”王潮兄弟三人答道：“人皆有母，未有无母之人；将军奈何使人弃其母？”王绪大怒，要立斩其母，王潮三兄弟说：“潮等事母如事将军，既杀其母，安用其子？请先母死。”幸赖将士们都纷纷苦求，王绪这才作罢。

王绪自己无才无德，于是对军中有才能者十分猜忌。有人告诉王绪说：“军中有王者气。”于是王绪见将士或者士卒有勇略超过自己的，或者气质魁岸者皆杀之。王绪此举令军中人人自危，激起众怒。行至南安，王潮利用众心不服的机会，对一位前锋将领说：“吾属违坟墓，捐妻子，羁旅外乡为群盗，岂所欲哉？乃为（王）绪所迫胁故也。今（王）绪猜刻不仁，妄杀无辜，军中有才能者受诛且尽，子须眉若神，骑射绝伦，又为前锋，吾窃为子危之！”这位前锋将军握着王潮的手涕泗纵横，向王潮问计。于是王潮为他出谋划策，依计行事。他们命壮士数十人埋伏于竹林之中，待王绪到来，挺剑大呼跃出，将王绪擒住，绑缚起来在军中示众，军中皆呼万岁。王潮推举前锋将军为主，前锋将军说道：“吾鼠今日不为鱼肉，皆王君（王潮）力也，天以王君为主，谁敢先之！”推让数次，众人都尊奉王潮为将军。于是王潮夺得了领导。王绪被关押了一段时间后，羞愤自杀（也可能是被杀）。

王潮与王绪不同，军纪严明，秋毫无犯，不但深得士兵爱戴，也受到当地百姓的拥护。他深知将士思念北方故乡，于是声称要带领大伙回光州。这其实很难做到，路途遥远，加之中原残破，各地军阀林立，一支没有稳固后方的军队是很难长久维持的。王潮这样说，是为了安定军心。他的实际打算是要占一块地盘，让大伙安定下来。这时恰好泉州刺史廖彦若残暴不得民心，当地居民听说王潮军纪严明，主动请求他去讨伐。

光启二年（886年），王潮攻克泉州，杀廖彦若。王潮听闻福建观察使陈岩的威名，不敢犯福州境，遣使向陈岩请降，于是陈岩表王潮为泉州刺史。王潮就把泉州作为大本营，招抚流民，轻徭薄赋，恢复生产。同时训练部队，整军经武，形成了一支新的割据势力。

景福元年(892年),范晖为福建留后,也是暴虐无道。王潮决定进攻福州。泉州人民自愿捐献粮食和钱财，补充军费，可见王潮确实是得到人民拥护的。景福二年（893年），王潮遣王彦复、王审知攻福州，很久也未攻下。范晖求救于威胜节度使董昌，董昌发温州、台州、婺州兵五千救之。王彦复和王审知认为福州城防坚固，而且援兵将至，己方士卒死伤众多，于是请示王潮，希望退兵然后再图后举。王潮不许,回信道:“兵尽添兵,将尽添将,兵将俱尽,吾当自来。”这是何等决绝与霸气！于是王彦复、王审知亲犯矢石急攻福州。五月，福州城中食物断绝，范晖知不能守，于是以印授监军，自己弃城逃走，董昌的援兵也撤退了。王审知攻克福州，建州（今福建建瓯）、汀州（今福建长汀）也都望风而降，至此，王潮完全占据了全闽的五州之地。福建位置偏远，朝廷鞭长莫及，于是封王潮为福建观察使。乾宁三年（896年），唐朝升王潮军为威武军，任命王潮为节度使。

乾宁四年（897年），王潮病重。当初，王潮的弟弟王审知做观察副使的时候，但凡有过，王潮犹加捶挞，王审知虽然有功，但是毫无怨言。王潮在病重之时，舍其子延兴、延虹、延丰、延休，而命其弟王审知知军府事。王潮病逝后，王审知想让位给其兄泉州刺史王审邽，王审邽推辞不受。于是王审知自称福建留后，表于朝廷。朝廷以王审知继任节度使，加同平章事，封琅琊郡王。

王审知字信通，军中称为“白马三郎”(这个绰号很酷，很可能是因为他骑白马，又排行第三的缘故)。可以想见，当年王审知胯下白马、驰骋军中，是何等拉风。

后梁开平三年（909年），朱温授王审邽为中书令，封王审知为闽王，此是后话。实际上，从景福二年（893年），王氏兄弟据有福建全部时期，闽国就已经事实存在了。

王氏兄弟生活节俭，重视农业生产的恢复和发展，轻徭薄赋，福建百姓得以安居乐业。

除了发展农业以外，他们还大力发展文化教育事业，这在当时是非常难得的。当时北方衣冠士族南下避乱者甚多，王审知礼贤下士，多方延纳，又大力兴建学校，教育福建当地子弟。此后，福建人才辈出，文化快速发展。此后从宋朝以降，直至明清，福建成为全国藏书丰富之地，在科举考试中被录取的进士人数在全国一直名列前茅。

王氏兄弟还特别重视发展商业。他们免除沉重的商税，鼓励海上贸易。福州、泉州两地，船舶往来如织，宋元时期著名的大港口——泉州港，就是起始于此。商业的繁荣不仅使闽国百姓富庶，国库充盈，而且还促进了中外经济文化的交流。

在王氏兄弟统治期间，在福建省刑惜费，轻徭薄赋，恢复农业，发展文化教育，开发商业，与民休息，所以社会稳定，百姓安乐。有人劝王审知称帝，他说了一句非常有名的话："我宁可开门做节度使，不做闭门天子。"

第十一节

南汉

南汉割据在两广和湖南南部一带，为刘隐创建。关于刘氏家族的由来，学术界颇有争议。通行说法是，其祖籍是河南上蔡，后来移居福建泉州，刘隐的父亲刘谦任广州牙校，所以后来迁至岭南。

唐懿宗咸通年间，宰相韦宙出任岭南节度使，因为赏识刘谦，于是将侄女嫁给刘谦为妻，韦宙的夫人坚决反对说："刘谦非我族类，与他通婚恐招人议论。"韦宙却说："此非常人，将来我们的子孙也许还要依靠于他。"

黄巢的军队曾经南下攻陷过广州（朱温的二哥就是战死在岭南的），但是因为水土不服，又弃之北上。当时岭南小规模的农民起义仍然很多，刘谦因为镇压有功，朝廷封他为封州（今广东封川）刺史。在此期间，刘谦有兵万余人，战船百余艘，在岭南地区军事实力最为强大，这支力量为刘谦的儿子刘隐创建南汉奠定了基础。

刘谦死后，刘隐继任封州刺史。乾宁三年（896年），唐朝宗室李知柔被任命为岭南节度使，行至途中，岭南发生兵变，李知柔不敢前进。刘隐率领封州兵平定了叛乱，迎接李知柔进入广州，因功提拔为行军司马，掌握岭南的兵马财赋事务。此后更换了数任节度使，都对刘隐极为倚重。后来宰相崔远被任命为岭南节度使，却因为路途遥远，不愿赴任，于是朝廷任命刘隐为岭南节度留后。为了能够正式得到节度使的任命，刘隐向朱温送上重金厚礼，在朱温的支持下，刘隐顺利获得了节度使的任命。后梁建立后，刘隐继续称臣纳贡，梁朝授刘隐为中书令、检校太尉、侍中，封大彭郡王，后又改封南海王，从此刘氏便割据岭南了。

第十二节

大长和

让我们再把目光转向南方的少数民族政权。唐朝时，在我国云南地区的少数民族政权称为“南诏”。唐朝末年时，由于南诏对唐朝连年用兵，又曾经被高骈打得大败（这位高骈年轻时还是很猛的），南诏“屡覆众，国耗虚”，终于引起广大奴隶和百姓起义。南诏的汉人权臣郑买嗣在897年指使南诏蒙氏近臣杨登杀死南诏王蒙隆舜，在902年杀死南诏王室八百余人，灭亡南诏，改元圣治,建立大长和国,号称“圣明文武威德桓皇帝”。都城在羊苴咩城（又称太和城，今云南大理），疆域包括今我国云南全部以及缅甸北部那加丘陵和萨尔温江以东、老挝北部等地。

第十三节

契丹

契丹族是鲜卑的一支，从北魏道武帝登国三年(388年)起，已见载于史籍。在几百年间，契丹人始终过着游牧和狩猎的生活。契丹人分为八个部落，尽管几百年间，部落的名称或有改变，但是总数总是八个。唐代初年，这八个部落组成了部落联盟。八部首领推举一人作为“可汗”。可汗任期三年，期满重新选举。可汗以外，另设于越，位于百官之上，总管军政。可汗虽然由选举产生，但是在一定时期内，总是出于一个部落。唐代前期是大贺氏，唐代中叶转入遥辇氏。唐朝后期，契丹的发展逐渐加快，到唐朝末年，契丹终于从部落联盟蜕变成为国家。而一个人，契丹因他名垂青史；契丹也因他而兴旺发达，他的名字就是耶律阿保机。

唐咸通十三年（872年），耶律阿保机出生于契丹迭剌部的一个贵族家庭，此时契丹内部的权力争夺非常激烈，耶律阿保机的家族也参与了权力争夺，但是被击败。耶律阿保机的祖父被杀死，耶律阿保机的父亲和叔伯逃亡到邻近部落，阿保机的祖母把阿保机藏在别处的帐内，涂抹其面，不让他见外人。

阿保机自幼聪敏，才智过人。长大后，身体魁梧健壮，胸怀大志，而且武功高强，《辽史》上说他“身长九尺，丰上锐下，目光射人，关弓三百斤”。

此后，耶律家族在权力争夺中又逐渐取得了优势，阿保机的伯父耶律释鲁当上了于越，于越的地位仅次于可汗，掌握军政实际权力，阿保机被任命为于越侍卫亲军首领。耶律释鲁经常与阿保机讨论军国大事，相信阿保机从中应当受益匪浅。后来，伯父耶律释鲁被觊觎于越之位的蒲古只等三族谋杀，阿保机率领侍卫亲兵击溃了这三族兵马，并在901年被立为夷离堇（部落联盟军事首领）。

此后，阿保机率领契丹铁骑连年出征，攻略唐朝和其他少数民族。唐天复二年（902年），耶律阿保机以兵四十万伐河东、代北，攻下九郡，获生口（百姓）九万五千人，驼、马、牛、羊不可胜数。在潢河南岸建龙化州城，将所俘汉人迁居于此。天复三年（903年），北攻女真，俘获三百户；南取河东、怀远军，略地蓟北（今河北北部），俘获人口财物而回。并且阿保机升任为于越，总知军国事，成为部落联盟的实际掌权者。唐天复四年（904年），阿保机率军讨伐黑车子室韦，伏击刘仁恭数万大军于平原，活捉大将、刘仁恭的养子赵霸，并乘胜大破室韦。唐哀帝天祐二年（905年），唐朝已经行将就木，阿保机应李克用之邀，率七万骑兵到云州（今山西大同）相会，与李克用结为兄弟，约定共讨梁王朱温和卢龙节度使刘仁恭，但终因无利可图而没有践约。接着，耶律阿保机进兵攻打刘仁恭，攻下数州，尽数迁掳其民而回。

唐天祐三年（906年）二月，阿保机又攻打刘仁恭，回军途中，袭击山北奚人，破之。朱温派人渡海奉上书币、衣带、珍宝前来交好。十一月，派偏师讨伐奚、霫（fèi）诸部及东北女真中尚未归附的部族，一概攻破降服之。十二月，痕德堇可汗卒，遗命推选阿保机为汗（不知道是不是真的遗命）。

耶律曷鲁等人劝进。阿保机多次辞让，后来接受了请求。

后梁太祖开平元年（907 年）正月，耶律阿保机正式成为契丹可汗，这一年也正好是后梁的开国之年。以后，耶律阿保机将对中原地区的历史产生深远的影响。

小记：

咱们看看这些割据一方的君主们，有的出身盐贩，有的是制饼师傅、木匠，还有的是养猪的、在富户家当用人的，不一而足，看到这些人都能成就一方霸业，是不是很励志呢？读者朋友们，美国有一位画家奶奶曾经说过：“只要你有一颗心，从来都不晚。”年龄不是理由，现在的境遇也从来不是，从现在开始，向你的目标努力吧。

第三章

后梁十六年

后梁，建立于公元 907 年，亡于公元 923 年，国祚 16 年，传二世三帝。

第一节

生子当如李亚子，徐温巧夺杨吴权（908 年）

1. 李存勖袭位

后梁开平二年（908 年），李克用“疽发于首”病危，李克用令其弟李克宁，监军张承业，大将李存璋、吴珙，掌书记卢质立其子李存勖为嗣。李克用临死之前，将三支弓箭授予李存勖，说道：“一矢讨刘仁恭，汝不先下幽州，河南未可图也。一矢击契丹，阿保机与吾把臂而盟，结为兄弟，誓复唐家社稷，今背约附梁，汝必伐之。一矢灭朱温。汝能成善志，死无恨矣！”又对诸将说：“此子志气远大，尔曹善教导之！”又叮嘱李存勖道：“李嗣昭被梁兵围于潞州，等把我下葬之后，汝与周德威速竭力救之。”言终而卒，享年五十三岁。

李存勖继位时，年仅二十四岁，还是一位青年。他的叔叔李克宁（李克用的弟弟）位高权重，当时纷纷传言“兄终弟及”，有许多人支持李克宁，可谓人情恟恟。

在此情况下，年少的李存勖曾经表示让位给叔叔李克宁，李克宁却说：“汝乃冢嗣也，且有先王之命，谁敢违之！”属下将吏准备谒见李存勖，李存勖正在哀哭未出。监军张承业对李存勖说：“大孝在于不坠基业，多哭何为！”于是张承业扶李存勖出，面见将吏，袭位为河东节度使、晋王。李存勖的让位之举，未必出自真心。但也可以看出李存勖刚刚即位时，地位实际上并不是十分稳固的。

李存勖继位后，立即禁止军士无故侵犯百姓，晋阳城中的秩序，只十来天工夫就发生很大改观。他申明纪律，规定行军不得违反命令擅自改变行军次序；不守纪律、贻误军纪者斩。他在继位初期也采取了一些减轻税负、惩治贪官等措施，虽然许多措施都没有坚持下来，但无论如何，李存勖继位初期还是有些作为的。

当初，李克用多养军中壮士为假子，宠遇与真子相同。李存勖袭位后，李克用的养子们皆常年掌兵，不服新王，或托病不出，或见新王不拜。李存勖的伯父李克宁位高权重，很多人都倾向于李克宁。

更有甚者，假子李存颢私下劝说李克宁：“兄终弟及，自古有之。以叔拜侄，于理安乎！天与不取，后悔无及！”李克宁此时还是坚持原则的，说道：“吾家世以慈孝闻天下，先王之业苟有所归，吾复何求！汝勿妄言，我且斩汝！”

但是李克宁的妻子孟氏，是个名副其实的“母老虎”，素来强悍，李克宁也是个怕老婆的。于是，有些假子又纷纷派自己的妻子向孟氏游说，认为李克宁应该掌权。孟氏深以为然，日夜逼迫李克宁夺位。李克宁架不住众人反复劝说和妻子的逼迫，心中逐渐动摇。于是李克宁向李存勖请求领大同节度使，以蔚州、朔州、应州为巡属，李存勖也答应了。

李存颢等人又为李克宁设定计谋，等李存勖经过他的府邸之时，杀掉张承业、李存璋，囚禁李存勖，奉李克宁为节度使，举河东九州归附后梁，将李存勖和李存勖的母亲太夫人曹氏送到大梁去。就在这千钧一发的危急时刻，一个叫作史敬镕的太原人起到关键作用。

史敬镕从少年起就侍奉在晋王李克用左右，居于帐下，是李克用的心腹亲信之人。李克宁想要打探晋王府中的消息，于是以高官厚禄拉拢史敬镕。史敬镕假装许诺他加入叛乱，等回头回到府中，急忙将消息告诉了太夫人曹氏。太夫人大惊，急召张承业，指着李存勖对张承业说："先王把此儿托付公等，现如今这些人要害我母子，只要令我母子有所归处，不要送我们去大梁，其他不以累公。"张承业惶恐曰："老奴以死奉先王之命，此何言也！"于是李存勖以李克宁等人的阴谋相告，并说道："至亲不可自相鱼肉，如果我让位，则乱不作矣。"张承业说道："李克宁欲投大王母子于虎口，不除之岂有全理！"于是张承业召集李存璋、吴珙、李存敬、长直军使朱守殷等人，令他们暗地里做好准备。

过了几日，李存勖设酒宴会诸将于府中，就在席上命事先埋伏好的甲士将李克宁和李存颢拿下。李存勖哭着对李克宁说："侄儿先前以军府让叔父，叔父不取。今事已定，奈何复为此谋，怎么忍心将我母子送给仇家呢？"李克宁辩解道："这都是小人构陷，夫复何言！"当日，杀李克宁和李存颢。

李克宁对李存勖，开始时并无二心，之后却在小人的劝诱和妻子的逼迫下铸成大错，变节杀身，可不戒哉！于是，李存勖得监军张承业（宦官中的难得的贤宦）、大将李存璋之助，杀李克宁、李存颢等，大局始定。

李存勖的作为，更主要的是体现在军事上。李克用在临终前，给李存勖三支箭，要求他一矢讨刘仁恭，一矢击契丹，一矢灭朱温。此后李存勖把这三支箭供奉在祖庙之中，每逢用兵，必先祭告李克用，请出箭来，恭恭敬敬装在锦囊之中，由专人保护。等凯旋后送箭还庙，向李克用汇报战果。

2. 潞州三垂冈之战

英雄立马起沙陀，奈此朱梁跋扈何。

只手难服唐社稷，连城犹拥晋山河。
风云帐下奇儿在，鼓角灯前老泪多。
萧瑟三垂冈下路，至今人唱百年歌。

这是清代诗人严遂成所作的咏史诗《三垂冈》，讲的是晋王李存勖在三垂冈下（今山西屯留县东）大败梁军之事。三垂冈位于山西省长治市东南的太行山麓，是重镇潞州（今山西长治）的重要门户。李克用去世而李存勖继位时，朱温的梁军正在大规模进攻晋的潞州。潞州在河东首府太原与梁朝国都汴梁之间，等线距离不过三百里，军事地位极为重要，谁占领了潞州，就如同将一把利剑悬在对方头上。

梁军在潞州城外另筑了一道城墙，内阻守兵突围，外拒援兵增援，称为“夹寨”，当真将潞周围围得铁桶一般。晋军大将李嗣昭（十三太保之一）固守潞州城，晋军大将周德威率领援军，不断袭击梁军的运输线，战斗打得十分激烈。当时潞州已经被围困一年有余，城中粮食物资即将用尽。

为了稳定军心，迷惑敌人，李嗣昭故意召集诸将登城宴饮作乐（效法诸葛武侯空城计）。突然一支流矢刚好射中李嗣昭的脚，一阵剧痛袭来，李嗣昭却泰然自若，一边饮酒一边悄悄将脚上的箭拔下来，座中诸将皆不知觉。朱温数次遣使劝降李嗣昭，李嗣昭不为所动，焚诏书，斩使者。

李克用去世后，周德威奉命撤回晋阳。朱温以为潞州已是囊中之物，于是安居大梁，静候捷音。围攻潞州的梁国将领也都认为周德威撤走以后，晋军不会再派援军了，于是连斥候（也就是侦察兵）都不派了。梁朝主骄将惰，已经犯了轻敌的兵家大忌。

晋军大将周德威当时手握重兵于外，大家都担心他有不臣之心。周德威引兵回到晋阳后，留兵城外，自己单身徒步而入，伏在先王李克用的灵柩上痛苦极哀。退出后，拜谒晋王李存勖，礼甚恭，众心由是释然。

在梁军骄傲轻敌的同时，晋军方面，李存勖却把潞州之战看作“取威定霸”的决定性战役，他料定李克用死后，朱温自认为已经天下无敌，必定松懈。

李存勖曰："上党（潞州），河东之藩蔽，无上党，是无河东也。且朱温所惮者独先王耳，闻吾新立，以为童子未闲军旅，必有骄怠之心。若简精兵倍道趣之，出其不意，破之必矣。取威定霸，在此一举，不可失也！"

于是，晋王李存勖以昭义节度使丁会为都招讨使（丁会之前以潞州降晋），李存勖亲自率领周德威等大将，从晋阳出发，兼程并进，出其不意，直扑潞州。五月初一，李存勖伏兵于三垂冈下。

对于李存勖来说，这次奇袭是比较冒险的。因为梁军的夹寨之外是一片旷野，即使梁军没有斥候，他们也能看到几里外的晋军行动。但是当真是老天相助，夜间太行山麓突降大雾，数米之内不见人影。次晨大雾弥漫山谷，晋军发起奇袭，铁骑如同风驰电掣一般直抵梁军夹寨。此时的梁军连岗哨都没有设置，将士尚在酣睡之中。晋军分两路出击，周德威攻西北角，李嗣源攻东北角，填沟烧寨，鼓噪而入。

睡梦中的梁军衣服都来不及穿，更来不及披甲上马，纷纷溃败，向南逃跑。梁军大将招讨使符道昭在乱军中马倒，被晋军所杀。晋军一鼓作气打破梁军围困潞州的夹寨，梁军大败，死者逾万。晋军缴获的资粮、军械，堆积如山。

李存勖擎枪跨马，在风中立于三垂冈上，不禁想起了往事。当年李克用在世时，李存勖曾随父王在三垂冈游猎。三垂冈上有一座祭祀唐明皇李隆基的庙宇，李克用命部下在庙前置酒，一名乐工吹奏名曲《百年歌》，李存勖当时在侧，年方五岁。李克用指而笑曰："此奇儿也。后二十年，能代我战于此乎。"二十年后，果应其言。李存勖取得夹寨之战的胜利后，在三垂冈上叹曰："此先王置酒处也。"

周德威等人来到潞州城下，向城上的李嗣昭呼喊道："先王已薨，今王自来，破贼夹寨。贼已去矣，可开门。"

李嗣昭不信，曰："周德威一定是投降了梁军，被派来骗我的。"于是拉弓搭箭就要向周德威射去。左右之人连忙拦下，李嗣昭说："王果来，可见乎？"于是李存勖亲自来到城下。李嗣昭见李存勖穿着白色的孝服，猜到李克用已经去世，恸哭失声，几乎气绝。城中皆哭，于是打开城门迎入李存勖。

当初，周德威与李嗣昭二人不睦，李克用临终前对李存勖说："进通（李嗣昭）

忠孝，吾爱之深。今不出重围，岂德威不忘旧怨邪！汝为吾以此意谕之。若潞围不解，吾死不瞑目。”晋王李存勖将这番言语告诉周德威，周德威感泣，所以出死力攻夹寨，救李嗣昭。周德威与李嗣昭相见后，二人相拥而泣，和好如初。

这对晋军来说是一场真正的大胜利。此战对梁晋双方至关重要，如果梁军得胜，就相当于打开了河东门户，可以直取晋的中心太原；如果晋军获胜，不仅能够巩固河东的南部边境，而且向南可以威胁梁的中心区域河南。

朱温听到潞州之战的战报，惊得目瞪口呆，过了半晌才说：“生子当如李亚子，克用为不亡矣！至于吾儿，豚犬耳。”“亚子”正是李存勖的小名。据《北梦琐言》记载，这个小名还源于唐昭宗。唐昭宗乾宁二年（895 年），李克用领兵讨伐王行瑜，时年十一岁的李存勖也在军中，李克用命其进京告捷。唐昭宗见到李存勖后，大惊失色，说道：“此子相貌非常！”又抚其背曰：“此子将来一定会成为国家栋梁，可谓是亚其父亲了。”于是，人们就称呼李存勖为“李亚子”。

此后李存勖着手整治军纪，发展农业生产，轻徭薄赋，优抚孤寡，选用人才，整军备战，河东一派蓬勃发展的气象。

后梁开平二年（908 年）五月，晋军在取得夹寨之胜后，乘胜进兵泽州（今山西晋城）。后梁的泽州刺史王班素失人心，部下纵火，准备迎接晋军，王班只得闭牙城（内城）自守。

恰值后梁龙虎统军牛存节自洛阳领兵接应夹寨溃兵，行至泽州城南的天井关，得知泽州危急，对手下人说：“泽州要害之地，不可失也；虽无诏旨，当救之。”手下众人都不想去救，说：“晋人胜气方锐，且众寡不敌。”牛存节说：“见危不救，非义也；畏敌强而避之，非勇也。”于是力排众议，率军至泽州，平息内乱。晋兵来攻，牛存节昼夜拒敌十余日，梁将刘知俊自晋州（今山西临汾）引兵来援，晋军遂焚攻具退保高平。至此，后梁虽失潞州，但仍然保有泽州、晋州。

晋王李存勖回到晋阳，休兵行赏，以周德威为振武节度使、同平章事。命州县举贤才，黜贪残，宽租赋，抚孤穷，申冤滥，禁奸盗，境内大治。以河东地狭兵少，乃训练士卒，令骑兵不见敌不准乘马，各部队划分已定，不得越界，各守职分。部队训练到分路并进，到约定好的时间准时到达指定地点，不差晷(guǐ)刻，犯者必斩。由此河东士卒日益精整。晋王李存勖感恩张承业，以兄事之，每至其第，升堂拜母，赐遗甚厚。潞州围守历年，士民冻饿而死者大半，市井萧条。李嗣昭在潞州劝课农桑，宽租减刑，数年之间，军城完复。

3. 徐温夺吴国权柄

让我们再把目光转向南方，接着来看杨氏吴国的权力斗争吧。

上文说到，大侠杨行密死后，其子杨渥继位。这个杨渥不但性格残暴，昏庸好杀，而且与张颢、徐温两位掌握实权的老臣关系极为紧张。张颢、徐温多次进谏，杨渥非但不听，反而口出恶言，有诛杀二人之意。杨渥忌惮张、徐，张、徐也惶惶不可终日，担心被害。明眼人看到这里，也知道杨渥离死不远了。

后梁开平二年（908 年）五月初八，张颢、徐温终于派人将杨渥杀死，对外诈称暴薨。这一年，杨渥年仅二十二岁。

杨渥死后，张颢本欲自立，于是张颢召集吴国将吏于府庭，在夹道及庭中、堂上各列白刃，自大将朱瑾以下都留下卫士然后入内。张颢意欲逼迫众臣就范，厉声问道："嗣王已薨，军府谁当主之？"他一连问了三次，都无人应声。张颢见众臣都不屈服，勃然大怒。

幕僚严可求上前秘密禀告说："现在四境多事，非你不可，但今日则恐太速。"张颢问："何谓速也？"严可求答道："目前外有庐州刘威、歙州陶雅、常州李简、宣州李遇，都是先王时的一等人物，公今自立，此曹肯为公下乎？不如辅立幼主，时间久了，等待他们心服，然后你可自立。"张颢默然久之。

严可求于是走出来，自行书写了一份告谕放在袖内，率领将领们入内祝贺，将领们都不知道干什么。等到严可求拿出告谕宣读，乃是以杨渥之母史氏的名义发的告谕，说杨氏创业艰难，但即位的吴王不幸死去，杨隆演按次序当立，谕告将领们不要背负杨氏，应该妥善侍奉。严可求言辞激动，听者动容。这一边张颢却神情沮丧，但是看到严可求义正词严，所说在理，也不敢贸然反对。

于是杨渥之弟杨隆演继立为弘农王兼淮南节度使，这一场风波才暂时过去了。事毕，大将副都统朱瑾拜访严可求，说道：“我朱瑾年十六七即横戈跃马，冲犯大敌，未尝畏慑，今日面对张颢，却不觉流汗。公面折之如无人，乃知我朱瑾只是匹夫之勇，不及公远矣。”于是朱瑾对严可求以兄事之。

张颢想要独揽大权，便准备将另一位元老徐温排挤到外州任职，以徐温为浙西观察使，出镇润州。严可求对徐温说：“公舍牙兵而出外藩，张颢必以弑君之罪归公。”徐温惊问：“然则奈何？”严可求说：“张颢刚愎自用而暗于事，您如果能够听从我，我当为公图之。”

当时淮南行军副使李承嗣参与军府之事，严可求又去游说李承嗣，说道：“张颢凶威至此，现如今如果将徐温调出外任，恐怕下一个也快轮到您了，亦恐非公之利。”李承嗣深以为然。

接着，严可求又劝说张颢道：“您与徐温同受顾托，现在外面议论纷纷，都说您想要侵夺徐温兵权而杀之，人言可畏啊！”张颢说：“是徐温自己想要外任，非吾意也。事情已经这样了，怎么能停止呢？”严可求说：“这很容易。”次日，严可求邀请张颢与李承嗣一起拜访徐温，严可求假装责备徐温说：“古人不忘一饭之恩，何况你是杨氏三世的宿将！现在幼主初立，多事之时，乃求自安于外，可乎？”徐温也假装道歉说：“苟诸公见容，温何敢自专。”徐温因此没有外派，仍然留在中央任职。

张颢渐渐觉察到严可求私下依附徐温，于是派了一名武林高手，在一个月黑风高之夜去刺杀严可求。刺客悄无声息地潜入严可求府内，伏在卧房之外，等到四周无人之时，突然闪身而入，来到严可求面前横刀相向。严可求自知难免一死，对刺客恳求说：“今日事已至此，我严可求死而无憾，只是能否让我给诸公留一封遗书？”那刺客也是义气中人，说道：“我也是受人之托，您快写吧。”刺客的刀就横在严可求面前，而严可求却操笔疾书毫无惧色。这位刺客也粗通文墨，见严可求所书情真意切、辞旨忠壮，于是说道：“公乃长者，吾不忍杀。”于是刺客转身离开，向张颢复命说：“捕之不获。”

事态已经十分紧急，一触即发。次日，严可求到徐温处，谋划诛杀张颢，暗中派钟泰章挑选壮士三十人，刺血相饮为誓。第二天早上，钟泰章率三十壮士直入牙堂，立斩张颢并其左右亲近之人，然后又趁机将弑杀杨渥之罪推给了张颢。

从此以后吴国大权尽归徐温。史书记载徐温“性沈毅，自奉节俭。虽不知书，使人读狱讼之辞而决之，皆中情埋”。张颢掌权之时，刑罚酷滥，放纵亲兵抢夺市里。徐温对严可求说：“大事已定，吾与公辈当力行善政，使人解衣而寝矣。”于是“立法度、禁强暴、举大纲，军民安之”。

杀死张颢的功臣钟泰章因为奖赏轻薄，开始时没有怨言，但是心中始终不快，时间久了在酒醉之后便时常向诸将抱怨。有人禀告徐温，说钟泰章心怀怨望，请诛之。徐温却说：“是吾过也。”将钟泰章提拔为滁州刺史。

徐温，海州朐山（今江苏连云港西南）人，少时贩盐（又是一个盐贩子）为业，是杨行密起家时的“三十六英雄”之一。此人见识与众不同，杨行密攻取宣州之时，其他诸将争取金帛财宝，唯有徐温开仓放粮，赈济百姓。徐温虽然没有赫赫战功，但足智多谋，深受杨行密器重。

4. 楚得澧、朗

后梁开平元年（907 年）九月，后梁朱温下诏削夺武贞节度使雷彦恭官爵，命荆、楚讨之。雷彦恭原本是武陵地区的洞蛮（少数民族），后来继承其父雷满的职务，成为以朗州为中心的武贞军节度使。雷彦恭贪婪残暴，依附淮南侵扰荆南和马楚，他时常率领军队，乘坐船只，往来于南郡、武昌之间，劫掠后梁的荆南地区，特别是江陵。“彦恭附于杨行密，亦尝攻劫为荆、湖患。”(《新五代史》)于是，朱温下诏削夺其官爵，命令马殷和高季昌出兵讨伐。十月，高季昌遣其将倪可福会同楚将秦彦晖攻朗州，雷彦恭只得向吴国求援。淮南出于战略考虑，出兵援助朗州。

十月，吴国以冷业领水军，李饶统步骑援朗州。楚王马殷派大将许德勋拒吴国援军。许德勋派遣善游者五十人，以木枝叶覆其首，持长刀浮江而下，进攻敌营，且举火，吴军大乱。接着许德勋又以主力大军进击，大破吴军，追至鹿角镇，擒冷业；又破浏阳寨，擒李饶；掠上高、唐年而归。斩冷业、李饶。雷彦恭只得引沅江水环朗州城（今湖南常德）以自守。

开平二年（908年）五月，楚将秦彦晖故意围而不攻，按兵月余不战，雷彦恭的守备稍稍有些松懈。秦彦晖乘机遣曹德昌率勇士自水闸潜入城内，内外夹攻，攻破郎州，雷彦恭逃奔吴国。澧州也望风而降，朗、澧二州遂尽为楚国所有。

七月，楚王马殷听取判官高郁（此时马殷已经开府，封高郁为判官）之策，奏请梁朝于汴、荆、襄、唐、郢、复诸州置回图务（集贸市场），将楚地所产茶叶运至河南、河北，换取布帛、战马，而且保证每年向梁朝免费贡茶二十五万斤。梁朝许可了马殷的请求，于是楚国百姓可以生产茶叶到北方贩卖，马楚征收茶税以供军需，史书记载“岁入万万计，湖南由此富赡”。马殷又积极扩展土宇，其北境与荆南高季昌接壤。九月，以荆南绝其向梁朝贡之路为由（荆南高氏纯属流氓，打劫贡物是家常便饭），派遣水师攻至沙头（今湖北沙市），使高氏不敢南侵。继而又派兵攻击岭南，与刘隐交战十余次，取岭南昭、贺、梧、蒙、龚、富六州（多在今广西境内）。土地既广，钱财又足，于是马殷开始保境安民，礼贤下士，楚国境内一片升平。

5. 前蜀王建称帝

后梁开平元年（907年），朱温灭唐，建立梁朝，并派遣使者告谕王建，王建拒而不纳。而且王建驰檄四方，要联合各藩镇讨伐朱温。但是大家都知道所谓讨伐朱温，复兴大唐并非王建本意（其真实意图是要称帝自立），因此四方皆无人响应。当然，王建称帝之前，有一套功课还是必须做的，于是蜀国境内到处出现祥瑞。正月，巨人见青城山；六月，凤凰见万岁县，黄龙见嘉阳江，蜀国境内诸州皆言甘露、白鹿、白雀、龟、龙之瑞。九月，王建召集将佐，商议称帝之事，众将都劝道："大王虽忠于唐，唐已亡矣，此所谓'天与不取'。"于是，王建率领官员、百姓痛哭三日，随即即皇帝位，国号大蜀，并大封百官、诸子。前蜀武成元年（908 年），王建在成都南郊祭天，然后大赦天下，改元武成。同年六月，王建加尊号为英武睿圣皇帝，并立次子王宗懿为皇太子。因为在我国古代，只有皇帝才有改元和颁行历法的权利，前蜀改元，意味着王建自认为是天子，而不承认中原王朝的合法性。

6. 朱温族杀王师范

王师范（874—908 年），青州（今山东益都）人，平卢节度使（治青州，领淄、青、登、莱等六州）。王师范和谨好学，尊重地方官，辖境内安定富庶。又忠于唐，周旋于燕、魏、汴诸大藩镇之间近二十年。唐天复元年（901 年），朱温围凤翔，昭宗诏各方镇赴难勤王，王师范读诏泣下沾襟，说道："吾辈为帝室屏藩，岂得坐视天子困辱如此！虽力不足，当死生以之！"于是联合淮南杨行密袭朱温东部属地，事泄未行，朱温命朱友宁讨之。天复三年（903 年），王师范与淮南将王茂章联军大破梁军，杀朱友宁。朱温将篡唐，亲率大军攻青州，王师范不敌而降。入梁以后，王师范为金吾上将军，居洛阳。

开始时朱温并未决定处死王师范，但是朱友宁之妻泣诉于朱温说："陛下化家为国，宗族皆蒙荣宠。妾夫独不幸，因王师范叛逆，死于战场。今仇人仍在，妾诚痛之！"朱温说道："朕几乎忘掉此贼！"开平二年（908 年）六月，朱温遣使至洛阳族诛王师范。使者先凿坑于王师范屋侧，然后宣敕告之。王师范盛陈宴具，与宗族列坐，谓使者曰："死者人所不免，况有罪乎！予不欲使积尸长幼无序。"酒既行，命自幼及长，按次序引于坑中戮之，死者凡二百人。

第二节

后梁初安志在天下，晋梁交锋大战蒙阬
（909年）

1. 天下初安

后梁开平三年（909年）正月，后梁自大梁（汴州，今开封）迁都洛阳，以博王朱友文为留守。当初张全义恢复洛阳下属十八县的经济，而且用长安拆除的木料重新营建洛阳，有可能当时洛阳城的规模和宫室比汴州还要完备。而且现在唐哀帝已死，朱温迁都洛阳便没有任何障碍了。

开平三年（909年）正月二十九日，后梁颁诏给百官以全俸。自唐末黄

巢起义以来，时局动荡不已，百官俸料徒有其名，只存数额。由于俸料不足，又时常拖欠，致使很多官员生活困难。后梁建国已经三年，对外的征战虽然从未停歇，但是国库稍为充足，财政情况也有很大改善，于是开始给百官全额俸料。所谓俸料，并非像现代一样发放货币作为工资，古代的俸料既包括钱财，也包括禄米等实物。诏曰："禄俸所以养贤而励奉公也。朕今肇建，诸色已备，郊祀职责至多，费用差少，其百官俸料，委左藏库依前例全给。"所谓"前例"，均指唐例而言。

后梁建国三年，境内基本安定，境内的反对势力已经清除，于是朱温开始考虑剪灭外藩，志在天下。

朱温虽然出身草莽，身带匪气，但正是由于他出身社会底层，深知百姓之苦，所以朱温当政之后，并未苛剥百姓以满足一己之欲，而是轻徭薄赋善待百姓，在丧乱之际努力恢复农业生产。南宋人洪迈的《容斋随笔》中记载了《朱梁轻赋》一事，文中说："梁祖之开国也，属黄巢大乱之余，以夷门一镇，外严烽候，内辟污莱，厉以耕桑，薄其租赋，士虽苦战，民则乐输，二纪之间，俄成霸业。及末帝与庄宗对垒于河上，河南之民，虽困于輓运，亦未至流亡。其义无他，盖赋敛轻而丘园可恋故也。"

历史上对朱温的争议主要集中在其篡位、嗜杀、荒淫等方面，但查阅历史，可见朱温的脸谱远比我们想象得复杂，我们还是应秉持足够客观的眼光来看待，尽力还原一个较为真实的朱温。

2. 后梁攻岐

后梁建立时，岐王李茂贞（就是劫走唐昭宗那位）不承认后梁的合法地位，但是李茂贞地狭势弱，且与后梁的同州、大安府等地接壤，所以后梁朱温欲先取其丹延、鄜坊二镇。丹延、鄜坊二镇均与后梁隔河相望。

开平三年（909年）三月，梁太祖朱温从大梁出发，以山南东道节度使杨师厚兼潞州四面行营招讨使。十五日，朱温亲自来到河中（今山西永济），发兵会合李茂贞手下的降将高万兴攻打李茂贞的丹（今陕西宜川）、延（今陕西延安东）二州。李茂贞的丹州刺史崔公实不战而降梁。

四月一日，后梁忠武节度使刘知俊自同州（今陕西大荔）出师攻延州，延州守将李延实投降。十六日，李茂贞的保大节度使李彦博与坊州刺史李彦昱弃城逃回凤翔，鄜州都将严弘倚举城降梁。二十四日，后梁以高万兴为保塞节度使，以绛州刺史牛存节为保大节度使。于是后梁在关中新得鄜坊、丹延两镇。

3. 晋攻后梁，大战蒙阬

梁晋争霸，始终是这段历史的主线。

晋王李存勖于开平二年（908年）秋遣大将周德威、李嗣昭攻打后梁的晋州（今山西临汾东北），无功而返。开平三年（909年）八月，岐王李茂贞想要北取灵、夏二州，于是请求晋王李存勖攻打后梁的晋州、绛州（今山西新绛）以为牵制。

李存勖遣大将周德威南下出阴地关（俗称南关，今山西灵石西南）直取晋州。后梁的晋州刺史边继威力战拒敌。晋军用挖掘地道的方法，陷城二十余步，后梁的守城军队血战御之，一夜之间又将城墙修复。后梁太祖朱温命令大将杨师厚由绛州北上救援晋州，晋大将周德威以骑兵占据汾水以东的蒙阬（kēng）阻击梁军。

蒙阬位于今山西曲沃北20千米，东距海拔1160米的乔山，西至汾河岸边的柴庄，其间东西横亘15千米，宽约1千米，相对深度约100米，为一条巨大的黄土冲沟，蹊径不通，是晋州、绛州之间一大险隘，为历来兵家关系胜败的险要之地。二军接仗以后，拼力厮杀，死伤甚巨，晋大将肖万通战死，梁军杨师厚进至晋州城下。晋军攻晋州无功，只得引兵北还。

4. 杨吴取江西，开科举

后梁开平三年（909 年）六月，抚州（今江西抚州）刺史危全讽自称镇南节度使，率领抚、信（今江西上饶）、袁（今江西宜春）、吉（今江西吉安）四州之兵号称十万，攻打杨吴的洪州。

危全讽，江西抚州人，于黄巢起义时以自卫乡党为名起兵，逐步据有抚州全境，后来以抚州为中心，据有抚、信、袁、吉四州之地，割据称雄。危全讽进驻抚州后主政二十七年，招怀亡叛，安抚士民，整顿社会秩序，修州衙，筑城墙，创庙学，弘佛教，百废俱兴，使民得以安居，政绩显著。危全讽注重发展教育和宗教事业。天复二年（902 年），他在抚州设立文庙，力兴儒学，设文学、助教职官，掌全州教育之职。在他的影响下，罗坚、罗信于天祐年间（904—907 年）赠田创建了湖山书院和三湾书院，开抚州私人办学之先河。

危全讽对外交结钟传（钟传是唐镇南节度使，封南平王），以女嫁钟传之子袁州刺史钟匡时，并与吉州刺史彭玕、虔州（今江西赣州）刺史卢光稠友善，抚州全境得以安宁。对内劝课农桑，招徕商旅，使抚州的经济得到发展，成为远近闻名的“名邑”。

经过多年的割据经营，危全讽实力逐渐增强，野心也大了起来，暗中有了兼并之志。后梁开平三年（909 年），他自称为镇南节度使，聚集四州十万之众进攻洪州，当时吴王杨隆演继位不久，洪州淮南守将刘威与士卒仅有千人，吏民甚惧。刘威原为杨行密手下大将，颇有勇略，他一面遣使告急，一面每日置酒高会，故作镇定。危全讽听闻刘威据城每日召集僚佐宴饮而疑其有备，竟以十万之众屯兵于全溪象牙潭（今江西抚州东）而不敢前进。（刘威大概看过《三国志》，这是典型的空城计啊！）危全讽又请兵于楚，楚王马殷派指挥使苑玫会同袁州刺史彭彦章围杨吴的高安以助危全讽。

前方告急，徐温连忙向严可求问计，问有何良将可率兵出征，严可求举荐周本，于是淮南以周本为西南面行营招讨应援使，率军七千救高安。周本因为之前在苏州吃了败仗，因此称疾不出。严可求直奔周本家中，周本仍在卧室内装病不起。严可求到卧室内强起之，周本说："当初苏州之战，敌本不能胜我，只是因为主将权轻才导致失败。今必见用，愿毋置副贰乃可。"严可求许之。周本又说："楚人为（危）全讽声援耳，非欲取高安也。吾败全讽，援兵必还。"于是周本率军昼夜兼程直奔象牙潭。路过洪州，刘威欲犒军，周本不肯逗留。又有人劝周本说："全讽兵强，君宜观形势然后进。"周本说："贼众十倍于我，我军闻之必惧，不若乘其锐而用之。"

于是，淮南大将周本不解高安之围，绕过高安后突然对危全讽的象牙潭大本营发动攻击。危全讽在象牙潭，营栅临溪，横亘数十里。周本隔溪布阵，先派弱兵诱敌。危全讽命士兵涉溪追击，周本乘其半渡之时，发动攻击。危全讽兵大溃，自相践踏，溺水而死者甚众。周本又分兵断其归路，擒获危全讽及将士五千人。周本又乘胜取袁州，擒获袁州刺史彭彦章，紧接着又马不停蹄进攻吉州（周本真乃名将风范），吉州刺史彭玕（gān）率众数千人逃奔马楚。周本又遣吕师造败楚将苑玫于上高（今江西高安西），淮南歙州刺史陶雅也乘机袭击饶州（今江西波阳）、信州，饶州刺史唐宝弃城逃走，信州刺史危仔倡弃城逃奔吴越。

危氏兄弟自唐中和二年（882 年）割据江西历二十七年而亡。

八月，虔州刺史卢光稠亦附于淮南，至此江西之地尽入淮南杨氏。危全讽被押至广陵（今江苏扬州），因为早年间危全讽曾经援助过杨行密，因此淮南并未加害于他，而是将其释放，闲居广陵，不久危全讽病逝，追封为南庭王，归葬于南城县新丰乡梅溪村界潭。黎川福山寺左侧建"危王寺"，并铸其铁像，以香火祀之。值得一提的是，危氏兄弟的后裔名人辈出，宋代的元绛和元代的危素都官至参知政事；元德昭是五代吴越国的丞相（元德昭是危全讽弟弟危仔倡之子）。危仔倡投奔吴越王钱镠时，被任命为淮南节度副使。由于钱镠认为“危”不吉利，便赐姓“元”。此外，宋代的危稹还是知名的文学家。

后梁开平三年（909 年）春，淮南辖境内开始设置选举，以骆知祥掌之，此后，不论是杨吴，还是南唐，淮南都对文化科举十分重视，所以文化名人辈出。

5. 闽、粤、燕受梁之封

后梁开平三年（909 年）四月，梁进封威武军节度使王审知为闽王，清海、静海节度使刘隐为南平王。七月，梁以刘守光为燕王。

6. 桀燕内乱

刘守光幽禁其父刘仁恭之后，刘仁恭的另一个儿子刘守光之兄刘守文为义昌节度使，得知弟弟大逆不道，囚禁父亲，于是派兵讨伐。刘守光与刘守文自梁开平元年（907 年）以来，连年交兵，刘守文始终未能打败幽父自立的刘守光。

开平三年（909 年）五月，刘守文送给契丹与吐谷浑大量贿赂，契丹耶律阿保机派兵万人，吐谷浑派军数千人，与刘守文共同合兵约四万人，屯驻蓟州。刘守光也收集全部兵力，与刘守文决战于鸡苏。

刘守光兵阵刚刚布定，契丹、吐谷浑两路骑兵就冲杀过来，刘守光军抵挡不住，开始溃退。此时刘守文见契丹、吐谷浑获胜，驰马出阵，大呼：“莫要伤害吾弟！”（此真乃妇人之仁！）话音未落，嗖的一声，一支暗箭射来，正中刘守文马头，刘守文马倒被擒。刘守文念及兄弟之情未忍杀死刘守光，却反被刘守光的部将元行钦所擒。刘守光军见到敌军主将被擒，士气大增，沧州、德州军失去主帅，无心恋战，瞬间大败。契丹、吐谷浑军见此情景，索性各走各路，一哄而散。刘守光便将哥哥刘守文囚禁起来，并向后梁告捷。

沧州节度判官吕兖、孙鹤，推立刘守文之子刘延祚为帅，婴城拒守。刘守光连日猛攻，未能攻下，于是断绝粮道，将沧州城围得铁桶一般。相持百日，城中粮尽，三万钱买不到一斗米，百姓只能以红土为食（受苦受难的还是百姓），军士食人，驴马相啖鬃尾。吕兖挑选老弱男女，杀死后和着面粉煮熟为食，城中白骨累累，惨不忍睹。

看到沧州城实在守不下去了，孙鹤不得已带着刘延祚向刘守光投降。刘守光入城后，下令将沧州将士家眷全部掳回幽州，刘延祚也被带回幽州，族诛拒不投降的吕兖而释孙鹤。刘守光以其子刘继威为帅，镇守沧州义昌军，命大将张万进、周知裕辅佐。后梁封刘仁恭为太师，养老幽州，以刘守光为燕王，兼领卢龙、义昌两军节度使。

此后，刘守光又派人暗杀了其兄刘守文。

第三节

赵玉忠义救吕琦，梁晋争霸战柏乡
（910年）

1. 忠义赵玉，贤良吕琦

前文提到，刘守文在打败刘守光后，念及兄弟之情未忍杀死刘守光，却反被刘守光囚禁。刘守光自开平三年（909年）五月囚其兄义昌节度使刘守文之后，即开始围攻刘守文据守的沧州。沧州节度判官吕兖等推刘守文之子刘延祚为帅，坚守拒敌，历时半年，城中粮尽，百姓吃红土充饥。开平四年（910年）正月四日刘延祚终因力尽出降。刘守光以幼子刘继威镇守沧州，派大将张万进、周知裕辅佐之，并将守城将领吕兖族诛，但是释放了孙鹤。

吕兖的儿子吕琦，此时刚刚十五岁。吕琦在被押赴刑场之时，吕兖的门客赵玉欺骗监刑者说："此吾弟也，勿妄杀。"监刑者相信了赵玉的话，吕琦才得以逃出生天。

出城后赵玉拉着吕琦撒腿就跑，但是吕琦是个年轻的贵公子，可能是平时缺乏锻炼，也可能是腿部有疾，总之跑着跑着就跑不动了，史载"足痛不能行"（看来强健的身体到什么时候都是必要的）。于是赵玉背着吕琦继续跑了几十里才逃了命。此后吕琦隐名改姓，乞食于路，流落他乡。

吕琦感叹家门殄灭，于是力学自立，在山西境内一边以乞讨为生，一边游学。吕琦长得俊美丰仪，有气度，又勤奋好学，晋王李存勖闻其名，授吕琦为代州判官。此后，吕琦在后唐、后晋都位居要职，政绩斐然。吕琦的故事我们在后面还会提到。

而且吕琦知恩图报，侍奉赵玉如父。赵玉生病了，吕琦都是亲自尝药服侍。赵玉去世，吕琦为赵玉主办丧葬之礼，并把赵玉的儿子赵文度当作自己的儿子一样教习，后来赵文度也考中了进士。吕琦有两个儿子，长子吕馀庆担任过宋朝副宰相，次子就是宋朝宰相吕端。

2. 吕琦之后，贤相吕端

在这里，我想把历史切换到百年之后，说说吕琦的后代，贤相吕端的故事。斧声烛影之后，宋太宗赵光义即位，宋太宗在位二十二年，共有九人为相，他们是薛居正、沈伦、卢多逊、赵普、宋琪、李昉、吕蒙正、张齐贤和吕端。明代思想家李贽曾经说过"诸葛一生唯谨慎，吕端大事不糊涂"，这个吕端就是前面提过的吕琦之子。

吕端生于官宦之家，自幼好学。最初以其父的官位荫补千牛备身，后周时为著作佐郎、直史馆。北宋建立后，吕端知成都府。

吕端历任内外官职，沉稳、镇静、有器量、识大体；处事宽厚忠恕，善交朋友，讲义气，轻钱财，好布施。宰相赵普曾称赞吕端说："我见吕公奏事，得到皇上的嘉许，看不见他显出得意；受到别人的挫抑也看不见他显出沮丧或恐惧。他喜怒不形于言色。真是做宰相的人才啊！"

但是，开始时宋太宗并未发现吕端的才干，这里还有一段趣事。寇准早在太平兴国五年（980 年），就向太宗推荐过吕端，称其气量见识非同常人，希望早日使用。太宗当时却不以为然，说道："我知道此人，乃大家子弟，能吃大酒肉，其他没什么能耐！"但是后来宋太宗完全改变了对吕端的看法。

太平兴国五年（980 年），吕端正任开封府判官，受到一件无关之事的牵连。太宗对这件事很恼火，命令给吕端头上戴大木枷，安置商州（今陕西商县）。判罪以后，恰巧开封府还有一些公文需要吕端签署，吕端怡然吩咐："只管拿来，只管拿来！戴枷判事，自古就有。"太宗还下令吕端只能步行，不能骑马。吕端身体肥硕，戴枷步行千里如何吃得消，于是改为骑驴。宰相薛居正安慰他暂且隐忍，吕端却哈哈大笑道："这不是我吕某人的灾祸，是长耳（指驴子）的灾祸！"谈笑豁达，非常人可比。

淳化三年（992 年），吕端此时又任开封府判官之职，因为受到开封府尹赵元僖中毒暴毙事件的连累，与其他属吏一起受到审查。最后发落之时，其他人都哭泣着请求减轻处分，只有吕端称"罪大而幸甚"，自求外贬。

端拱元年（988 年），吕端出使高丽，突然之间风急浪高，樯摧舵折，副使与同舟之人皆惊恐万状，吕端却始终稳坐舱中，安然读书，毫无惧色。在长期的政治生涯中，吕端的稳重、镇定和决断广为人知，也自然传到太宗耳中。

其实早在吕蒙正为相之时，太宗就有重用吕端的想法。在太宗与别人商量，打算任用吕端为相时，遭到部分朝臣反对，他们认为吕端"糊涂"。太宗根据自己多年体察，立即说："吕端小事糊涂，大事不糊涂。"其实这个时候太宗已坚定了任用吕端为相的决心。当时，太宗还作过一首钓鱼诗，其中有两句是这样写的："欲饵金钩深未达，磻溪须问钓鱼人。"用吕尚辅佐武王的典故，表明属意于吕端。不久，太宗宣布，今后中书事必须经吕端审阅方可奏闻，以太宗疑心之重，对吕端的信任非同一般。多年后，吕端也没有辜负太宗托孤的重任。

至道元年（995年），吕端拜相，出任户部侍郎、同平章事，升门下侍郎、兵部尚书。吕端拜相时，已年届六十，太宗曾后悔自己对吕端重用太晚。

吕端为政识大体，以清简为务。太宗称其"小事糊涂，大事不糊涂"。这体现在太宗驾崩后，吕端力挫阴谋，扶立太子宋真宗即位之事上。

皇太子赵恒与赵元佐是同母兄弟，其中元佐居长，都不是依然健在的李皇后的亲生儿子。李皇后是宋初大将李处耘的女儿，她的哥哥李继隆时任殿前都指挥使，掌握禁军。她自己的亲生儿子早已夭折，按理说太宗的哪个儿子即位都与她关系不大。但是李皇后偏爱元佐，还在宫中抚养元佐之子。太宗驾崩之后，李皇后便与宦官王继恩、参知政事李昌龄、翰林学士胡旦结成了拥立元佐的联盟。宦官王继恩是被江湖文人潘阆说动的，潘阆对王继恩说："你若扶立太子，显不出你的功劳，如果扶立元佐，其功甚大。"潘阆似乎是一个同情被剥夺应有权力者的侠义之士，但是拥立一个精神病人（元佐当时已经患病）显然于国不利。

至道三年（997年）三月，太宗去世之前不久，吕端入宫探视，见赵恒不在宫中，便先在笏板上写上"大渐"二字，密派亲信去通知赵恒立即进宫。太宗驾崩那天，李皇后让王继恩去中书召见吕端，吕端诓骗王继恩去诏书阁取太宗诏书，却将他锁在里面，让人看住王继恩，自己立即入宫（这个办法简单、直接、有效）。李皇后对吕端说："皇帝去世，立嗣以长，顺理成章，你看如何？"吕端反驳说："先帝立太子，正为今日之事，岂容另有异议？"因王继恩不在场，李皇后不知如何回答，便默然不语。吕端于是奉皇太子即位。即位仪式上，太子垂帘召见群臣。吕端立于殿下不行君臣跪拜之礼，请求卷帘相见。卷帘之后，吕端亲自升殿审视，见到确是太子，方才下阶与群臣一起拜呼万岁，宋真宗终于登位。

在太宗传位真宗的过程中，吕端起到至关重要的作用。真宗并未怪罪兄长赵元佐的争位之嫌，他恢复了兄长在太宗时期被剥夺的楚王封号，还多次希望去探望兄长，但都被元佐以有病为由拒绝了。但拥立赵元佐集团的其他人总要处理，在这一问题上，吕端再次显示了稳重老练。吕端首先让殿前都指挥使李继隆出任使相，以示尊崇，出镇陈州。然后，吕端以“泄露宫禁语言”的罪名，将王继恩安置均州，李昌龄贬为忠武军司马。处理胡旦，只说他起草诏书“颇恣胸臆”，有诽谤言辞，除名流放浔州。处理时，吕端均未指明他们是因拥立元佐而获罪，除了王继恩，其他人不久都得到从宽处理。真宗对这位佐命大臣自然非常敬重，真宗每见吕端，都肃然拱揖，从不直呼姓名，而以官名相称。吕端身体肥大，行动不便，真宗特意将宫中高而陡的台阶加以改造，便于吕端出入。吕端力挫阴谋，扶立太子宋真宗即位，以功加右仆射。

可惜吕端身体欠佳，真宗即位次年，咸平二年（999 年）就辞去相位，以太子太保致仕，过了两年便去世了。

吕兖有子孙如此，亦可含笑九泉了。

3. 梁晋柏乡之战

唐朝时的成德军，治所在镇州（今河北正定），领镇、冀、深、赵诸州，皆是战国时的赵地，所以也称之为赵。节度使王镕，在朱温建梁后，归附于梁，梁朝将原来的成德军改名为武顺军，并封王镕为赵王。王镕并非汉人，乃是回鹘后裔，十岁时袭封父亲王景崇的成德节度使之职。从王镕向上追溯五辈，其祖先时代割据成德已有百年，士马颇强而积蓄颇富。

王镕为了保持自身的半独立地位，在归附梁朝的同时，也与李克用、李存勖的晋国暗通款曲。时间久了，渐渐引起了梁太祖朱温的怀疑。

后梁开平四年（910年）十一月，后梁派军屯于泽州（今山西晋城），继而屯魏州（今河北大名东北），名义上欲取晋之潞州（今山西长治），实际上是想要图谋镇州王镕和定州王处直。

当时刚好燕王刘守光发兵屯涞水，欲犯定州义武节度使王处直之境。于是，朱温借口帮助王镕防止燕兵南下，派三千魏博兵进驻赵境的深州、冀州，声言恐燕兵南寇，助赵国守御。王镕自恃已与梁太祖结为姻亲（王镕的儿子娶朱温的女儿为妻），故不听部下劝告，竟然允许梁军入驻深州（今河北深川西）。深州守将石公立劝说王镕不要让梁军入城，王镕却命令打开城门，并让石公立到城外驻扎。石公立出城后，指着深州城边哭边说："朱氏灭唐社稷，三尺童子知其为人。而我王犹恃姻好，以长者期之，此所谓开门揖盗者也。惜乎，此城之人今为虏矣！"

不久，梁朝有人逃亡到镇州，向王镕报告了朱温的图谋。王镕大惧，但又不敢首先向梁发动攻击，只是派遣使者到洛阳，诉称："燕兵已还，与定州讲和如故，深州和冀州百姓见魏博兵入，奔走惊骇，乞召兵还。"希望后梁撤军。到了此时，朱温怎肯将到口的肥肉吐出？梁将杜廷隐等人关闭城门，尽杀赵兵，乘城拒守。这时王镕才开始命令石公立攻打深州城，但攻城不克。成德军的辖境只有镇、赵、深、冀四州之地，此时失去一半，王镕怎能不慌？于是王镕慌忙遣使求援于晋、燕。

晋、燕的态度与决定截然不同，英雄与狗熊也就高下立见了。王镕的使者到达晋阳，此时定州义武节度使王处直的使者亦至，欲共推晋王为盟主，合兵攻梁。晋王李存勖召集将佐共同计议，大部分人都说："王镕臣服朱温已经很久，每年都要给朱温送上厚礼，两家又结以婚姻，其交深矣，此必诈也，应该慢慢观察为妙，以免上当。"

晋王李存勖却说："王镕也是择其利害而为之。王镕在唐朝的时候就或臣或叛，怎么可能自始至终地忠于朱氏呢？他朱温的女儿又怎么比得上寿安公主（王镕的儿子曾娶唐寿安公主）？今日生死存亡之战，又哪里顾得上婚姻？我若疑而不救，正落朱氏计中。应该马上发兵赴之，晋赵同心协力，破梁必矣。”于是发兵，派大将周德威率领，出井陉，屯赵州。

我们再来看看那个阴险狡诈、心狠手辣、无耻至极的燕王刘守光吧。王镕的使者到达幽州，当时燕王刘守光正在打猎游玩，幕僚孙鹤骑马到野外找到刘守光，告诉他说：“赵人来乞师，此天欲成王之功业也。”刘守光问：“此话怎讲？”孙鹤回答：“以前我们常常担心王镕与朱温联手。朱温的志向在于尽吞河朔，今天王镕和朱温成为仇敌，大王若与王镕并力破梁，则镇州（王镕）、定州（王处直）都将归附于燕国。大王不早出师，但恐晋人先我矣。”刘守光说：“王镕多次负约，今天让他与梁自相残杀，吾可以坐承其利，为什么要救他？”赵国使者交错于路，刘守光竟无动于衷，不为出兵。

于是，晋与赵、定三家结盟以抗梁。三方均用唐天祐年号（因为他们不承认朱梁的合法性，自身又未称帝，因此沿用唐朝年号，表示忠于唐朝廷），王镕将军队恢复为唐朝的成德军名号。

同年十二月二十一日，梁军进屯赵州之柏乡（今河北柏乡）。晋王李存勖亲率大军逾太行、自赞皇（今河北）东下，与先期至赵（今河北赵县）的周德威会合；定州王处直亦派五千兵助阵。

晋军捕获梁军割草打柴的二百余人，审问道：“你们从洛阳出发时，梁主有何号令？”回答说：“梁主告诫上将‘镇州反复，终为子孙之患。今悉以精兵付汝，镇州虽以铁为城，必为我取之’。”晋王李存勖命令将这些俘虏送给王镕，意在使赵人闻此言，以坚其附晋之心。

接着晋王进军到距柏乡三十里处，遣周德威等以骑兵迫近梁营挑战，梁兵不出。之后继续前进，距柏乡五里，扎营于野河之北，又遣胡骑迫近梁营驰射，并且辱骂梁军。梁将韩勍（qíng）等率领步骑三万，分三道追之，铠胄上都披着缯绮（彩缎），镂金银，光彩炫耀。晋军望见梁军铠甲鲜明，有些胆怯，士气下降。周德威对李存璋说：“梁人志不在战，只是想炫耀武威。不挫其锐，则吾军不振。”于是周德威对晋军将士宣布说：“对方是汴州的天武军，都是屠酤佣贩之徒，衣服铠甲虽然光鲜，十不能当汝一。擒获一夫，足以自富，此乃奇货，不可失也。”于是士气大振，争先恐后。周德威亲自率领精骑千余击其两端，左驰右突，出入数四，俘获百余人，且战且却，距野河而止，梁兵亦退。

回营后，周德威对晋王说：“贼势甚盛，我们应该按兵不动，以待其衰。”晋王说：“我们是孤军远来，救人之急。这三镇部队是临时凑在一起的，利于速战，而您却想要按兵持重，这是为什么呢？”周德威答道：“镇、定之兵，长于守城，短于野战。而且我们所擅长的是骑兵，在平原广野上纵横驰突才对我们有利。现在我们将敌人压迫于营垒之前，骑兵无法施展其长处。而且现在敌众我寡，如果对方知吾虚实，则事危矣。”晋王听了周德威的分析，面露不悦，退卧帐中，诸将都不敢再说话。周德威往见张承业（就是那位贤宦）说道：“大王骤胜而轻敌，不量力而务速战。今去贼咫尺，所限者一水耳（野河之水）。彼若造桥以薄我，我众立尽矣。不若退军高邑，诱贼离营，彼出则归，彼归则出，别以轻骑掠其馈饷，不过逾月，破之必矣。”

张承业听后，进入晋王的大帐，劝说晋王曰：“此岂王安寝时耶！周德威老将知兵，其言不可忽也。”晋王李存勖一跃而起，说道：“我正在思考此事呢。”当时梁兵闭垒不出，有投降过来的梁兵，审问中得知：“王景仁正在多造浮桥。”这证明了周德威的判断是正确的。晋王对周德威说：“果如公言。”当即拔营，退守高邑。

4. 杨隆演嗣吴王

淮南拥立杨隆演后，派遣万全感作为使者，前往晋（李存勖）、岐（李茂贞）处进行通告。后梁开平四年（910 年）二月，万全感返回淮南。岐王李茂贞承制加弘农王杨隆演兼中书令、嗣吴王（902 年，唐天复二年，昭宗封杨行密为吴王）。于是吴王大赦境内。这里需要说明的是，由于晋、吴、岐等割据政权既不承认朱梁的合法地位，自己又没有称帝，因此仍以唐朝的臣子自居。他们的王（晋王、吴王、岐王）均是唐朝所封，杨隆演要继承吴王的爵位就需要唐朝廷的认可，可是现在唐朝已经灭亡，因此由岐王李茂贞“承制”加弘农王杨隆演兼中书令、嗣吴王，以使其合法化。所谓承制，就是按照既定规则的意思，打个擦边球。

5. 吴越取湖州，修筑捍海塘

湖州（今浙江吴兴）刺史高彦、高澧父子自唐末以来，以一州之地依偎于吴越和杨吴两大势力之间，左右逢源，两附以求自存。史载高澧性格凶暴残忍，曾经召集州吏商议说：“吾欲尽杀百姓，可否？”官吏回答：“如此，租赋何从出？当择可杀者杀之。”当时高澧强征百姓为兵，百姓不愿，时常有发牢骚的。高澧听说后大怒，将强征的民兵集中在开元寺，骗他们说要犒军，然后进行屠杀，死者过半。外兵（五代时亲军称为牙兵，其余称为外兵）纵火作乱，高澧关闭城门进行大规模搜查，杀死三千人。钱镠想要讨平高澧，于是高澧依附于淮南，并且发兵烧掉了地属吴越的临平镇（今属杭州）。吴越王钱镠以其弟钱镖率军讨伐。后梁开平四年（910 年）二月，高澧求救于吴，吴常州刺史李简来救，湖州守将闭门不让吴的援军入城，可见高澧的人心丧失到何等地步。高澧只得率领五千人逃奔杨吴。此后，湖州归于吴越。后梁同年八月，吴越开始修筑杭州捍海石塘，至十月而成。钱塘江海潮向为杭城之患，唐以前当地居民就已经屡次筑堤防护，均因潮水冲击修筑难成，成而易毁。此次钱氏所修海塘，以竹笼盛巨石，栏以十余行巨木，并以铁链贯穿，作为塘基，修成的堤坝能够经受潮水冲击。钱氏又扩建杭州城，大修亭台楼馆、通衢巷陌，从此杭州富甲东南。

6. 吴越奏留宦官

张承业辅佐河东。后梁开平四年（910年）七月，吴越王钱镠上表称："宦者周延诰等二十五人，唐末避祸至此，非刘（季述）、韩（全海）之党，乞原之。"梁太祖曰："此辈吾知其无罪。但今革弊之初，不欲置之禁掖。可且留于彼，谕以此意。"当初，朱温与崔胤尽诛宦官，并诏命天下捕杀在外宦者，但有不少宦官为各镇藏匿，其中著名的就包括河东监军张承业。当时诸镇僭越，拟用帝制，故以宦官为给事，尤以吴越为多，钱镠因有此请。

在这里我想说说唐朝末年的宦官监军制度。对于唐代宦官监军制度，历来都是指责者多，肯定者少。但客观地看，唐代的宦官监军在中央朝廷与地方藩镇之间起到了桥梁作用，既维护了中央政府对国家统治的合法性，又满足了藩镇的半独立状态，这在当时的历史条件下，可能也是不得已的一种较优的选择。

唐前期土地制度实行均田制，在此基础上唐代兵制相应地实行府兵制，即百姓有服兵役的义务，实行轮番服役。府兵制的好处就是将不专兵，不会对政权产生威胁。但到了玄宗时期，土地兼并急剧发展，人口大量逃亡，府兵兵源枯竭。为了解决这一问题，玄宗在开元二十五年（737年）下了一道诏令，称："宜令中书门下与诸道节度使各量军镇闲剧，审利害，计兵防健儿等作定额，委节度使放诸色征行人及客户中招募，取丁壮情愿充健儿长任边军者，每岁加于常例，给田地屋宅，务加优恤，便令存济，每岁逐季本使具数报中书门下，至年终一时录奏。"从这个诏令中，可以看出新募"兵防健儿"从"诸色征行人及客户中招募"，至此府兵制被募兵制所取代。募兵制的诞生，使将得以专兵，先前府兵制下"士不失业，将帅无握兵之重"的局面发生了改变。

安史之乱以后，“大盗既灭，而武夫战卒以功起行阵，列为侯王者皆除节度使。由是方镇相望于内地，大者连州十余，小者犹兼三四”。藩镇之兵既重，将专兵骄，遂使藩镇和中央政府之间的矛盾日益突出。在这种情况下，监军作为调节中央与地方矛盾的杠杆，上传下达，回旋于中央朝廷与地方军之间。

不可否认，唐代宦官监军必然会产生一些不利之处，由于宦官监军，主将不得专号令，使得唐政府军在讨伐叛乱或抵御侵略的战争中失利；监军有时也会挑拨中央与地方藩镇的关系，使之矛盾加深；有时宦官也会恃权滥杀，或纵使士兵乱杀。例如安史之乱时的鱼朝恩，文宗时挑动士兵作乱杀死山南西道节度使李绛（李绛曾被宪宗誉为真宰相）的杨叔元等，均在此列。但是在监军中也不乏贤宦，他们的杰出代表便是张承业。

张承业，字继元，唐僖宗时入宫为宦。乾宁二年（895 年），张承业被任命为晋王李克用的监军，随河东军征讨邠宁节度使王行瑜，战争结束后，改任酒坊使。史载“晋王喜其为人”（看来张承业与李克用非常投缘）。后来昭宗为李茂贞所迫，想要到太原避难，就先派张承业为河东监军，前往太原安排迎驾事宜。但可惜的是后来昭宗去了华州，酿成大错。天复三年（903 年），朱温和崔胤在朝中大肆诛杀宦官，又命各镇节度使诛杀当地监军宦官。但李克用不忍杀死张承业，将其藏在斛律寺中，并杀死一个罪囚，以应对朝廷诏令。张承业因此得以幸免。

后梁开平元年（907 年），朱温篡唐称帝。李克用仍沿用唐朝年号，以复兴唐朝为名与后梁相对抗，并重新任命张承业为河东监军。从此，张承业对李克用竭力效忠。开平二年（908 年），李克用病逝，遗命张承业与弟弟李克宁，大将李存璋、吴珙辅佐其子李存勖。李克用在临去世的时候，将李存勖托付给张承业等人说：“以亚子累公等！”从此，李存勖将张承业当作兄长一样对待。当时，李存勖痛哭不止。张承业劝道：“您作为继承人，能不使祖宗基业沦亡，便是大孝，多哭又有何用？”他将李存勖扶到大殿接见将吏，让其袭任河东节度使、晋王。同年二月，李克宁阴谋作乱，欲夺权篡位，归附后梁，并将李存勖母子送往汴州，结果被史敬镕告知李存勖之母曹太夫人。曹太夫人忙召见张承业，指着李存勖对他道："先王临终将这孩子托付给您，现在却有人要背叛我们。我母子只求能有一个安身之处，不要被送往大梁。其他的不敢连累您。"张承业大惊，表示不敢违背先王遗命。李存勖遂将李克宁的密谋告诉张承业，并道："我们叔侄至亲，不能自相残杀。若能使叛乱不发，我宁愿让位给叔父。"张承业却表示必须除掉李克宁，并联络李存璋、吴珙、李存敬、朱守殷等人，暗中加强戒备。不久，李存勖于王府宴请诸将，在席间擒拿李克宁，当日便将其处死。

后来，李存勖听从张承业的建议，亲自率军救援潞州（今山西长治），并在夹城击败梁军。他非常感激张承业，称其为七哥，常到张承业的家中探视，还升堂拜母，结为通家之好。当时，李存勖承制任命官员，欲给张承业加官晋爵。张承业却推辞不受，始终坚持自己是唐朝的河东监军使。

开平四年（910年），李存勖在柏乡（今河北柏乡）与梁军交战。当时，梁晋两军营垒相距不远。大将周德威请求撤退到三十里外的高邑，以防梁军冲营。李存勖认为周德威畏惧梁军，不听他的建议，径自回帐安歇。诸将都不敢进言，只得请张承业前去劝说。张承业对李存勖道："现在还不是大王歇息的时候。周德威乃是老将，洞察军事，所言不可忽视。"李存勖也幡然醒悟，当夜便撤军退守高邑。

关于张承业，还有几段逸事最能表现其人品。

逸事之一：拒付库钱。李存勖与后梁连年征战，军国之事，都委托给张承业。张承业尽心不懈，史载"凡所以蓄积金粟，收市兵马，劝课农桑，而成庄宗（李存勖称帝后为庄宗）之业者，承业之功为多"。在晋阳，上自太夫人，下至王妃及诸公子，张承业一律依法办事，以法绳之，权贵都畏惧张承业而不敢胡作非为。有一次李存勖自魏州前线回晋阳省亲，想向张承业要些钱财，以赌钱取乐、赏赐伶人，而张承业对府库管理严格，就连李克用在世时也随便拿不到钱。李存勖于是在钱库旁摆酒席，酒兴正浓时，李存勖就让儿子李继岌为张承业起舞助兴，舞毕，张承业拿出自己的宝带、钱币以及马匹赠送给继岌。李存勖指着钱库，喊着继岌的小名对张承业说："和哥缺钱用，你可以拿一垛钱赏他，何必用宝带和马呢？"张承业生气地说："臣是个宦官，没有子孙后代。省钱并不是为子孙谋财，吝惜钱库的钱，是为了帮助你成就霸业罢了！如果你要用钱，又何必来问我？钱花光，士兵就会各自逃散，难道只是我遭受灾祸？"李存勖回头对元行钦说："拿剑过来！"张承业起身拉着李存勖的衣角哭着说："我接受先王的重托，发誓要报仇雪恨。今天能为大王珍惜钱财而死，死也无愧于先王了！"阎宝在一旁拉开张承业的手要他走，张承业一拳把阎宝打倒在地，骂道："阎宝，朱温之贼，蒙晋厚恩，不能有一言之忠，而反谄谀自容邪！"太夫人听说后，派人把李存勖叫去。李存勖生性至孝，听到太夫人召见，非常害怕，于是倒了两杯酒，向张承业道歉说："我酒后失态，将会被母亲怪罪。希望您喝了这杯酒，替我分担过错！"张承业不肯喝这杯酒。李存勖进去宫里，太夫人派人来向张承业道歉说："小儿触犯了您，我已经鞭打了他。"第二天，太夫人和李存勖一起到张承业的府上拜访，慰问安抚，此事才算平息。

逸事之二：巧救卢质。大臣卢质好酒贪杯，高傲无礼，从李存勖以下到几位公子多被他轻慢过，李存勖非常嫉恨他。张承业找了一个机会试探李存勖说："卢质好酒无礼，请让我替大王杀了他。"李存勖说："我现在正招纳贤才来助我成就功业，您怎么说出这样有失分寸的话来？"张承业起身祝贺说："大王能够如此爱惜人才，平定天下不在话下！"卢质因此免于一死。

7. 历史上的贤宦

在这里我还想和诸位聊一聊历史上的贤宦。太监在人们的印象中，通常是奸佞的代名词，秦有赵高，明有魏忠贤，清有安德海。但历史上也不乏贤宦，后唐张继业，明有郑和、张敏，清有寇连材。让我们记住他们的名字，看看他们的事迹吧。

明之张敏

张敏（1434—1485年），字太德，或字辅德，明朝宦官，福建同安县绥德乡翔风里十七都（今金门县金沙镇青屿社）人。

《明史·列传第一》有一段这样的记载：

孝穆纪太后，孝宗生母也，贺县人。本蛮土官女。成化中征蛮，俘入掖庭，授女史，警敏通文字，命守内藏。时万贵妃专宠而妒，后宫有娠者皆治使堕。柏贤妃生悼恭太子，亦为所害。帝偶行内藏，应对称旨，悦，幸之，遂有身。万贵妃知而恚甚，令婢钩治之。婢谬报曰病痞。乃谪居安乐堂。久之，生孝宗，使门监张敏溺焉。敏惊曰："上未有子，奈何弃之。"稍哺粉饵饴蜜，藏之他室，贵妃日伺无所得。至五六岁，未敢剪胎发。时吴后废居西内，近安乐堂，密知其事，往来哺养，帝不知也。帝自悼恭太子薨后，久无嗣，中外皆以为忧。成化十一年，帝召张敏栉发，照镜叹曰："老将至而无子。"敏伏地曰："死罪，万岁已有子也。"帝愕然，问安在。对曰："奴言即死，万岁当为皇子主。"于是太监怀恩顿首曰："敏言是。皇子潜养西内，今已六岁矣，匿不敢闻。"帝大喜，即日幸西内，遣使往迎皇子。使至，妃抱皇子泣曰："儿去，吾不得生。儿见黄袍有须者，即儿父也。"衣以小绯袍，乘小舆，拥至阶下，发披地，走投帝怀。帝置之膝，抚视久之，悲喜泣下曰："我子也，类我。"使怀恩赴内阁具道其故。群臣皆大喜。明日，入贺，颁诏天下。移妃居永寿宫，数召见。万贵妃日夜怨泣曰："群小绐（欺哄）我。"其年六月，妃暴薨。或曰贵妃致之死，或曰自缢也。谥恭恪庄僖淑妃。敏惧，亦吞金死。敏，同安人。

明孝宗朱佑樘的生母纪氏是广西纪姓土司的女儿，纪姓叛乱平息后，少女纪氏被俘入宫中，派充到内廷书室看护藏书。一次宪宗偶尔经过，见纪氏美貌聪敏，就留宿了一夜。事后，纪氏怀孕。宠冠后宫的万贵妃知道后，命令一宫女为纪氏堕胎。该宫女心生恻隐，不忍下毒手，便谎报说纪氏是“病痞”，并未怀孕。万贵妃仍不放心，下令将纪氏贬居冷宫。纪氏是在万贵妃的阴影下，于冷宫中偷偷生下了朱佑樘，万贵妃得知后又派门监张敏去溺死新皇子，张敏却冒着性命危险，帮助纪氏将婴儿秘密藏起来，每日用米粉哺养。被万贵妃排挤废掉的吴皇后也帮助哺养婴儿。万贵妃曾数次搜查，都未找到。就这样朱佑樘一直被偷偷地养到六岁。这孩子一藏六年，在一众宫女宦官的合作下，将万贵妃全然蒙在鼓里。一次张敏在替皇帝梳头发时，大胆说出了真相，怀恩在旁证实，成化皇帝喜出望外，立即召见；纪氏替他穿上小红袍，嘱咐他见到堂上留须者，便是他的父亲。小皇子当时六岁，头发从未剪过，长发垂地，来到堂上，走上去便投入了成化皇帝怀中。小皇子十分乖觉，见到宪宗即叩首称父亲。成化皇帝高兴极了，抱着他说：“这孩子像我！”就此认了这个孩子。宪宗随即传谕内阁，告知皇子出生之事并大赦天下。万贵妃闻讯哭得死去活来，恨得牙根紧咬，发誓报复并很快下毒手害死了纪氏。

假如太监张敏不是为了大明朝的江山社稷，不是为了皇帝继承人大事，不是动了恻隐之心，不是冒死保护幼小生命，也就没有了明孝宗，明朝的历史也会就此改写。《明史》记载张敏在呈明宪宗此事不久后，怕万贵妃报复便吞金而亡，但是在《同安县志》与《金门县志》中，记载张敏是在成化乙巳年（1485 年）逝世。

清之寇连材

寇连材（1868—1896 年），直隶昌平州（今北京市北郊昌平一带）人，二十多岁入宫，在梳头房为慈禧梳头。寇连材生得聪明能干，慈禧挺喜欢他，升他为会计房太监。寇连材为人正直，由于在慈禧身边做事，对慈禧所作所为耳闻目睹，深有感触，因此，出于正义感和对国家的热忱之爱，他屡谏太后，希望她以国事为重，慈禧十分喜爱他，对其所谏“虽呵斥之，亦不加罪”，不久，慈禧又提升寇连材当了奏事房太监，派他去伺候光绪皇帝，实际上是叫他监视光绪的行动。寇连材虽受慈禧恩宠，但并不因此而迎合慈禧，在此后一两年的时间里，寇连材目睹慈禧独揽朝政，虐待光绪，杖打珍、瑾二妃，大兴土木，修建颐和园贪图享受。寇连材十分不满，并深为国事而“忧之”。光绪二十二年（1896 年），为了说服慈禧改弦更张，寇连材在进行了长时间的思考和准备后，决定向慈禧进谏。一晚，慈禧刚刚放下幕帐，准备休息，寇连材突然跪到慈禧床前，痛哭不已。慈禧“揭帐叱问”，寇连材道：“国危至此，老佛爷即不为祖宗天下计，独不自为计乎？何忍更纵游乐，生内变也！”慈禧不肯听其下言，将其斥退。寇连材规劝太后的决心早已下定，此次进谏未成，便决定冒死再谏。寇连材请了五天假，回老家与父母兄弟诀别，并把自己写的一本宫中见闻送给弟弟。返回皇宫后，他把自己平时积蓄的银钱财物分送给小太监。二月十五日，他学着王公大臣的样子，上了一道奏折，共有十条：颐和园不宜驻跸，停止勘修圆明园工程；不宜使皇上日近声色；请立皇子；李鸿章不宜出使外洋；武备废弛，沿边请练乡团；停止铁路工程；铸行银元；等等。最令人惊奇的是其中一条，说皇上至今还没有生儿子，请仿照古代尧舜的做法，选择天下最贤德的人，立为皇太子。奏折虽然内容不合体统，话语土里土气，但都是人们想说又不敢说的话。

奏折送上去，慈禧阅后火冒三丈。但转念一想，其文文理不通，错字连篇，一个小小的太监何能有此见识，便怀疑有人在其背后怂恿，于是她把寇连材召来，拿起奏折在他眼前晃了晃，质问道：“此折，尔所为，尔为人使？”寇连材斩钉截铁地回答：“乃奴才所为也。”慈禧还是不信，命其背诵。寇连材见有机会，便毫不迟疑，将心中积压多时的话和盘托出，他慷慨激昂、言辞恳切，所言竟与奏折几乎一字不差。慈禧确信是他写的无疑了，便说：“尔不知祖制，内监不准言政事乎？”寇连材当然知道，他理直气壮地答道：“知之。然事有缓急，不敢依成例也。”慈禧本来很喜爱寇连材，想经过一番教训就免他一死，进而威胁道："尔知此有死罪乎？"寇连材早已视生死于度外，毫不畏惧地回答："知之，拼死而上也。"慈禧见他至死不悔，骨头这么硬，遂摆出一副悯天忧人的姿态，长叹一声说："既如此，不怪我太忍心矣。"慈禧即命人把他交送刑部，照例处斩。

寇连材被绑赴前门外菜市口刑场。他大义凛然，把自己戴着的一块玉佩及金表赠给来送行的朋友，又把手上戴着的一只碧玉戒指摘下来赠给刽子手，微笑着说："费心从速！"随后从容就死，神色不变。在场的人，无不为他伤心落泪，哭泣声连成一片。寇连材是清末内监中唯一关心国家大事，敢于冒死哭谏的忠臣。

第四节

名将周德威扬威柏乡，桀燕刘守光僭位称帝
（911年）

1. 名将周德威扬威柏乡

梁军在柏乡没有贮存草料，梁兵平时都是去野外割草来喂养马匹。晋军每天用流动部队袭扰梁军，使梁兵不敢出营寨。周德威又派遣骑兵对后梁营地进行驰射（一边纵马奔驰一边射箭），而且对梁军进行辱骂，梁兵怀疑有埋伏，更加不敢出营。梁军不能出营割草，只得铡碎屋茅座席来喂养马匹，许多马匹都饿死了，活着的也都饿得有气无力。

开平五年（911 年）正月初二，周德威与别将史建瑭、李嗣源带领三千精骑堵在梁军营门前大骂，梁军主将王景仁再也忍不住了，率领梁军倾巢而出。周德威等人边战边退，转战至高邑城南，直至野河。河上已经架好浮桥，由晋将李存璋率镇定兵守护。周德威等人过桥之后，李存璋以步兵陈于野河之上。梁军横亘数里，竞前夺桥。镇州和定州的步兵抵御梁军，眼看就要支撑不住了。晋王李存勖对匡卫都指挥使李建及说："贼过桥则不可复制矣。"于是李建及挑选出二百名士兵，挺起长枪大喊向前，与梁军力战，将梁军击退。晋王李存勖登上土山俯视战场说："梁兵争进而嚣，我兵整而静，我必胜。"

战斗从早上巳时一直打到中午，双方仍未决胜负。晋王对周德威说："两军已合，势不可离，我之兴亡，在此一举。我先带兵冲上去，公可继之。"周德威拉着李存勖的战马劝谏说："观梁兵之势，可以逸待劳制之，未易以力胜也。梁兵已经离开营寨三十余里，就算带着干粮，也没有时间吃饭。日落之后，饥渴内迫，矢刃外交，士卒劳倦，必有退志。到那时，我军再以精骑乘势攻之，必定大捷。现在还不是进攻的时机。"晋王听后才决定暂不出击。

当时，魏州、滑州的后梁兵在东边列阵，宋州、汴州的后梁兵在西边列阵。等到太阳落山时，梁军已经一天没吃饭了，饿得眼冒金星，士无斗志。王景仁等带兵稍稍退却，周德威大声呼喊："梁兵逃走啦！"晋兵大声鼓噪，争相前进。魏州、滑州的东阵梁兵先行退却，李嗣源率众在西阵前大声呼叫说："东陈已走，尔何久留？"梁兵互相惊怖，遂大溃。李存璋带领步兵乘势追逐逃散的梁兵，大声呼喊："梁人亦吾人也，父兄子弟饷军者勿杀。"于是，梁兵都脱下铠甲，扔掉兵器，喧哗声惊天动地。赵人怀着后梁兵屠杀深州、冀州士兵的仇恨，顾不上抢夺财物，只顾挥舞利刃追杀后梁兵。后梁龙骧、神捷两军精兵被几乎全歼，自野河至柏乡，僵尸蔽地。王景仁、韩勍、李思安仅以数十骑逃走。晋兵夜至柏乡，梁兵已去，委弃的粮食、资财、器械不可胜计。此役晋军斩首二万级。李嗣源等追至邢州，河朔大震。后梁保义节度使王檀严加防备，然后开城接纳败兵，给以钱粮，分别遣送返归本道。晋王收兵屯扎在赵州。

后梁供奉官杜廷隐等听说后梁兵失败，抛弃深州、冀州而去，驱赶二州的全部丁壮作为奴婢，老弱者全部活埋，城中留存的只有断壁残垣。

柏乡之战，使得本就与梁朝离心离德的赵国王镕、定州王处直彻底倒向晋国李存勖，晋国的东线防御体系更加固若金汤，梁军已无可能从河北太行山一线进入河东境内。朱温再要进攻李存勖，只能攻潞州一线，李存勖能够集中兵力在潞州与后梁抗衡。

正月初八，后梁太祖朱温又任命杨师厚为北面都招讨使，率兵屯河阳，收集散兵，旬余得万人。正月十四日，晋王李存勖派遣周德威、史建瑭率三千骑兵到达澶州、魏州，张承业、李存璋以步兵攻邢州，晋王亲自率大军殿后，移檄河北州县，谕以利害。梁太祖朱温派遣别将徐仁溥率兵千人，自西山夜入邢州，协助保义节度使王檀守卫邢州城。正月二十四日，梁太祖因战败免去王景仁的招讨使职务和平章事职衔。

此战晋军威震河朔，震惊天下。

2. 晋、赵结盟

柏乡之战后，赵王王镕亲自到赵州谒见晋王，大犒将士，并且从此派其养子王德明率领三十七都的军队跟随晋王征讨。之后，晋王李存勖返回晋阳，留下大将周德威等率兵三千人协防赵国。

五月，后梁太祖朱温派大将杨师厚率三万兵屯扎在邢州，欲攻赵。赵王王镕因为杨师厚在邢州，非常惧怕，于是来到承天军拜会晋王。晋王将王镕视为自己父亲的朋友，事王镕甚恭。王镕担心后梁侵犯，晋王说：“朱温之恶极矣，天将诛之，就算有杨师厚这样的大将也不能救他。倘若他侵犯您，我将亲自率兵当之，叔父勿以为忧。”王镕捧卮敬酒，祝愿晋王长寿，称晋王为“四十六舅”。王镕的小儿子王昭诲随行，晋王断襟为盟（撕断衣襟以为盟誓），许诺将女儿嫁给他。从此晋、赵的联盟更加巩固了。

3. 桀燕！桀燕！

前面讲到燕王刘守光攻破沧州，抓获侄子刘延祚，屠杀吕兖一族，又暗杀了兄长刘守文，自以为是天命在兹，荒淫暴虐更甚。他发明了一些特殊的刑罚，比方说将人置于铁笼之内，以火烘烤；又制作了一种特别的铁刷子，专门用来刷人的脸（好恐怖）。刘守光听说梁兵败于柏乡，就派人对赵王王镕和北平王王处直说："听说你们二镇与晋王一起打败了梁兵，举军南下，我也有精锐骑兵三万，想要亲自率领为诸公启行。然四镇连兵，必有盟主，我若至彼，何以处之？"赵王王镕很担忧，遣使告于晋王。晋王笑着说："赵人告急求援，守光不能出一卒以救之；等到我成功了，却又想以兵威离间二镇，真是蠢到了极点！"诸将曰："我方的云州、代州与燕接境，他们如果扰我边城，就会动摇人心，我军千里出征，缓急难应，此亦腹心之患也。不如先攻取刘守光，然后可以专意南讨。"晋王说："好！"于是晋王决心先行征伐桀燕刘守光。

一次，燕王刘守光穿着唐朝皇帝所穿的赤褐色袍服，对将吏们说："今天下大乱，英雄角逐，吾兵强地险，也想自己当皇帝，怎么样啊？"孙鹤说："现在内部的危难刚刚平定，公私困竭，太原的晋王窥伺我们西部，契丹的阿保机窥伺我们北部，匆忙谋划自立为帝，未见其可。大王只要养士爱民，训兵积谷，德政既修，四方自服。"刘守光听了很不高兴。

刘守光又派人劝说镇州王镕和定州王处直，要求他们尊奉自己为尚父。赵王王镕将此事报告晋王李存勖。晋王大怒，欲讨伐刘守光。诸将都说："刘守光为恶已极，即将夷灭他的全族，现在不如先假装推尊他，让他的罪恶就像果实成熟一样瓜熟蒂落，加速其灭亡。”于是晋王李存勖与赵王王镕、义武节度使王处直、昭义节度使李嗣昭、振武节度使周德威、天德节度使宋瑶等六镇节度使共同奉册推刘守光为尚书令、尚父。

到了此时，刘守光仍不醒悟，以为六镇确实畏惧自己，更加骄横。于是上表给后梁太祖朱温说：“晋王等推尊我，我承受陛下厚恩，未敢接受。我考虑适宜的办法，不如陛下授我为河北都统，那么并州、镇州都不在话下。”梁太祖朱温也知道刘守光狂妄愚蠢，就顺水推舟，以刘守光为河北道采访使，并派遣使者去册命他。

刘守光又命令僚属草拟尚父、采访使受册的礼仪。僚属取唐朝册封太尉的礼仪献上。刘守光看了以后，问为何没有郊天、改元之事。僚属回答说：“尚父虽贵，人臣也，安有郊天、改元者乎？”刘守光勃然大怒，将册仪投于地，说：“我地方二千里，带甲三十万，直作河北天子，谁能禁我？尚父何足为哉？”命令赶快准备登基称帝的礼仪，并将梁朝和诸道节度使的使者投入狱中，不久又都释放了。这位给刘守光草拟册封礼仪的僚属，很可能就是中国历史上绝无仅有的官场达人，当遍五代高官的冯道，后面还要专门提到他。

刘守光将要称帝，将佐大多私下议论以为不可，刘守光于是在大厅上放置刀斧、砧板，宣布说：“敢谏者斩！”孙鹤说：“沧州被攻破之时，我孙鹤本来当死，蒙大王保全性命，才有今天，今日岂敢贪生怕死而忘记大恩！我以为现在称帝是不可以的。”刘守光大怒，将孙鹤按伏在砧板上，令军士剐下他的肉吃掉。孙鹤大声呼喊说：“不出百日，大兵当至！”刘守光命令用土塞住孙鹤的嘴，一寸一寸地将孙鹤剐斩。

刘守光狂妄愚昧，只有一个忠臣孙鹤却将其杀害，真是愚蠢至极；孙鹤颇有谋略和远见卓识，却将一腔忠诚付给刘守光这样的人，真是可悲可叹。一代名臣孙鹤，就在愚昧的刘守光的千般折磨下惨烈而死。

八月十三日，刘守光即皇帝位，国号大燕，改元应天，任命后梁的使者王瞳为左相，卢龙判官齐涉为右相，史彦群为御史大夫。受册命这天，契丹军攻下平州，燕国百姓惊慌失措。

晋王听闻刘守光称帝，大笑说："等到他占卜在位年数的时候，我应当已经消灭它了。"（俟彼卜年，吾当问其鼎矣。）张承业建议派遣使者致贺，以使刘守光更加骄傲自大，于是晋王派遣太原少尹李承勋前往。李承勋到达幽州，用邻藩通使之礼。燕国掌管接待使者的官员说："我们大王已经是皇帝了，您应当称臣在朝廷上觐见。"李承勋说："我受命于唐朝为太原少尹，燕王自可统领其境内百姓，岂可统属他国的使节？"刘守光大怒，囚禁李承勋数日，放出来并问道："向我称臣吗？"承勋说："燕王如果能让我家晋王称臣，那么我就称臣；不然，唯有一死而已！"刘守光始终不能使其屈服。

十一月，刘守光召集将吏，谋攻易州、定州，时任幽州参军的景城人冯道认为不可。刘守光大怒，将冯道下狱，因为有人搭救才免于一死。冯道逃亡到晋，得到张承业的推荐被任命为掌书记。二十八日，刘守光率兵二万入侵易州、定州，攻打容城。王处直向晋王告急求救。

4. 岐蜀交恶

岐王李茂贞本来已经与前蜀王建结成了同盟，王建为李茂贞供应粮草与补给，李茂贞也成为王建的战略屏障，使王建能够保境安民，发展生产。可是局势逐渐发生了变化。

前蜀王建的女儿普慈公主嫁给了岐王李茂贞的侄子秦州节度使李继崇。一次，普慈公主派宦官宋光嗣把写在绢布上的书信送给王建，说李继崇骄矜嗜酒，请求回成都去。于是，王建召普慈公主回了娘家。正月二十六日，公主抵达成都，王建就让公主留了下来，并且任命宋光嗣为合门南院使。岐王李茂贞大怒，下令与前蜀断绝交往。

三月，岐王李茂贞调集军队兵临前蜀东界，王建对群臣说："自从茂贞被朱温所困，我时常接济他，给他粮草、物资，现在他却辜负我的恩情来侵犯我，谁为吾击之？”兼中书令王宗侃请缨出征。于是，王建任命王宗侃为北路行营都统。司天少监赵温珪劝谏说：“李茂贞现在还尚未侵犯边境，如果诸将贪功深入，粮道阻远，恐非国家之利。”王建不听，任命兼侍中王宗佑、太子少师王宗贺、山南节度使唐道袭为三招讨使，左金吾大将军王宗绍为王宗佑的副手，率领步骑十二万伐岐。三月初八，王宗侃等从成都出发，军队旌旗连绵数百里。

很快到了夏季，四月初一，岐兵侵入前蜀的兴元，唐道袭将岐兵击退。五月，王建从成都出发前往利州，命太子王元坦监国。六月初一，王建到达利州。前蜀诸将攻击岐王李茂贞的军队，屡破岐兵。七月，王建返回成都，留御营使王宗鐬（huì，昌王）驻扎利州。八月，王建回到成都。

岐王李茂贞派刘知俊、李继崇率兵击蜀，八月二十四日，王宗侃、王宗贺、唐道袭、王宗绍在青泥岭与岐兵交战，蜀兵大败，马步使王宗浩溺死于嘉陵江，唐道袭逃奔兴元。幸亏在此之前，步军都指挥使王宗绾在西县筑城，号称安远军，王宗侃、王宗贺等收集散兵一起守在西县（西县在兴元府西一百里）。随后，刘知俊、李继崇追来，并将西县包围。众人商议想要放弃兴元，唐道袭说：“无兴元则无安远，利州遂为敌境矣。吾必以死守之。”王建任命昌王王宗鐬为应援招讨使，定戎团练使王宗播为四招讨马步都指挥使，率兵救安远军，在廉水、让水之间安营，与唐道袭合击岐兵，大破岐兵于明珠曲。第二日又战于凫口，斩岐王的成州刺史李彦琛。

十月，蜀主王建亲自前往利州，命太子监国。决云军虞候王琮大败岐兵，俘获岐将李彦太，俘斩岐兵三千五百级。十月初五，捉生将彭君集攻破岐军两个营寨，俘斩三千级。王宗侃遣裨将林思谔从中巴（巴州）走小路行至泥溪，面见蜀主王建告紧，蜀主王建命令开道都指挥使王宗弼率兵救安远，与刘知俊战于斜谷，大败刘知俊。

十一月，前蜀王宗弼败岐兵于金牛，拔十六寨，俘斩六千余级，擒获岐将郭存等人。十一月十六日，王宗鐬、王宗播再败岐兵于黄牛川，擒岐将苏厚等人。十七日，蜀主王建自利州前往兴元。前蜀的援军已经集结完毕，安远军望见了援军的旗帜，据守西县的王宗侃等人率领城内蜀兵鼓噪而出，与援军夹攻岐兵，大破之，拔二十一寨，斩岐将李廷志等。十九日，岐兵解围逃走。唐道袭预先在斜谷设有伏兵，对岐兵进行拦击，又大破岐兵。二十日，蜀主王建西行返回成都。

岐、蜀相攻一年，最终前蜀成功保卫了领土，取得了胜利。但是，岐、蜀相攻，最高兴的莫过于朱温了。李茂贞和王建都没有臣服于朱温的后梁，他们相互交战，朱温正好渔翁得利。史载朱温得知岐、蜀相攻，特意派遣光禄卿卢玭等出使于前蜀，遗蜀主书，呼之为兄。

5. 梁主荒淫，兵势日衰

七月二十日，后梁太祖朱温到张宗奭（也就是张全义）洛阳会节坊的家中避暑，据《新五代史》和《资治通鉴》记载，“全义妻女皆迫淫之”“乱其妇女殆遍”。

张全义的儿子张继祚被戴了绿帽子，不胜愤耻，想要弑杀朱温。张全义止之曰：“吾家顷在河阳，为李罕之所围，啖木屑以度朝夕，赖其救我，得有今日，此恩不可忘也。”张继祚这才作罢。二十三日，太祖回宫。

对于史书中的这段记载，我也有几个疑点。一是张全义乃是后梁重臣，粮草、兵马、铠甲全靠张全义张罗供应，朱温如果是一个正常人，不应该做得如此过分；二是朱温在张家住了三日，如果在三日内“乱其妇女殆遍”，每天也不用干别的了，对于后梁太祖的身体，我们也只能望洋兴叹了。不过，我们也不能因为有疑点，就全盘否定史料，千年以前的事情，如果没有新的证据，也就只能如此，不必苛求了。

九月，太祖朱温听闻晋、赵计划入侵，决定亲自率兵出征。十八日，以张全义为西都留守。二十日，梁太祖朱温从洛阳出发。二十四日，到达卫州，正在吃饭，军前奏报晋军已出井陉。朱温马上命令向北奔赴邢洺，昼夜倍道兼行。二十六日，到达相州，听闻晋兵没有出发，才停止前进。相州刺史李思安没有想到太祖朱温突然到来，既没有欢迎仪式，也没有像样的接待，落然无具，坐削官爵。

与此相映成趣的是，太祖朱温到了获嘉县（获嘉县在怀州东北一百五十里），怀州刺史段明远的妹妹是个美人，段明远馈献丰备，史载“帝悦”（估计馈献之中也包括这个妹妹）。

6. 梁军风声鹤唳，兵败如山倒

在太祖朱温享受皇帝生活的时候，后梁军队的战斗力和士气却在直线下降。十月初四夜，后梁太祖从相州出发，初五，到达洹水。当晚，边吏报告说晋、赵兵正在南下，太祖立刻率领军队前进。初六，至魏县。有人报告说：“沙陀兵来啦！”后梁士卒恐惧大乱，争相逃亡，严刑不能禁止。过了不久，又报告说没有敌人，后梁军队方才安定下来。二十日，贝州奏报晋兵侵犯东武，不久撤离。太祖朱温因为在夹寨、柏乡屡次失利，所以希望通过此次北巡一雪前耻。但是他的部队已经屡战屡败，士气低落，风声鹤唳，草木皆兵。史载朱温“意郁郁，多躁愤，功臣宿将往往以小过被诛，众心益惧”。

第五节

朱温的最后时光（912 年）

1. 朱温病重

朱温由于在战场上连吃败仗，自己的身体也因为途中劳苦和纵欲过度而时常生病，心情不好，也越发地容易暴怒。

乾化二年（912 年）二月十五日，后梁太祖从洛阳出发。官员们因为太祖诛戮无常，大多畏惧而不敢随行。朱温听到这些话，更加愤怒。有一天，行至白马顿，赏赐随从的官员吃饭，多数未到，于是朱温就派遣骑兵到路上催促。左散骑常侍孙骘、右谏议大夫张衍、兵部郎中张俊最后到达，朱温命“扑杀之”。

十七日，朱温到达武陟。怀州刺史段明远供应进献比上次更加丰盛。到了获嘉县，朱温想起上次李思安供应不周，将李思安贬为柳州司户。离开时朱温称赞段明远说：“观明远之忠勤如此，见思安之悖慢何如！”不久，又将李思安流放到崖州，赐死。朱温大加赏赐段明远，并赐名段凝。仅仅因为接待水准的差异，就一个大为褒奖，一个贬官赐死。可见此时的朱温已经失去赏罚分明的判断能力了，抑或是自以为天下在握，忘乎所以？

二十六日，太祖朱温到达魏州，命都招讨使宣义节度使杨师厚、副使前河阳节度使李周彝包围枣强，招讨应接使平卢节度使贺德伦、副使天平留后袁象先包围蓨（tiáo）县。

朱温昼夜兼行，三月初二，到达下博南，登上观津冢。赵将符习带领数百骑兵巡逻到此，不知道是朱温，突然向前逼近。有人报告说：“晋兵大至矣！”朱温抛弃行幄，连忙带兵奔赴枣强，与杨师厚的军队会合。枣强城小而坚固，赵人聚精兵数千人守之，杨师厚急攻枣强，数日不下，城坏复修，后梁兵死伤者以万计。城中矢石将竭，商量出降。有一名士兵挺身而出，说：“梁贼自柏乡丧败已来，视我镇人裂眦，今往归之，如自投虎狼之口耳。困穷如此，何用身为！我请独往试之。”到了夜里，这名士兵缒城而出，到梁营诈降。李周彝召他询问城中之备，回答说：“非半月未易下也。”这名士兵又说：“某既归命，愿得一剑，效死先登，取守城将首。”李周彝没有允许，派他挑担随从军队。这名士兵瞅准机会，挥起扁担猛击李周彝的脑袋，李周彝被打得跌倒在地，左右前来营救，才免一死。朱温听说此事，更加愤怒，命杨师厚昼夜急攻，限令三日之内攻破枣强。初七，梁军攻克城池，无问老幼皆杀之，流血盈城。

起初，后梁太祖带兵渡过黄河，号称五十万大军。晋忻州刺史李存审屯扎在赵州，担心兵少，裨将赵行实请求进入土门躲避，李存审认为不可。等到贺德伦开始进攻蓨县，李存审对史建瑭、李嗣肱说：“吾王方有事幽蓟（指晋王正在攻打幽州），无兵此来，南方之事委吾辈数人。今蓨县方急，吾辈安得坐而视之！使贼得蓨县，必西侵深、冀，患益深矣。当与公等以奇计破之。”李存审率兵扼守下博桥，派史建瑭、李嗣肱分道擒生（就是活捉后梁兵）。史建瑭将其麾下分为五队，每队一百人，一队去衡水，一队去南宫，一队去信都，一队去阜城，自己率领一队深入敌军，与李嗣肱带领的军队遇到梁军打柴割草的就全部捉拿，俘获数百人。次日在下博桥下会合，把俘获的后梁兵全部杀死，只留数人把胳膊砍掉后放走，说：“替我告诉朱温，晋王大军至矣！”

此时，后梁太祖朱温正带领杨师厚的五万兵马驻扎在贺德伦营中，与贺德伦一起攻打蓨县。听了断臂士兵的话，朱温决定与贺德伦分开驻扎，相隔数里。

初八，史建瑭、李嗣肱各率三百骑兵，模仿后梁军的旗帜服色，与打柴割草的后梁兵杂行。太阳快要落山的时候，史建瑭、李嗣肱率领骑兵到达贺德伦营门，杀死守门人，纵火大噪，弓矢乱发，左右驰突。天黑之后，各自割取敌人左耳、带着俘虏而去。后梁营中大扰，不知道发生了什么事。这时，被砍断胳膊的后梁兵又来报告说：“晋军大至矣！”朱温大骇，烧营夜遁。中途又迷了路，曲折行走了一百五十里。初九黎明才到达冀州。蓨县的农民都拿着锄头、举着木棒驱逐后梁兵，后梁委弃的军资器械不可胜计。不久，朱温又派遣骑兵前去侦察晋军的动静，回来报告说：“晋军实未来，此乃史先锋游骑耳。”朱温不胜羞愤，从此病情加重，不能乘肩舆。朱温逗留在贝州旬余，各路军队才重新聚集。

二十六日，朱温从贝州出发；二十八日，到达魏州。

四月初七，博王朱友文来到魏州朝见，请朱温回东都洛阳。初九，朱温从魏州出发；十一日，至黎阳，因病停留；十七日，至滑州。二十一日，到达大梁。三十日，由大梁出发。五月初六，后梁太祖回到洛阳，这时的朱温身体大不如前，这时的病情已经很严重了。

朱温的病情日甚一日，对近臣说：“我经营天下三十年，不想太原余孽（指李存勖）如此厉害！吾观其志不小，天复夺我年，我死，诸儿非彼敌也，吾无葬地矣！”说着说着，朱温哭了起来，甚至哭得昏了过去，过了一会才苏醒过来。

2. 梁太祖被弑，朱有珪篡立

朱温的儿子不少，在亲生儿子中，长子朱友裕，次子朱友珪，此外还有朱友贞、朱友璋、朱友雍、朱友孜、朱友徽等人，除了亲生儿子，朱温还有朱友文、朱友让等义子。

长子朱友裕本来是理想的继承人，他“幼善射御，从太祖征伐，性宽厚，颇得士心”。但是天不假年，太祖朱温的长子郴王朱友裕很早就去世了。

如果按照亲子和义子加在一起的大排行，次子是博王朱友文。博王朱友文原名叫康勤，长相俊美，颜值颇高，而且颇有才艺，能言善辩，好学、擅作诗，虽是义子，却得到朱温格外赏识，甚至待友文比自己亲生儿子还好。朱温常让朱友文留守东都汴梁，并兼建昌宫使（此官执掌全国钱粮，位高权重），颇有传位给友文的意思。

在亲子中的次子是郢王朱友珪（大排行中是三子），其母本是亳州营妓，小名叫作遥喜。当年朱温领兵进攻亳州，将此营妓召来侍寝，一个多月后，将要弃之而去，此女称已经怀孕了。朱温当时忌惮张惠，不敢将此女带往大梁，就将她安顿在亳州。十月之后此女生下朱友珪，消息传到大梁，朱温大喜，于是取小名遥喜。不过朱温并不喜欢朱友珪这个儿子。

皇四子为均王朱友贞。若论身份的高贵，非均王朱友贞莫属，因为他的母亲是朱温一生的挚爱——张惠。朱友贞的性格也同母亲一样，“性沉厚寡言，雅好儒士”。但正是因为朱友贞儒雅的性格，可能朱温认为他无法在乱世中保全社稷，所以也没有属意于友贞。

朱温病重之时，博王朱友文在东都汴梁，郢王朱友珪此时担任左右控鹤都指挥使，均王朱友贞此时担任东都马步都指挥使。朱友珪、朱友文、朱友贞，这几位候补选手即将登场了。

当初，元贞张皇后（张惠）严整多智，太祖对张皇后颇为敬惮。张皇后死后，太祖朱温纵情歌舞女色，诸子即使在外地，也常征召他们的妻子入宫侍奉。朱友文的妻子王氏色美，太祖尤为宠爱，虽未以友文为太子，但是太祖“意常属之”。朱友珪虽然是营妓所生，但毕竟是太祖的亲生儿子。见到太祖对养子如此亲近，心中自然愤愤不平。朱友珪又曾犯过错，被太祖鞭打，朱友珪更不自安。

太祖病情加重，一天，太祖屏退左右让王氏入内，命王氏到东都大梁（汴梁）召朱友文来洛阳，欲与之诀，且付以后事。朱友珪的妻子张氏也朝夕侍奉在太祖身旁，探知此事，密告朱友珪说：“大家（皇帝）以传国宝付王氏怀往东都，吾属死无日矣。”说罢夫妇相对流泪。左右有人劝道：“事急计生，何不改图，时不可失！”朱友珪夫妇吓了一跳，回头看竟是仆人冯廷谔。朱友珪与冯廷谔密谋良久。

六月初一，崇政院派来的使者到达，太祖命敬翔将朱友珪外调莱州刺史，立即赴任，史载“惧其为变也”。已宣旨，但尚未颁行敕书。当时贬官左迁者大多追命赐死，朱友珪越发恐慌。六月初二，朱友珪易服微行潜入左龙虎军，会见统军韩勍，以实情相告。韩勍亦见功臣宿将多以小过被诛，惧怕不能自保，遂与朱友珪合谋。韩勍以牙兵五百人跟从朱友珪，夹杂在控鹤军士兵中混入皇宫，埋伏于禁中，待半夜时斩关闯入，直至寝殿，侍疾者四散奔逃。太祖惊起，问：“反者为谁？”朱友珪说：“非他人也。”太祖说：“我早就怀疑你这贼子,恨不早杀之。汝悖逆如此,天地岂容汝乎？”朱友珪也怒目而视，大叫道:“把老贼碎尸万段！”朱友珪的仆夫冯廷谔拔剑向前，猛刺太祖腹部，刃出于背，胃肠流出，血染龙榻，后梁太祖朱温就这样结束了他传奇的一生。之后，朱友珪亲自以败毡裹住太祖的尸体，埋于寝殿，秘不发丧。紧接着，派遣供奉官丁昭溥驰往东都，矫诏命均王朱友贞杀死博王朱友文。朱友珪矫诏称：“博王友文谋逆，遣兵突入殿中，赖郢王友珪忠孝，将兵诛之，保全朕躬。然疾因震惊，弥致危殆，宜令友珪权主军国之务。”韩勍为朱友珪谋划，多出府库金帛赏赐诸军及百官，以收买人心。诸军得了封赏，乐得袖手旁观。

初五，供奉官丁昭溥返回，朱友珪听说朱友文已死，心花怒放。这才发丧，并颁布伪诏，说朱温在病逝前留下遗嘱，传位次子友珪。朱友珪将朱温遗体草草棺殓，在灵前即皇帝位，并封韩勍为侍卫诸军使。初十，后梁安葬神武元圣孝皇帝朱温于宣陵，庙号太祖。

3. 历史的迷雾

后梁太祖何以传位于假子，而不传真子？

猜测原因有三：第一，朱友珪虽为次子，但出身低贱，其母为亳州营妓；第二，朱温的其他儿子都太不争气，而朱友文虽然是养子，但风姿俊美且多才多艺，好学善论，还写得一手好诗，确实比较优秀，欧阳修《新五代史》称朱友文“幼美风姿，好学，善谈论，颇能为诗”；第三，朱温宠爱朱友文的妻子王氏，整日被枕边风吹着，因此色令智昏。

朱友文，字德明，本姓康，名勤。朱温兼任四镇节度使时，任用朱友文担任度支盐铁制置使。朱温用兵四方时，朱友文征赋聚敛以供军需。开平元年（907 年），朱温称帝，建立后梁政权，以原来宣武、宣义、天平、护国四镇征赋，设置建昌宫来管理，任命朱友文为建昌宫使。后任宣武节度副使、开封尹、判建昌院事，掌管全国的钱财粮食，后封博王。后被朱友珪矫诏赐死。

4. 失控的后梁

太祖朱温死后，朱友珪矫诏即位。朱友珪弑父篡位，天下不服。后梁老臣宿将大多不把这个营妓的儿子放在眼里，各行其是，虽然朱友珪也采取了升官加爵、巨额赏赐等手段，却收效甚微，后梁乱成了一锅粥。许州的匡国军将士得知内乱的消息，轮番向节度使韩建报告，请求举事。匡国节度使韩建置之不理，而且一不检查，二不防备。结果马步都指挥使张厚发动叛乱，杀死韩建，朱友珪不敢追究，任命张厚为陈州刺史。怀州的龙骧军三千人，溃乱东走，所过剽掠。后梁派遣东京马步军都指挥使霍彦威、左耀武指挥使杜宴球率兵讨伐。霍彦威等打败叛乱的军队，在鄢陵捉住他们的都将刘重遇，将刘重遇斩首。

5. 朱友珪的论功行赏与排除异己

为了酬谢帮他带兵进宫弑父的韩勍，朱友珪封韩勍为侍卫诸军使，兼领匡国节度使。为了酬谢帮他杀死朱友文的朱友贞，朱友珪任命均王朱友贞为开封尹、东都留守。由于原来担任建昌宫使的朱友文已经死去，于是朱友珪废建昌宫使，以河南尹魏王张宗奭（张全义）为国计使，凡天下钱粮过去隶属建昌宫管辖的，全部由张全义掌管。这个任命，是因为张全义的经济管理能力实在太强，倒不是因为他参加了政变。

朱友珪因兵部尚书知崇政院事敬翔，是太祖腹心，害怕敬翔对自己不利，想要解除他崇政院使的职务，但又害怕丧失众望，于是任命敬翔为中书侍郎、同平章事；任命户部尚书李振（就是酿成“白马驿之祸”的谋臣）为崇政院使。敬翔经常称病，不再参与政事。

6. 悍将难制杨师厚

天雄节度使罗周翰，是魏博节度使罗绍威之子。由于罗周翰即位时年幼，幕府以牙内都指挥使潘晏掌权。宣义节度使杨师厚军驻扎魏州，早就想要谋取天雄（魏州军号为天雄军），只是惧惮太祖威严，不敢动手。到了此时，太祖已经被弑，杨师厚于是执杀潘晏，引兵入魏博牙城，据位视事。朱友珪哪里管得了杨师厚，赶忙颁布制书，以杨师厚为天雄节度使，调任罗周翰为宣义节度使。自罗弘信于唐文德元年（888 年）据魏博，历罗绍威、罗周翰，三代而亡。

杨师厚既得魏博之众，又兼都招讨使，宿卫劲兵多在麾下，诸镇兵皆得调发，威势甚重。在杨师厚心中，对这个弑父篡位的郢王朱友珪很是轻视，遇事往往独断专行，根本不给朱友珪面子。朱友珪想要除掉杨师厚，于是发诏，要杨师厚进京，谎称："有北边军机，欲与卿面议。"杨师厚临行之时，他的心腹都劝谏说:"如果去必有不测。"杨师厚说:"吾知其为人，虽往，如我何！"于是率精兵万余人，渡河到洛阳去。朱友珪看到杨师厚带了这么多精兵，大惧。杨师厚率兵到达洛阳外城城门前，把军队留在门外，仅与十几个人入城觐见。朱友珪看到杨师厚没有带兵进城，满心欢喜。本来要除掉杨师厚，到了此时，朱友珪却甘言逊词以取悦杨师厚，并赐予大量财物。过了几日，杨师厚又大摇大摆地走了。

7. 朱友谦附晋

郢王朱友珪篡夺帝位以后，诸位宿将老臣大多愤怒不已。尽管朱友珪极力增加恩赏礼遇，但始终得不到这些老臣宿将的欢心。

护国军节度使朱友谦原名朱简，字德光，河南许州人。原为大盗，后来归附朱温。后梁建立后，朱温命朱友谦镇守河中，封冀王。告哀使到达河中时，护国节度使冀王朱友谦流着泪说："先帝数十年开创基业，前日变起宫掖，声闻甚恶,吾备位藩镇,心窃耻之。"朱友珪颁诏给朱友谦加官为侍中、中书令，用诏书为自己辩解，并且征召朱友谦入京。朱友谦对使者说："所立者为谁？先帝晏驾不理丧事，吾还要到洛阳去问他的罪，要他征召做什么？"

朱友珪见朱友谦不肯归附自己，于是以侍卫诸军使韩勍为西面行营招讨使，督诸军讨伐河中朱友谦。朱友谦以河中附于晋王李存勖以求救。晋王李存勖马上派兵出征，击退韩勍。九月，朱友珪又以感化节度使康怀贞为河中都招讨使，改命韩勍为副手。康怀贞等人与忠武节度使牛存节合兵五万屯于河中城西，攻之甚急。晋王李存勖遣其将李存审、李嗣肱、李嗣恩带兵救援朱友谦，又在胡壁打败了梁兵。

后梁继续加紧对朱友谦的进攻，朱友谦复告急于晋。冬，十月，晋王李存勖亲自率领军队，从泽潞向西进发，遇康怀贞于解县，大破之，斩首千级，追至白径岭而还。后梁兵解除对河中的包围，退保陕州。朱友谦亲自到猗氏县（猗氏县在河中府东北九十五里）拜谢晋王，只带了数十个随从，撤去兵器，前往晋王营帐，拜晋王为舅舅。当天晚上，晋王置酒张乐进行庆祝，朱友谦喝得大醉。晋王将朱友谦留宿帐中，友谦安寝，鼾息自如。第二天早晨晋王又摆酒宴饮，尽兴才散。

8. 荆南不复朝贡于梁

荆南节度使高季昌暗有窃据荆南之志。后梁乾化二年（912 年）闰五月，高季昌筑江陵外郭，扩建其城，又声称助梁伐晋，出兵攻襄州（今湖北襄阳），被后梁山南东道节度使孔勍击败。自此，荆南不再朝贡于梁，割据一方。

9. 燕国衰乱，晋军伐燕

燕王刘守光任命儿子刘继威为义昌节度使，治所在沧州。刘继威虽然年少，但是淫虐程度一点都不比他的父亲差。一天，刘继威在都指挥使张万进家淫乱，张万进怒杀刘继威。第二天早晨，张万进召请大将周知裕，告诉他杀死刘继威的缘故，并自称义昌留后，委任周知裕为左都押牙。乾化二年（912 年）三月，义昌军遣人分别请降于梁、晋。晋王李存勖命周德威安抚之。周知裕自感不安，于是又投奔后梁，后梁太祖为他设置归化军，任命周知裕为指挥使，凡是自河朔来归的军士都隶属于他。二十二日，后梁任命张万进为义昌留后。二十五日，改义昌为顺化军，任命张万进为顺化节度使。这样，刘守光轻易地丧失掉了战略要地沧州。

晋王李存勖决心先行伐燕，正在此时，燕主刘守光率兵二万入寇易定，攻容城，王处直派人向晋求援。晋王立即派振武军节度使大将周德威率三万兵马攻燕，以救易定。

正月，周德威自代州东出飞狐口，与赵王的部将王德明、义武将领程岩在易水会合。初七，三镇兵进攻燕的祁沟关并夺取之。初九，包围涿州。涿州刺史刘知温据城防守。刘守奇（刘守奇为刘仁恭幼子，此时已经投靠晋王）的门客刘去非大呼于城下，对刘知温说：“河东小刘郎来为父讨贼，与你有什么相干而要坚守呢？”刘守奇脱下头盔向刘知温致意，刘知温拜于城上，遂降。周德威嫉妒刘守奇的功劳，在晋王李存勖面前诬陷他。晋王召见刘守奇，刘守奇担心获罪，与刘去非及进士赵凤投奔了后梁。后梁太祖任命刘守奇为博州刺史。周德威本为名将，此事却留下污点。

正月十八日，周德威至幽州城下，燕主刘守光派人到后梁请求救援。二月，后梁太祖的病稍愈，商议亲自率领军队前去攻击镇州、定州来救援刘守光。

三月二十九日，周德威遣裨将李存晖等攻瓦桥关，瓦桥关的将吏及莫州刺史李严全部投降。李严是幽州人，是一位饱学之士，晋王李存勖让他教授自己的儿子李继岌，李严坚决推辞。晋王大怒，要斩李严，教练使孟知祥光着脚进入劝谏说：“强敌未灭，大王岂宜以一怒戮向义之士乎？”这才将李严救下。孟知祥，是晋王李克用之弟李克让的女婿（后来成为十国中后蜀的开国君主）。

周德威因为幽州城大而坚固，自己所率军马不足，于是向晋王请援。晋王派遣李存审率领吐谷浑和契苾的骑兵前去会合。李嗣源攻瀛州，刺史赵敬投降。

燕主刘守光派遣猛将单廷珪率领精兵万人出战，单廷珪乃是燕国第一勇将，披甲上马，大呼一声，率精兵冲到城外。晋军抵挡不住，退至龙头冈，恰好与周德威相遇。周德威命令部将排好阵势，自己登上山冈，准备迎敌。单廷珪远远望见周德威，说：“今日必擒周杨五以献。”杨五是周德威的小名。

说时迟那时快，单廷珪手持长枪，纵马扬枪，一路杀去，所向披靡。冲破敌阵后，单廷珪单枪匹马上冈直取周德威。周德威毕竟是老将，胸中勇气外溢，外表却装作惧怕之状，拨马向后跑去。单廷珪挺枪单骑追逐周德威，眼见得越追越近，单廷珪一枪猛地刺去，枪尖已经碰到了周德威的脊背。就在这时，周德威侧身一闪，反身奋力挥杖，向单廷珪马头猛抽，单廷珪的坐骑滚落山冈。此时不论单廷珪如何勇猛也是无用，落得个人仰马翻。周德威生擒单廷珪，置于军门。燕兵看见主将被擒，斗志全无，全军撤退，周德威率骑兵从后掩杀，燕兵大败，斩首三千级。单廷珪，乃是燕军第一猛将，燕人失去了他，大丧士气。

10. 淮南徐温慑服诸将

让我们再次将视角转向南方。徐温自开平元年（907 年）由牙将而握淮南大政，原淮南节度使杨行密旧部大多不服。包括吴镇南节度使刘威，歙州观察使陶雅，宣州观察使李遇，常州刺史李简，都是杨行密的旧将，建有大功，眼见着徐温杀死杨渥，自右牙指挥使主持政事，内心都是愤愤不平，不服徐温。其中尤以宣州观察使李遇为甚，李遇经常说："徐温何人，吾未尝识面，一旦乃当国邪！"

乾化二年（912 年）三月，徐温派遣馆驿使徐玠出使吴越，路过宣州（今安徽宣城），徐温让徐玠劝说李遇入朝觐见新王（即杨隆演），徐玠对李遇说："公不朝，人将谓公反。"李遇听了这话，气不打一处来，说："君言遇反，杀侍中者非反耶？"侍中指的便是杨渥，李遇相当于是直接指责徐温弑杀了杨渥。徐温闻而大怒，随即任命淮南节度副使王檀为宣州制置使而取代李遇，派都指挥使柴再用率领升、润、池、歙四州兵马护送王檀赴任，并让徐知诰做柴再用的副手。李遇不接受替代，淮南军围攻宣州，逾月不克。

李遇的小儿子是淮南牙将，李遇最为疼爱。五月，徐温以李遇少子为人质，押送到宣州城下示众，逼迫李遇投降。李遇的小儿子在城下啼号求生，李遇由是不忍再战。徐温派典客何荛进入宣州城内，用吴王杨隆演的命令劝李遇说："公本志果反，请斩荛以徇；不然，随荛纳款。"李遇于是开门请降。李遇投降后，徐温命柴再用将李遇斩首，并夷其族，以此慑服刘威、陶雅、李简等人。由是诸将股栗，无人敢违徐温之命（徐温真是心狠手辣）。

此战之后，养子徐知诰以功升任州刺史。徐知诰为徐温做事非常谨慎，任劳任怨，有时通宵不解衣带，徐温因此特别喜爱他，常对诸子说："汝辈事我能如知诰乎？"当时诸州长官多是武夫，专以征战为务，不体察民事，也不懂得治理地方。徐知诰在升州，只选用廉洁奉公的官吏，修明政教，招延四方士大夫，用尽家财也毫不吝惜。洪州进士宋齐丘，好纵横之术，前来谒见徐知诰，徐知诰认为宋齐丘是奇才，将其任用为推官，与判官王令谋、参军王翃专主谋议，以牙吏马仁裕、周宗、曹悰为腹心。徐知诰是徐温养子，就是后来的南唐烈祖李昪，此是后话。胡三省对此评论说："徐温以善事杨行密而窃吴国之权，徐知诰以善事徐温而窃徐氏之权，天邪，人邪！"

杨行密病重的时候，周隐请求召刘威，刘威因此被淮南帅府的人所忌恨。有人在徐温面前诬陷刘威，徐温将要派兵讨伐他。刘威的幕客黄讷劝告刘威说："公受谤虽深，反本无状，若轻舟入觐，则嫌疑皆亡矣。"刘威依从了他。歙州观察使陶雅听说李遇战败，也很惧怕，与刘威一起前往广陵。徐温对待刘威和陶雅非常恭敬，如同侍奉武忠王杨行密的礼节，并且优加官爵。陶雅、刘威心悦诚服，从此人们都推重徐温。徐温与刘威、陶雅率将吏承制加封杨隆演为太师、吴王，任命徐温领镇海节度使、同平章事，淮南行军司马的官职如故。徐温派遣刘威、陶雅各回本镇。至此，徐温进一步巩固了自己在吴国的权威。

第六节

后梁友珪皇帝短命，前蜀内乱太子被杀（913 年）

1. 短命皇帝朱友珪

后梁乾化三年（913 年）正月二十日，后梁郢王朱友珪朝享太庙，二十一日祀天大赦，改元凤历。朱友珪万万没想到，仅仅一个月后，龙椅还没坐热，他就丢了性命。

郢王朱友珪称帝得志以后，荒淫无度，引起朝廷内外愤怒。朱友珪虽然用金银财帛拉拢众人，但是始终没有人肯依附于他（看来大家都是明眼人，知道他不会长久）。

驸马都尉赵岩是赵犨（就是那位死守陈州的将领）的儿子，后梁太祖朱温的女婿。左龙虎统军、侍卫亲军都指挥使袁象先是后梁太祖的外甥。赵岩奉命出使到大梁，均王朱友贞秘密与赵岩谋划诛杀朱友珪。赵岩分析说："此事成败，在招讨杨令公（杨师厚）耳。得其一言谕禁军，吾事立办。"当时后梁重兵皆在杨师厚手中，而且声望颇重，为众人所服从，所以赵岩说需得杨师厚之言告谕禁军。于是均王朱友贞派遣心腹马慎交到魏州，劝杨师厚说："郢王篡弑，人望属在大梁（指朱友贞），公若因而成之，此不世之功也。"并且许诺事成之日赐犒军钱五十万缗。

杨师厚与左右将佐商议说："方郢王弑逆，吾不能即讨；今君臣之分已定，无故改图，可乎？"有人答道："郢王亲弑君父，贼也；均王举兵复仇，义也。奉义讨贼，何君臣之有！彼若一朝破贼，公将何以自处乎？"杨师厚说："我差一点计划失误。"于是派遣部将王舜贤到洛阳，与袁象先密谋，派遣招讨马步都虞候朱汉宾率兵屯滑州作为外应。赵岩则回到洛阳，也与袁象先秘密定计。朱汉宾善射，人送外号"朱落雁"，朱温挑选数百名神射手成立一军，号为"落雁都"，就由朱汉宾统领。

前面提到上一年怀州的三千龙骧军叛乱，此时已历经一年，朝廷搜捕余党的行动一直没有停止，而且凡是捕获的，一律灭族。当时龙骧军也有在大梁戍守的，朱友珪征召他们回洛阳。于是，朱友贞利用这个机会煽动龙骧军说："天子以怀州屯兵叛，追汝辈欲尽坑之。"由于朝廷对怀州龙骧军的惩治太过严厉，不由得大梁的龙骧军不信，军士们都非常恐惧，不知道如何是好。二月十三日，朱友贞向朱友珪奏报大梁的龙骧军因为疑惧，不肯起程。二月十五日，龙骧军将校进见均王，流着泪请求均王给他们指一条生路，均王朱友贞说："先帝与汝辈三十余年征战，经营王业。今先帝尚为人所弑，汝辈安所逃死乎！"均王拿出太祖的遗像，哭着说："如果你们能自己到洛阳报仇雪耻，就将转祸为福。"众军士欢呼万岁，向均王请求发给他们兵器，均王立即发给了他们。（朱友贞心中一定乐开了花，兵器也早就预备好了，此时怎么可能不给？）

凤历元年（913 年）二月十七日清晨，袁象先率数千禁军突入洛阳宫中。朱友珪闻变与妻张氏及冯廷谔逃到北城墙的城楼之下，想要逾城逃跑。朱友珪自知难逃一死，命冯廷谔先杀张氏，后杀自己，冯廷谔亦自刭。十余万禁卫军大掠洛阳，百司逃散，中书侍郎、同平章事杜晓和侍讲学士李珽都被乱兵杀死，门下侍郎、同平章事于兢和宣政使李振被打伤。直到太阳落山都城才安定下来。

袁象先和赵岩带着传国宝玺前往大梁迎接均王朱友贞，均王说："大梁国家创业之地，何必洛阳！"乃即帝位于大梁，复称乾化三年（913 年），追废朱友珪为庶人，复博王朱友文官爵。朱友贞就是梁末帝（888—923 年），即位时年仅二十五岁，即位后改名朱锽，后又更名朱瑱。

三月初七日，因功加杨师厚兼中书令，赐爵邺王，赐诏不名，事无巨细必咨而后行。末帝又遣使招抚朱友谦。朱友谦复称藩，奉梁年号。三月十三日，立皇弟朱友敬为康王。三月二十五日，以保义留后戴思远为节度使，镇邢州。四月十一日，以袁象先领镇南节度使、同平章事。四月，杨师厚与刘守奇（即刘仁恭之子、刘守光之弟，先归晋后归梁），率汴、滑、徐、兖、魏、博、邢之兵十万大掠赵境，杨师厚自柏乡进入攻土门，直指赵州，刘守奇自贝州进入直指冀州，所过焚掠。杨师厚至镇州，扎营南门外，燔烧关城。十一日，杨师厚退军下博，刘守奇引兵与杨师厚会合，攻下博拔之。晋将李存审、史建瑭戍守赵州，由于兵少，赵王向周德威告急。周德威派遣骑将李绍衡会同赵将王德明一起抵御后梁军。杨师厚、刘守奇又从弓高渡过御河向东进发，逼近沧州。张万进（就是杀死刘守光之子刘继威，后来归晋的那位）畏惧，向杨师厚乞降，请求迁往河南。杨师厚上表请调张万进镇守青州，任命刘守奇为顺化节度使。之后，任命张万进为平卢节度使（治所青州）。张万进性既轻险，专图反侧，朝晋暮梁，后来被灭族，此是后话。

周德威确实是一员良将，可是心胸不够宽广，逼走了刘守奇，是他的一个大败笔。

2. 吴和吴越的征战

让我们把目光转向江南，此时吴和吴越争夺领地的战争仍在继续。后梁乾化三年（913 年）三月，吴行营招讨使李涛率二万兵马出千秋岭（今安徽宁国东南），进攻吴越的衣锦军（在今浙江临安）。吴越王钱镠派儿子湖州刺史钱传瓘为北面应援都指挥使以救之，睦州刺史钱传璙为招讨收复都指挥使，率领水军攻吴东洲以分其兵势。千秋岭道路险峻狭窄，四月，钱传瓘派人砍伐树木截断吴军的后路，然后发动攻击，把吴军打得大败，俘虏李涛及甲士步卒三千余人，带回杭州。五月，吴国再次派遣宣州副指挥使花虔会同广德镇遏使涡信进攻吴越国的衣锦军，吴越派钱传瓘迎击。六月，钱传瓘攻拔广德，俘虏了花虔、涡信后班师。吴越王钱镠派遣其子钱传瓘、钱传璙及大同节度使钱传瑛攻吴国常州，在无锡县潘葑扎营。徐温说："浙人轻而怯。"率领诸将日夜兼程赶路奔赴常州。到达无锡时，黑云都将陈祐向徐温进言说："吴越军以为我们远道而来，一定疲倦而不能决战，请让我以所部乘其无备击之。"于是从别的道路绕到敌后，徐温以大军当其前，前后夹攻，吴越大败，斩获甚众。

3. 后梁入侵吴之淮寿

乾化三年（913 年）十一月，梁以王景仁为淮南西北行营招讨使率万余兵攻吴庐州（今安徽合肥）、寿州（今安徽寿县）。此次后梁进攻的是杨吴的西北面，故称王景仁为淮南西北行营招讨使。十二月，吴国徐温、朱瑾亲率诸将拒敌，两军遭遇于赵步（今安徽凤台淮北岸）。吴国大军尚未完成集结，徐温以四千余人与王景仁作战，吴兵不胜而退。王景仁率兵追击，即将到达一处隘口，吴军上下后有追兵，前为险阻，都大惊失色。此时吴军左骁卫大将军陈绍举枪大呼，说道："诱敌太深，可以进矣。"挺枪跃马冲向梁军。吴国士兵当真以为这是主将的诱敌深入之计，于是跟随陈绍猛冲，梁军也被搞糊涂了，于是退兵。徐温拍打着陈绍的后背说："非子之智勇，吾几困矣。"徐温赐给陈绍金帛财物，陈绍全部分赏给了部下。

吴军集结完毕，与梁军再战于霍丘（今安徽霍邱县），梁军大败。后梁大将王景仁率数骑殿后，吴人不敢逼近（王景仁本吴国之名将，降梁后，吴人仍畏惧之）。当初梁军渡过淮水进攻吴国之时,本来在河中水浅处做了标记，以便渡河时士兵能够涉水而过。可是，梁军的标记被吴国霍州守将朱景偷偷地移至深水处，后梁的败军按照涉水标记过河，大多溺水而死。

4. 前蜀内乱，太子王元膺被杀

前蜀太子王元膺素与高祖王建的宠臣唐道袭（唐道袭最初是王建的舞童，貌美而奸诈，心机颇深）不合，因此高祖王建任命唐道袭为兴元节度使。不久唐道袭罢归，复官为枢密使，重新掌管机要。太子王元膺在朝廷上逐条分列唐道袭的过失罪恶，以为不应当再以其掌管国家机密要事，蜀主王建颇为不悦。此后，王建又任命唐道袭为太子少保。五月初四，蜀主以兵部尚书王锴为中书侍郎、同平章事。六月初五，蜀主以道士杜光庭为金紫光禄大夫、左谏议大夫，封蔡国公，进号广成先生。杜光庭博学善属文，蜀主重之，颇与议政事。

前蜀太子王元膺，长嘴龅牙，生就了一张猪公嘴，而且目视不正，眼睛斜视。但是这位太子颇有才华，能文能武，史载"警敏知书，善骑射"，即说他机警灵敏，通晓诗书，善于骑马射箭。有才华有能力本是好事，可是他又“性猜忍偏急”，性情偏狭急躁，多疑残忍。为了纠正太子性格上的缺陷，蜀主王建命令杜光庭选学问纯正、性情安详、有德行的人，让他们侍奉太子。于是杜光庭推荐了儒者许寂、徐简夫，但是太子与他们从未曾交谈，每日与乐工群小嬉戏无度，没有节制，属官也没人敢于劝谏。

前蜀永平三年，也即后梁乾化三年（913 年）七月，七夕佳节即将到来，前蜀承平，蜀主将以七夕出游。初六，太子王元膺召集诸王及文武大臣在一起宴饮，集王王宗翰、内枢密使潘峭、翰林学士承旨毛文锡缺席未到。太子王元膺勃然大怒，说道：“集王不来，必定是小人潘峭与毛文锡离间也。”大昌军使徐瑶、常谦，一向为太子所亲近信任，依次斟酒劝饮之间，多次怒目瞪视太子少保唐道袭，唐道袭畏惧而起身。初七早上，太子入宫禀报王建说：“潘峭、毛文锡挑拨离间我们兄弟关系。”王建大怒，命将潘峭、毛文锡贬官放逐，任命前武泰军节度使兼侍中潘炕为内枢密使。

太子出宫之后，唐道袭入宫进见，王建把刚才的事告诉他。唐道袭借机诬告太子说：“太子谋作乱，欲召诸将、诸王，以兵锢之，然后举事耳。”王建产生怀疑，于是决定取消七夕出游的计划。唐道袭请召驻防营兵进宫值宿警卫，王建应允。成都城内外戒备森严，紧张的空气笼罩在成都上空。

太子王元膺开始时没做防备，听闻冯道袭召兵，乃以天武甲士自卫，并派兵逮捕了潘峭、毛文锡，胖揍一顿，几乎将他们打死，然后把他们囚禁在太子东宫。接着又逮捕了成都尹潘峤，把他囚禁在得贤门。初八，大昌军使徐瑶、常谦与怀胜军使严璘等各率所部随从太子进攻唐道袭。到了清风楼，唐道袭带领驻防营兵拒战。唐道袭被乱箭射中，太子追到城西，把唐道袭杀死，并杀死了许多驻防营兵，成都城内外大乱。

内枢密使潘炕向前蜀主王建进言说：“太子与唐道袭争权耳，无他志也。陛下宜面谕大臣以安社稷。”王建于是召集兼中书令王宗侃、王宗贺及前利州团练使王宗鲁，命他们发兵讨伐发动叛乱的徐瑶、常谦等人。王宗侃等在西球场门列阵，兼侍中王宗黯自大安门梯城而入，与徐瑶、常谦在会同殿前面进行战斗，杀死数十人。徐瑶战死，常谦与太子逃奔龙跃池，隐藏在战船中。

初九早晨，太子在舟中实在饿得受不了，从战船中出来，向船夫讨饭吃，于是船夫把太子行踪报告了王建。王建急忙派遣集王王宗翰前去慰问安抚。待他们来到龙跃池时，太子已被卫士杀死。王建怀疑是王宗翰杀了太子，悲恸不已。官员们担心发生事变，恰巧同平章事张格进呈“慰谕军民榜”，读至“不行斧钺之诛，将误社稷之计”，蜀主王建收涕曰：“朕何敢以私害公！”于是下诏废太子王元膺为庶人。王宗翰奏请把亲手杀死太子的人斩首，结果王元膺左右有几十个人被杀，降职流放的人很多。

初十，赠唐道袭太师，谥忠壮；复以潘峭为枢密使。

潘炕屡次向王建请求立太子。王建认为雅王王宗辂很像自己，信王王宗杰才思敏捷，想要选择其中一人立为太子。郑王王宗衍年龄最小，但他的母亲徐贤妃深受王建宠爱，也想要立自己的儿子郑王王宗衍为太子，于是派飞龙使唐文扆（yǐ）示意同平章事张格上表请立王宗衍。张格在夜里把写好的表章给功臣王宗侃等看，骗他们说自己已经受了王建的密旨，于是众人都在表章上署了名。蜀主王建让相面的人观察自己各个儿子的面貌，相面人也迎合所谓密旨说郑王相貌最尊贵。蜀主王建以为众人是确实真心想立王宗衍，不得已答应了他们，却犹疑不定说：“宗衍幼懦，能堪其任乎？”十月，立幼子郑王王宗衍为太子。王建英明一世，百战建国，怎么在这件事情上如此糊涂，这也真是百思不得其解。

5. 晋国攻燕

让我们把目光再从巴蜀将视线转向北方，晋国李存勖仍然在继续攻打桀燕。

春，正月，晋国周德威攻克燕之顺州。紧接着，周德威又攻克燕之安远军，蓟州将领成行言向晋投降。二月二十三日，晋将李存晖率兵攻打燕之檀州，檀州刺史陈确投降。三月初一，晋国周德威夺取燕之芦台军。三月二十二日，晋将刘光浚攻克古北口，燕国居庸关使胡令圭等投奔晋国。晋国攻燕可谓摧枯拉朽、势如破竹。

燕主刘守光命大将元行钦率领七千骑兵，牧马于山北，招募山北兵以接应契丹（刘守光求救于契丹，所以命元行钦在山北募兵接应）。又任命骑将高行珪为武州刺史，以为外援。晋国李嗣源分兵巡行山后八军，全部攻克；晋王以其弟李存矩为新州刺史，总管山后八军，并任命燕国纳降军使卢文进为裨将。

晋国大将李嗣源进攻武州，高行珪以城降。元行钦听说武州失守，高行珪投降，急忙带兵去攻打高行珪。高行珪派他的弟弟高行周到晋军营中作为人质，请求发兵援救。李嗣源当即带兵救援高行珪。李嗣源与元行钦在广边军相遇，两人八次交战，李嗣源七次射中元行钦，但是元行钦都拔箭继续力战（抗击打能力超强），交战中元行钦也射中了李嗣源的大腿。最后元行钦力屈而降，李嗣源喜爱元行钦骁勇，收为养子。后来元行钦又追随李存勖，获赐姓名李绍荣并曾救得晋王性命，此是后话。李嗣源接着又攻下儒州，以高行珪为代州刺史。

此后，高行珪之弟高行周被留了下来，追随李嗣源，常与李嗣源养子李从珂分率牙兵随从左右。李从珂的母亲魏氏是镇州人，先嫁与王氏，生从珂，李嗣源随从晋王李克用在河北作战，得到魏氏，收为妾，所以从珂成为李嗣源的义子。李从珂长大以后，以勇健善战而名扬四海，李嗣源非常喜欢他。晋王李存勖曾说："阿三（李从珂小名）与我同岁，与我一样勇敢，是一个不寻常的人。"哪知后来篡国的正是这个阿三。

周德威围攻幽州，已经一年有余。开始，因为幽州附近有燕兵散布，周德威持重，不能贸然进攻，只好连营竖栅，与燕兵对峙。此时燕国游兵尽灭，周德威于是专力攻城。

夏，四月，周德威率领大军进逼幽州南门，燕主刘守光自知力不能敌，昼夜不安。遣使致书向周德威求和，言语卑下而悲哀。周德威也来了个黑色幽默，对使者说："大燕皇帝尚未郊天，何雌伏如是邪！予受命讨有罪者，结盟继好，非所闻也。"周德威没有给刘守光回信，刘守光非常害怕，又再次派遣大将周遵业带着一千匹绢、一千两银子和一百段锦，献给周德威，哀求道："胜负成败乃人生常事，录功叙过也是霸主盛业。刘守光不想替朱温做事，所以背叛梁国，自己称帝。不承想得罪了贵国，现在已经知罪，并真心悔过。希望贵国能够原谅。（吾王以情告公，富贵成败，人之常理；录功宥过，霸者之事也。守光去岁妄自尊崇，本不能为朱温下耳，岂意大国暴师经年，幸少宽之。）"周德威说："要战便战，要降便降，哪来那么多废话！"周德威说完振衣而起，转身入内，周遵业只得怏怏退回。刘守光抓耳挠腮，无计可施，突然城外喊杀声震天，原来是晋军又来攻城。刘守光不得已登城督战，远远望见周德威，刘守光凄声喊道："周将军，您是三晋贤士，为何要把我逼上绝路？难道就不能网开一面吗？"周德威答道："你已经是板上之肉，要怪就怪自己，何必责备旁人？"刘守光涕泪俱下，无言以对。

四月二十七日，晋将刘光浚拔燕平州，捉住平州刺史张在吉。五月，刘光浚又攻营州，营州刺史杨靖投降。六月初一，晋王遣张承业前往幽州，与周德威商议军事。六月二十日，燕主刘守光派遣使者拜访张承业，请以城降；张承业以其无信，不许。七月二十四日，晋五院军使李信拔莫州，擒燕将毕元福。八月初六，李信拔瀛州。

九月，燕主刘守光急中生智，引兵夜出，偷偷来到顺州城下。他们假冒晋军，大喊开门。暗夜之下，守军不辨真假，打开城门。刘守光挥兵大进，占领顺州。冬，十月初一，燕主刘守光率领五千兵马夜出，想要乘胜转战檀州。周德威已得到消息，自涿州率兵拦击，大破燕军。刘守光以百余骑逃归幽州，其将卒降者相继。

到了此时，卢龙节度使的属地已经皆入于晋，燕主刘守光独守幽州城，只得求援于契丹。而契丹以其无信，终于不肯救援。刘守光屡次请降于晋，晋人怀疑他有阴谋诡计，疑其诈，也始终不接受刘守光的投降。这位心狠手辣、反复无常的叛臣逆子终于到了走投无路的时候了。刘守光登上城楼，对周德威说："等晋王到了，我就开门泥首听命。"周德威于是派遣使者禀报晋王。十一月初六，晋王以监军张承业权知军府事，自己亲自前往幽州。十一月二十三日，晋王李存勖单骑抵城下，对刘守光说："朱温篡逆，余本与公合河朔五镇之兵兴复唐祚。公谋之不臧，乃效彼狂僭。镇、定二帅皆俛（同俯）首事公，而公曾不之恤，是以有今日之役。丈夫成败须决所向，公将何如？"刘守光说："今日俎上肉耳，唯王所裁。"晋王悯之，动了恻隐之心，与刘守光折弓矢为誓，说："但出相见，保无他也。"刘守光用改换他日来推托。李存勖又好气又好笑，回到营中。

之前，刘守光的爱将李小喜多赞成刘守光的恶行，助纣为虐，刘守光对李小喜言听计从，李小喜权倾燕国境内。到了此时，刘守光即将出降，李小喜却制止了他，其实是为了保住自己的富贵。当天夜里，李小喜自己偷偷翻越城墙到晋军投降，告诉晋王幽州城中已经力竭，猛攻必破。晋王李存勖立即下令五更造饭，黎明攻城。晋王亲自披上甲胄，督率诸军四面攻城。这边竖起云梯，那边攀爬城墙，四面八方，一起猛攻。幽州本是危城，燕兵都已精疲力竭，哪里招架得住。霎时间，幽州城全城鼎沸，燕兵纷纷逃命。晋军一鼓作气攻克幽州城，擒获刘仁恭及其妻妾。刘守光带着妻子儿女逃走。二十五日，晋王入幽州。

晋王进入幽州后，严令禁止官兵侵扰百姓。晋王封周德威为卢龙节度使，兼任侍中。改任李嗣本为振武节度使，并派他带兵追捕刘守光。

第七节

桀燕灭亡皇帝讨饭，荆蜀相争贤臣归天
（914 年）

1. 桀燕的灭亡

晋王李存勖自后梁乾化元年（911 年）遣大将周德威率军攻燕，兵临幽州城下，至乾化三年（913 年）十月，燕国除幽州城外，全境皆为晋所有。燕帝刘守光求救于北方契丹，遭拒绝，又屡次请降于晋师，但晋人疑其有诈，一直未允其降。十一月，晋王李存勖亲临幽州，邀刘守光出城相见，许其不死。刘守光本欲出降，嬖将李小喜止之。二十四日，晋各路兵马四面攻城，城破，

擒刘守光父刘仁恭，刘守光携妻子逃遁。在晋王李存勖的凌厉攻势下，燕王刘守光的皇帝梦终于破灭了。

可怜刘守光抱头南逃，中途却迷了路，在荒野中走了好几天，身上又没带干粮，只好饿着肚子逃难。当时天寒地冻，刘守光脚上又得了冻疮，当真是饥寒交迫、狼狈不堪。到了燕国境内，刘守光见有几处村落，于是白天藏匿在山谷之中，到了夜里便命妃子祝氏去农户家讨饭。祝氏到了农夫张师造家中，农家主人张师造见到祝氏衣着华丽，不像乞丐，于是盘问一番。祝氏倒是直言不讳，说自己是燕国皇帝刘守光派来的。张师造问得刘守光所在，一面假意留他们在家食宿，热情款待，暗地里却派人禀报晋军。晋军火速赶到，擒获刘守光和他的两个妻妾、三个儿子。

李存勖正在设宴赏赐将士，见士兵押回刘守光，笑着说道："你是幽州城的主人，为何要出城避客呢？"刘守光跪在地上，磕头如捣蒜。李存勖命人将刘守光与刘仁恭关在一处，并送去酒饭。刘守光正饥饿难耐，赶紧狼吞虎咽大吃起来。

晋王李存勖下令班师。晋王本想取道云州、代州回晋阳，赵王王镕和王处直请晋王取道中山、真定到井陉，以便各展迎贺之礼，晋王从之。晋王从幽州出发，刘仁恭父子披枷带锁随行。刘仁恭夫妇对刘守光这个不肖之子恨之入骨，唾其面而骂之曰："逆贼，破我家至此！"刘守光无言以对，俯首而已。

后梁乾化四年（914 年）的春天，正月初一，大喜的日子，万象更新，赵王王镕到晋王帐中为晋王李存勖上寿敬酒。在此之前，王镕虽然与刘仁恭往来多年，却从未谋面，因此赵王王镕希望能见刘仁恭一面。晋王命狱吏解除刘仁恭和刘守光所带枷械，将他们带到帐中一齐宴饮。刘仁恭父子上前拜谢王镕，王镕答拜刘氏父子，又以衣服鞍马酒馔相赠。初二，晋王与王镕畋猎于行唐之西，王镕将晋王李存勖送至边境而别。

正月十五，晋王以白练捆绑着刘仁恭父子，高奏凯歌进入晋阳。正月十九，晋王将刘仁恭父子献于太庙，并亲自监斩刘守光。刘守光呼曰："守光死不恨，然教守光不降者，李小喜也。"晋王将李小喜召来对证，李小喜瞪着刘守光斥骂说："汝内乱禽兽行，亦我教邪？"晋王怒斥李小喜曰："你毕竟做过燕国的臣子，岂敢如此无礼！"喝令左右，先斩李小喜。刘守光又求饶说："守光善骑射，王欲成霸业，何不留之使自效！"晋王李存勖闻之不语。刘守光的两位妻子李氏、祝氏责备刘守光说："皇帝，事已如此，生亦可益！"随即这两位女子从容伸颈就戮，刘守光却至死号泣哀乞不已。刘守光这个小人，全没有了往日威风，贪生怕死竟不如自己的两位妻妾。

斩了刘守光之后，晋王李存勖命令节度副使卢汝弼等人将刘仁恭械押至代州，刺其心血以祭先王李克用墓，然后斩之。刘氏自唐乾宁二年（895年）刘仁恭据幽州，历父、子两代二十年而亡。

有人劝赵王王镕说："大王所称尚书令，乃梁官也，大王既与梁为仇，不当称其官。且自太宗践祚以来，无敢当其名者（唐太宗李世民自尚书令即帝位，后之臣下不敢当其名）。今晋王为盟主，勋高位卑，不若以尚书令让之。"王镕曰："善！"于是与王处直各遣使推晋王为尚书令，晋王三让，然后受之，并和过去的唐太宗一样，开建府署，设置行台。

2. 梁败吴师，收复徐州

梁末帝朱友贞即皇帝位后，开始对原来郢王朱有珪的党羽进行清理。乾化四年（914年）八月，末帝任命福王朱友璋为武宁节度使。此前的武宁节度使王殷为郢王朱友珪所任命，王殷害怕受到清算，不肯接受代替，叛附于吴。九月，后梁命令淮南西北面招讨应接使牛存节及开封尹刘鄩率兵讨伐王殷。冬，十月，牛存节等驻扎在宿州。此时吴国派遣平卢节度使朱瑾等领兵来救徐州。后梁牛存节等率兵迎战，朱瑾的部队被击败，吴国的军队撤回。翌年二月，牛存节军拔徐州，王殷举族自焚。

与此同时，梁末帝朱友贞登基后也采取了一系列巩固统治的措施。一是加强边防。因为岐王李茂贞经常侵入后梁，二月，徙感化节度使康怀英为永平节度使，镇长安。康怀英即康怀贞，因为避讳后梁帝均王朱友贞的名字而改为康怀英。二是处分了一些徇私枉法的官吏。司空兼门下侍郎、同平章事于兢因为犯了徇私迁补军校的罪，降为工部侍郎，后来又贬任莱州司马。

3. 荆蜀相争，贤臣殒命

前蜀夔、万、忠、涪四州之地（今四川奉节至涪陵）旧隶荆南。后梁乾化四年（914 年）年初，荆南节度使、渤海王高季昌欲兴兵取之。高季昌先以水军攻夔州（今四川奉节）。当时前蜀以镇江节度使嘉王王宗寿镇守忠州，夔州刺史王成先请求给士兵配备甲胄,王宗寿却只给了王成先一批白布袍（古代士兵若无甲胄，战斗力将大大下降）。

王成先率领这些身穿白袍的士卒迎战高季昌，高季昌纵火船焚烧前蜀浮桥，蜀将招讨副使张武升起拦江铁链阻止荆南水军的火船，令火船无法通过。此时刚好风向反转，荆南所放火船向来路回烧，荆南兵烧死、淹死无数，大败而归。高季昌所乘战舰，蒙以牛革，但被飞石击中，砸断了船尾，高季昌只得改乘小舟逃遁。这一战荆南兵大败，被俘斩五千级。夔州刺史王成先秘密派人向蜀主王建奏告王宗寿不给士兵配备甲胄的情况，结果被王宗寿截获，于是王宗寿召见王成先，并斩杀了他。

大家还记得当年在王建创业之时，为民请命的书生王先成吗？他为了保护百姓，向负责攻打彭州的将领王宗侃陈说利害，后来彭州久攻不下，又是王先成提出了用修筑龙尾道的方法攻城。所谓“龙尾道”是一种用土堆筑的斜坡，从距离城墙较远的地方开始堆筑，越靠近城墙堆得越高，等于是一点点修出来一条通往城墙顶部的楼梯。用了这种方法，彭州终于攻下来了。后来，王先成累功至夔州刺史，又在迎击荆南的战斗中立了大功。就是这样一位功臣良将，却被王宗寿擅自杀害，王建知道了以后，也只是发了一通火而已，看来此时的王建真的大不如前了。（史书记载有王成先，亦有王先成，当为一人。）

长江三峡上有一座挡水的堤坝，有人劝说蜀主王建趁夏秋江水涨时，决开堤坝，直灌江陵。前蜀礼部尚书判枢密院毛文锡进谏说："高季昌不服，其民何罪！陛下方以德怀天下，忍以邻国之民为鱼鳖食乎！"王建于是停止了水灌江陵的计划。毛文锡为民请命，值得我们纪念。

4. 吴楚相争

后梁乾化四年（914年）四月，吴国袁州（今江西宜春）刺史刘崇景叛附于楚，楚王马殷派遣许贞率领万人增援。吴国派遣都指挥使柴再用、米志诚等率军讨之。

楚国岳州（今湖南岳阳）刺史许德勋率领水军巡边，夜半时分，南风暴起，于是许德勋的部将都指挥使王环顺势乘风到达吴国的黄州（今湖北黄冈），以绳梯登城，直达州署，执吴黄州刺史马邺，大掠而还。许德勋说："吴国的鄂州将阻截我们，应当防备。"王环却回答："我军入黄州，鄂人不知，奄过其城，彼自救不暇，安敢邀我！"于是大摇大摆展旗鸣鼓而行，鄂州的吴军果然不敢逼近。王环真是胆识过人啊。

5. 蜀退南诏

前蜀永平四年，也即后梁乾化四年（914年）十一月，南诏入寇蜀国的黎州（今四川汉源北）。蜀主王建派遣夔王王宗范、兼中书令王宗播、嘉王王宗寿为三招讨，阻击南诏。二十四日，蜀军败南诏军于潘仓嶂（今四川汉源县东北），斩其清平宫赵嵯政。三十日，又败之于山口城（汉源南）。十二月，蜀先破南诏武侯岭十三寨（今汉源大渡河南），又大败南诏军于大渡河，俘斩数万级。南诏人争先恐后地抢着过河逃跑，桥被压断，又有数万人被水淹死。蜀军准备做浮桥渡过大渡河继续追击，蜀主王建命令王宗范等撤军，召回成都。翌年正月初八，蜀主王建驾御得贤门接受蛮夷的俘虏，并大赦了他们。起初，黎、雅蛮夷酋长刘昌嗣、郝玄鉴、杨师泰三人虽然内属于唐，受爵赏，号金堡三王，而潜通南诏，并为南诏充当侦察和向导。唐代镇蜀者多文臣，虽知其情，不敢诘问。至是，蜀主以泄露军谋之罪，将几人斩于成都，毁金堡。以后南诏不复犯边。

6. 岐、蜀相攻

前蜀王建与岐王李茂贞的战斗仍在继续。

十二月二十一日，蜀兴州刺史兼北路制置指挥使王宗铎向岐国的阶州和固镇发起进攻，攻下细砂等十一寨，斩杀四千人。二十二日，指挥使王宗俨破岐长城关第四寨，斩首二千级。岐静难节度使李继徽，为其子李彦鲁所毒而死，李彦鲁自为留后。

第八节

魏博军内乱，晋统一河北（915 年）

1. 魏州之战

乾化五年(915 年)三月，天雄节度使兼中书令邺王杨师厚卒。杨师厚(？—915 年)，颍州（今安徽阜阳）斤沟人。唐末为河阳节度使李罕之部将，后投靠梁王朱温。在唐末藩镇混战中，杨师厚为朱温吞并淄青、破山南东道，立下汗马功劳。后梁立国后封检校太保、同平章事。梁、晋交战，杨师厚数次为招讨使，率领梁军东征西讨，于蒙阬、枣强数役出力尤多。梁太祖崩，杨师厚逐罗周翰而据魏博。郢王朱友珪篡位后，以之为天雄军节度使。梁末帝朱友贞诛杀郢王朱友珪，亦得到杨师厚的支持。因此梁末帝朱友贞即位后封杨师厚为邺王，备受尊崇。杨师厚在魏博，仿效唐末河北牙兵之制，重建银枪效节都。杨师厚卒后，后梁为抑制强藩，开始推行分镇之策，准备将天雄军分为两镇，遂酿成魏博军乱，使后梁丧失了河北地区。

杨师厚晚年矜功恃众，擅割财赋，选军中骁勇，设置银枪效节都数千人，给赐优厚，想要恢复当年牙兵之盛。梁末帝虽然外表对杨师厚加以尊礼，内心实则忌之。杨师厚死后，梁末帝去掉了心头之患，在皇宫中暗暗受贺。

租庸使赵岩、判官邵赞为梁末帝出主意说："魏博为唐腹心之蠹，二百余年不能除去者，以其地广兵强之故也。罗绍威、杨师厚据之，朝廷皆不能制。陛下不乘此时为之计，所谓'弹疽不严，必将复聚'，安知来者不为师厚乎？宜分六州为两镇以弱其权。"梁末帝深以为然。于是，梁末帝乘天雄军节度使杨师厚卒，魏博无帅之际，欲将魏博分而治之，以防后继藩镇依仗骄兵悍将和银枪效节都而难以制驭。天雄军原来管辖魏州、博州、贝州、相州、澶州、卫州六州之地，朱友贞封贺德伦为天雄节度使，以魏博北部贝、博、魏三州仍为天雄军；封张筠为昭德军节度使，以魏博南部澶、卫、相三州为昭德军，治相州（今河南安阳）。原魏博将士、府库资财均一分为二。为防魏博士兵不服，梁末帝派开封尹名将刘鄩以讨镇、定为名，帅六万人过黄河，成威慑之势。

魏州士卒皆父子相承数百年，族姻盘结，不愿分徙。梁新任天雄军节度使贺德伦屡次催促士卒分别赴镇，军士、家眷怨声载道，甚至连营聚集在一起号啕大哭。

贺德伦担心军变，于是将情况告诉了刘鄩。三月二十九日，刘鄩的军队进屯南乐（南乐县在魏州南四十四里），并且先派遣澶州刺史王彦章率领龙骧五百骑入魏州，屯驻金波亭。魏州的士兵见朝廷威逼，于是私下相互谋划道："朝廷忌吾军府强盛，欲设策使之残破耳。吾六州历代藩镇，兵未尝远出河门（魏州城外有河门旧堤），一旦骨肉流离，生不如死。"当天晚上，魏州军乱，纵火大掠，围金波亭，王彦章斩关而走。第二天早上，乱兵攻入牙城（内城），杀贺德伦之亲兵五百人，劫贺德伦置于牙城的城楼之上。原杨师厚所置银枪效节军校张彦自率其党，拔出白刃，制止剽掠，并且让贺德伦上奏朝廷，请求朝廷收回成命，恢复旧制。

四月，梁末帝派遣供奉官扈异前往抚慰魏军，并许诺让张彦做刺史，但不同意恢复旧制。张彦一再恳求，梁国的使者一再往返，但梁末帝朱友贞始终坚持不可恢复旧制。张彦手裂诏书掷之于地，用手指着南面大骂朝廷，对贺德伦说："天子愚暗，听人穿鼻。今我兵甲虽强，苟无外援，不能独立，宜投款于晋。"遂逼贺德伦写书信求援于晋。

晋王李存勖得贺德伦书，立即命马步副总管李存审自赵州进据临清。五月，李存审军至临清，后梁名将刘鄩军屯洹水（临清在魏州之北，洹水在魏州之西）。贺德伦复遣使告急于晋，晋王引大军自黄泽岭东下，与李存审会于临清。此时晋王李存勖仍在怀疑魏人有诈，按兵不敢轻易进军。贺德伦派遣判官司空颋犒军。司空颋是贺德伦的心腹之人，向晋王秘密报告了魏州军乱的原委，并向李存勖献计说："除乱当除根。"因言张彦凶狡之状，劝晋王先除之，则无虞矣。晋王默然不语。

晋王李存勖进屯永济（在今河北馆陶东北）召张彦等人到军营议事。张彦选银枪效节五百人，皆执兵自卫，到永济谒见晋王。晋王李存勖命令军士分立驿门两侧，自己登上驿楼。张彦等人到来后，晋王喝令军士将他拿下，并擒获另外七个张彦的死党。张彦等人大呼冤枉，晋王在驿楼上对他说："汝陵胁主帅，残虐百姓，数日中迎马诉冤者百余辈。我今举兵而来，以安百姓，非贪人土地。汝虽有功于我，不得不诛以谢魏人。"遂斩张彦及其党七人，余众股栗。晋王又下令说："罪止八人，余无所问。自今当竭力为吾爪牙。"众皆拜伏，呼万岁。第二天，晋王缓带轻裘而进，令张彦之卒擐甲执兵，翼马而从，仍以为帐前银枪都，众人越发心悦诚服。（晋王不披甲胄，缓带轻裘，以示自己对余众的信任。）

刘鄩闻晋军至，选兵万余人，从洹水赶赴魏县。晋王留李存审屯临清，遣史建瑭屯魏县以拒刘鄩。晋王也率亲军至魏县，与刘鄩夹河为营。梁末帝听闻魏博反叛，既悔且惧，派天平节度使牛存节率兵屯杨刘，声援刘鄩。恰逢牛存节病故，以匡国节度使王檀代之。

六月，贺德伦率将吏迎晋王入魏州军府，奉印节，请晋王兼领天雄军。李存勖谦让道："我闻城中生灵涂炭，才来拯救百姓于水火之中。还没来得及考察民情，你就把印信给了我，这可并非是我的本意啊。"（比闻汴寇侵逼贵道，故亲董师徒，远来相救；又闻城中新罹涂炭，故暂入存抚。明公不垂鉴信，乃以印节见推，诚非素怀。）贺德伦再次拜道："德伦不才，如何能继续统帅天雄军？况且军情紧急，一旦有什么闪失，就辜负了大王的恩情。还望大王莫再推辞！"（今寇敌密迩，军城新有大变，人心未安，德伦心腹纪纲为张彦所杀殆尽，形孤势弱，安能统众？一旦生事，恐负大恩。）李存勖于是接下印信，改任贺德伦为大同节度使。贺德伦辞别晋王，行军到了晋阳，却被张承业留下不让他去赴任。（大同军为晋国北部边境，贺德伦新附，张承业不欲使其有城有兵，故留之。）

魏博天雄军自此由梁入晋，晋国实力大增。

当时银枪效节都在魏州尤为骄横，晋王下令："自今有朋党流言及暴掠百姓者，杀无赦！"以沁州刺史李存进为天雄都巡按使。有造谣惑众及强取人一钱以上者，李存进皆枭首磔尸于市。旬日之间，城中肃然，无敢喧哗者。

晋王多出征讨，天雄军府事皆委判官司空颋决之。司空颋恃才挟势，睚眦必报，纳贿骄侈。司空颋有个侄儿在河南，司空颋秘密派人把他召来，都虞侯张裕执其使者并报告了晋王。晋王责备司空颋说："自从我得到魏博以后，日常事务都委托你来处理，你为什么如此欺骗我？难道不可以事先向我报告吗？"（自吾得魏博，庶事悉以委公，公何得见欺如是？独不可先相示邪？）于是令司空颋归第，当日，族诛于军门，以判官王正言代之。

魏州孔目吏（财政官）孔谦，勤劳敏捷，有一定的财会技能，善于管理簿记账册，晋王任命他为支度务使。孔谦能够婉转变通，讨好有权势的要人，因此晋王对他的宠信和任用也越来越稳固。魏州新乱之后，府库空竭，民间疲弊，而聚三镇之兵战于河上，将近十年，但是军队的供给从未有过短缺，全靠孔谦之力。然而急征重敛，使魏博六州的百姓愁苦不堪，以致百姓归怨于晋王，亦是孔谦所为。孔谦此人后来在后唐掌管财政，我后面还会讲到他。

张彦献魏博叛归晋国时，贝州刺史张源德不从。北面联合沧州、德州，南面连接刘鄩来抵御晋军，曾多次断绝镇州、定州的粮路。有人劝晋王说："请先派兵万人夺取张源德占据的贝州，然后再向东夺取沧州、景州，这样沿海一带的地方都可以归我们晋国所有。"晋王说："不。贝州城防坚固，兵士很多，仓促之间难以攻取。德州隶属沧州，且没有防备，如能夺取德州并派兵戍守，如此沧州、贝州不得往来。此二州孤立之后，自然可以夺取。"于是晋王派遣五百骑兵，昼夜兼行，奔袭德州。德州刺史没想到晋军会突然到来，翻越城墙逃走，德州被晋军轻易攻下，晋王任命辽州守捉将马通为德州刺史。

秋，七月，晋军夜袭澶州，陷之。此时澶州刺史王彦章正在刘鄩军中，晋军在城内俘获了王彦章的妻子儿女，待之甚厚。然后晋军派出密使前去诱降王彦章，王彦章斩杀晋使，晋军尽灭王彦章全家。晋王任命魏州将领李岩为澶州刺史。

晋王李存勖劳军于魏县，李存勖向来喜欢冒险，有一次只率领一百多骑兵循河而上，去刘鄩军营挑战。刘鄩事先得知此事，暗暗设下埋伏。刚好当时天色阴晦，刘鄩伏兵五千于河曲丛林间，鼓噪而出，将晋王重重包围。晋王骁勇，跃马大呼，帅骑驰突，所向披靡。裨将夏鲁奇等操短兵力战，保护李存勖突围。自午时战至申时，大战好几个时辰，李存勖才率晋军突出重围。晋军一共损失了七名骑兵，夏鲁奇手杀百余人，伤夷遍体。梁军还不肯罢休，在后面紧追，夏鲁奇请晋王先行，自己率百名骑兵断后。在这千钧一发之时，救星到了。李存审率领救兵到来，击退梁军，保护李存勖回营。李存勖检点骑兵，七人阵亡。晋王顾谓从骑曰："几为虏嗤。"（差点让敌人看了笑话。）骑兵应声道："适足使敌人见大王之英武耳。"夏鲁奇，青州人也，晋王于是更加喜爱夏鲁奇，赐姓名曰李绍奇。此战虽然李存勖侥幸逃脱，但是他轻敌浪战的性格不改，今后还要再吃大亏。

刘鄩以为晋兵尽在魏州，晋国的老巢晋阳必定空虚，欲以奇计袭取之，于是悄悄地引兵自黄泽西去。刘鄩数日不出，杳无音信，李存勖起了疑心，遣骑窥探，城中无烟火，但时见旗帜树立，往来于城堞，很是整齐。晋王说道："吾闻刘鄩用兵，一步百计，此必诈也。"再派人侦察，原来是缚刍为人（扎了许多稻草人），执旗乘驴在城上。找到城中老弱者一问，才知道刘鄩大军去已二日矣。晋王说："刘鄩长于袭人，短于决战，计彼行才及山下。"（刘鄩以为我军都在魏州，便想乘虚奔袭晋阳，计策的确厉害。但是刘鄩的长处在于奇袭，短处在于不能决战。我料他前行不远，我军只需飞速追击，不难取胜。）于是派出骑兵万人，急追而去。

果然，刘鄩的军队偷偷翻越黄泽岭，想要奇袭晋阳。当时刚好阴雨积旬，黄泽道险，堇泥深尺余，刘鄩的士卒只得攀援藤葛而进，皆腹疾足肿，有的甚至失足摔死，死者十之二三，因此不能疾速前进。晋将李嗣恩倍道兼程先入晋阳，城中得到消息，赶紧做好防备。刘鄩行至乐平，粮草已尽，又听说晋阳早有防备，后面又有追兵到来，刘鄩的部队军心动摇，行将溃散。刘鄩哭着对将士们说道："今去家千里，深入敌境，腹背有兵，山谷高深，如坠井中，去将何之！只有力战才有可能生还，不然就以死报答君亲吧。"众人都被刘鄩的忠义感动，暂时稳住了局面。

周德威听闻刘鄩西袭晋阳，连忙从幽州率千骑救晋阳，行至土门，刘鄩已经整军下山，从邢州陈宋口渡漳水而东，屯于宗城。刘鄩此次往还，军马损失大半。

当时晋军的粮食也很紧张，刘鄩得知临清有积蓄，欲占据临清以绝晋粮道。周德威日夜兼程，追赶刘鄩，到了南宫，周德威的骑兵抓住了刘鄩的数十名斥候，于是砍断他们的手腕，然后将他们放回，令他们回去报告说："周德威已占据临清了！"刘鄩大吃一惊，不敢轻举妄动，哪知正中周德威之计。到了第二天早上，周德威的军队从刘鄩军营前一掠而过，疾驰而入临清。刘鄩见中了周德威之计，后悔不迭。

刘鄩见攻占临清无望，急忙引兵前往贝州。李存勖连连得到军报，得知刘鄩自西返东，追兵未能得手，于是屯兵博州，与周德威遥相呼应。周德威紧追刘鄩到了堂邑，对刘鄩军发起攻击，互有死伤而不克。翌日，刘鄩移军于莘县，晋军也尾随而来。刘鄩于是整治莘城，设堑固守，并且自莘城到河边筑甬道以运粮饷。晋王扎营于莘城偏西三十里，烟火相望，一日数战而未分胜负。李存勖又分兵攻打刘鄩甬道，用大刀阔斧斩伐栅木，刘鄩督兵坚守，随坏随修，晋军也是无可奈何。

2. 邠、宁叛岐

岐国的静难节度使李继徽被其子李彦鲁毒死，李彦鲁自为留后。后梁乾化五年（915 年）四月，李继徽养子李保衡杀李彦鲁，以邠、宁二州地（今陕西彬县、宁县）叛岐附梁。梁以李保衡为感化节度使（治所在华州），而以霍彦威为静难节度使。岐王遣彰义节度使刘知俊围之，霍彦威固守州城。

3. 徐温父子尽专吴政

后梁乾化五年（915 年）八月，吴国以镇海节度使徐温为管内水陆马步诸军都指挥使、两浙都招讨使、守侍中、齐国公，镇润州（今江苏镇江），以升、润、常、宣、歙、池六州之地为其巡属。徐温留子徐知训于广陵秉掌吴政，自己居外遥决军国大事如故。

4. 后梁康王之乱

后梁乾化五年（915 年）十月，后梁康王朱友敬（太祖第八子）以己目有重瞳，当为天子。乘梁末帝德妃出葬之机，于二十四日夜遣心腹藏于梁末帝寝殿之中，欲弑帝，但是被梁末帝发觉。二十五日，梁末帝召宿卫在殿中搜索刺客，得而诛之。经此事之后，梁末帝疏忌宗室，专任租庸使赵岩及德妃兄弟张汉鼎、张汉杰等人，赵、张之辈依势弃权，卖官鬻爵，离间旧日将相。敬翔、李振等虽为执政大臣，所言多不用。李振常常称病不预政事，以躲避赵岩和张氏兄弟。于是后梁政事日紊，直至灭亡。

5. 蜀略岐地

前蜀永平五年、后梁乾化五年（915年）八月，蜀以王宗绾、王宗播攻岐秦州（今甘肃秦安北）；王宗瑶、王宗翰攻岐凤州（今陕西凤县东北）。十一月，王宗翰领兵出青泥岭（今甘肃徽县南），与岐秦州守将战于泥阳川，蜀军败退。但是王宗绾一路蜀军战胜了秦州军，乘胜直趋秦州，十八日又取岐国成州（今甘肃成县）。岐秦州节度使李继崇降于蜀，王宗绾入秦州。当时，岐大将刘知俊因奉命攻打后梁霍彦威于邠州不克，惧罪，亦奔降蜀军。此后王宗绾又与王宗瑶会师，于二十七日攻克凤州。蜀将王宗铎在此前已取岐阶州（今甘肃武都东）。自此，前蜀获得了原属岐国的秦、凤、阶、成四州之地。

6. 岭南绝于梁

后梁贞明元年（915年）年末，清海、建武节度使兼中书令、南海王刘岩认为钱镠已封为吴越国王，而自己仅为南海郡王，乃上表于梁，求封南越国王，加都统，后梁未允。刘岩说道："今中国纷纷，孰为天子？安能跋涉万里，远事伪朝乎？”自是不再入贡于梁，为其日后建国奠定基础。

7. 吴越国置都水营田使

吴越王钱镠以东南一隅之地，处干戈扰攘之际，以务农为先，富境强兵。吴越设都水营田司，专掌水利之事，募卒为都，称撩浅、撩清、撩湖、撩河，治河筑堤。凡河流沟渠悉有堰闸之制，百姓旱则引水溉田，涝则排水出田，又开东府南湖，水利之法甚为完备。因此钱氏治吴越百年间，岁多丰稔，少有水患。吴越钱镠征用民工，修建钱塘江捍海石塘，由是“钱塘富庶盛于东南”。又在太湖流域，普造堰闸，以时蓄洪，不畏旱涝，并建立水网圩区的维修制度，由是田塘众多，土地膏腴，有“近泽知田美”之语。他还鼓励扩大垦田，由是“境内无弃田”，岁熟丰稔。两浙百姓都称其为“海龙王”。

8. 楚王马殷与南海王刘岩联姻

岭南是马殷对外扩张领土最为有利的方向。马殷对岭南领土的争夺最早可以上溯至唐光化三年（900 年）。光化三年十月，马殷派遣李琼打败岭南节度使刘士政，获得桂、宜、柳、岩、象五州之地。开平二年（908 年），马殷再次派遣吕师周攻击岭南，与清海节度使刘隐（刘岩之兄）十余战，获得昭、贺、梧、蒙、龚、富六州之地。此时马殷的力量正在逐步壮大，马楚与刘氏围绕高州（今广东茂名）和容州（今广东容县）展开争夺。在唐末抗击黄巢的过程中，宁远节度使庞巨昭、高州防御使刘昌鲁曾经立功，因而在岭南据有一席之地。刘隐在被唐王朝任命为清海节度使后，积极在岭南扩充力量，但高州刘昌鲁、容州庞巨昭拒不依附。开平四年（910 年）二月，刘隐派遣其弟刘岩攻打容、高二州，但无功而返。

刘隐的步步紧逼使得高州刘昌鲁和容州庞巨昭投靠了楚王马殷。马殷立即派遣横州刺史姚彦章率兵接应。姚彦章先至容州，节度使庞巨昭举州归降。又到高州，以兵护送庞巨昭、刘昌鲁家族和士卒千余人归长沙。楚王马殷任命姚彦章知容州事，以刘昌鲁为永顺节度副使。马殷取得了容州和高州，容州和高州与之前取得的昭、贺、梧、蒙、龚、富六州连成一片，使马殷的势力范围几乎直达南海。

容州和高州投向楚王马殷，马殷的势力几乎贯穿岭南，这对岭南刘氏显然构成了巨大威胁。而马殷尽管取得了容、高二州，但由于此二州深入岭南腹地，周围缺少有效拱卫，也难以实现稳固控制，要花费大量人力物力维持。乾化元年（911 年），刚刚继承清海节度使之位的刘隐之弟刘岩遣兵攻击容、高二州，容、高二州孤悬岭外，力量单薄，刘岩很快迫使姚彦章弃容州而走。容州陷落后，高州与马楚的联系被切断，成为孤城，旋即也被攻陷。马殷和刘氏对岭南的争夺不断激化。由于马殷和刘岩在名义上都是后梁的藩臣，后梁朝廷对两者进行了调和。乾化二年（912 年）五月，后梁派遣右散骑常侍韦戬进行调和。马殷已经确立了政治上的“事大政策”，加之势力伸展过远，控制岭南要花费许多人力物力，同时还要集中力量对付杨吴，因此楚王马殷乐于缓和与岭南刘氏的矛盾。而刘岩虽然重新夺回了容、高二州，但实力上仍不足以与马殷抗衡，因此也愿意接受调解。马殷与岭南刘氏的矛盾趋于缓和。

南汉谋臣杨洞潜力劝刘岩利用两者和好的时机与马殷联姻，实现“以靖边隅”和“为久计”的目的。乾化三年（913 年）十月，“高祖（刘岩）年二十八，将择偶，以楚新睦，欲结为婚姻，遂使如楚求后，武穆王（马殷）许之”。贞明元年（915 年）八月，“刘岩逆妇于楚，楚王殷遣永顺节度使存送之”。马楚与南汉的联姻关系正式形成。

第九节

名将刘鄩怀才不遇，辽阿保机称帝建元

（916年）

1. 刘鄩连败

晋王李存勖于后梁贞明元年（915年）夏得到魏博，与先期率六万兵力过黄河威慑魏博的梁将刘鄩（就是当初奇袭兖州的那位名将）相峙于河北。刘鄩先欲偷袭晋阳（今山西太原），因天气原因，加之粮草已尽，半途而废；后又想取临清（今河北临西）的储备物资，以绝晋军给养，亦未得逞，遂迁师于莘县（今山东莘县），坚壁不战以伺机反攻。晋军则扎营于莘西三十里，

两军营火隔水相望。十月，刘鄩遣卒诈降于晋，想要贿赂厨师毒杀晋王，被识破，晋王杀之并其党五人。

这边前线刘鄩连连用计失败，另一边梁末帝朱友贞却对刘鄩按兵不战深为不满，责怪刘鄩劳师费粮，一再催促刘鄩与晋军决战。梁末帝给刘鄩的诏书中说："阃外（城外）之事全付将军，河朔诸州一旦沦没，今仓储已竭，飞挽（粮草）不充，将军与国同心，宜思良画！"刘鄩回奏了军前情形，说明晋国军力强盛，不可轻战，只可缓图。刘鄩奏曰："臣本来欲以奇兵捣其腹心（指袭取晋阳），再回军攻取镇、定，然后再清河朔。无奈天未厌乱，淫雨积旬，粮竭士病。又欲据临清断其馈饷，而周杨五（指周德威）突然杀来，驰突如神。臣今退保莘县，训练士兵等待时机，再图进取。晋军兵数甚多，长于骑射，实乃劲敌，不可轻视。如果有隙可乘，臣岂敢按兵不动以养贼寇！"

奏章呈上去后，刘鄩又接到梁末帝手谕，问他决胜之策。刘鄩无奈，只得回奏道："臣今无策，唯愿给每人配给十斛粮，贼可破矣。"梁末帝朱友贞大怒，再次下手谕讥讽刘鄩道："将军蓄米，欲破贼邪？欲疗饥邪？"并派中使到前线督战。

刘鄩接到手谕，不得已召集诸将说："主上深居禁中，不知军旅，徒与少年新进辈（指赵岩、张氏兄弟之流）谋之。用兵之道重在临机应变，很多情况不可预知。现在晋军兵强马壮，如果与之决战必然失利，众将军有何良策？"可是诸将也都说："胜负终需一战，如此旷日持久地耗下去，也不是好办法。"刘鄩默然退到帐外，对亲信说道："当今主暗臣谀，将骄卒惰，吾不知将会死于何地啊！"

过了几日，刘鄩复召诸将列坐军门，每人面前放了一大杯河水，令诸将一饮而尽。众将莫测高深，或饮或辞。刘鄩说道："一器犹难，滔滔之河，可胜尽乎！"众皆失色，不敢出言。

又过了数日，刘鄩欲乘镇州兵和定州兵不备，率万余人袭击镇、定兵营，晋军李存审以骑兵两千横击之，李建及以银枪军千人助战，刘鄩大败。晋军一直追到刘鄩营寨下，俘获千计。刘鄩号称一步百计，如今只能徒唤奈何。

晋军以骑兵为主，梁军以步兵为主，在野战中看来骑兵确实拥有绝对优势。

刘鄩在前线无计可施，可是朝廷仍不断派人前来，催促刘鄩决战，刘鄩仍然坚守不出。贞明二年（916年）二月，晋王李存勖为了引诱梁军出战，留大将副总管李存审驻守原处，自己往贝州（今河北南宫东南）劳军，并假称自己回师晋阳。刘鄩得到消息后，奏请袭魏州。梁末帝闻言，回信说："今扫境内以属将军，社稷存亡，全系此战，望将军勉之。"刘鄩令澶州刺史杨延直引兵万人会于魏州，杨延直到达魏州城南时恰好是夜半时分，魏州守将选出五百壮士从城中潜出发动袭击，杨延直毫无防备，溃乱而走。第二天早上，刘鄩从莘县率领全部兵马来到魏州城东，与杨延直的余部会合。正在此时，晋国李存审率莘县营中兵尾随而来，李嗣源见援兵到来，率魏州城中兵出战，晋王李存勖也从贝州赶到，三路兵马将梁军夹在中间。刘鄩见到晋王旗帜，大惊道："晋王邪！"于是刘鄩引兵退却，晋王尾随在后。

刘鄩撤军至故元城西（今河北大名东），与李存审相遇。晋王列方阵于西北，李存审列方阵于东南，刘鄩列圆阵于中间，真可谓四面受敌。大战良久，梁师大败，刘鄩仅以数十骑突围逃走。梁军步兵七万人，被晋军的骑兵环围而击之。败兵逃到河边挤上木桥，木桥无法承受重压突然折断。晋军追至河上，梁军杀溺殆尽。此战晋军围歼梁军七万人，刘鄩收散卒脱身南奔，自黎阳渡河退保滑州。于是后梁授刘鄩滑州节度使，屯黎阳。

梁军再袭晋阳。后梁贞明二年（916年）年初，晋王李存勖与梁将刘鄩战于河北之际，梁末帝用匡国节度使王檀之策，发河中、陕州、同华诸镇兵马三万人出阴地关（今山西霍县北），突至晋阳（今山西太原）城下，昼夜急攻。晋阳城中对此毫无防备，且大军正在河北鏖战，城中只好征集诸司工匠及市民坚守，数度濒临破城险境。河东监军张承业大惧。此时退居太原的代北故将安金全主动请缨，拜见张承业说："晋阳根本之地，若失之，则大事去矣。仆虽老病，忧兼家国，请将府库中的甲胄授予我，我当为公击之。"张承业打开兵库，将铠甲兵器授予安金全。安金全率子弟及退休老将数百人乘着夜色潜出北门，向羊马城内的梁兵发起奇袭。梁兵猝不及防，大惊退却。

此时恰逢晋昭义节度使李嗣昭得知晋阳受到攻击，遣牙将石君立率五百骑兵前来救援。石君立朝发上党（今山西长治），夕至晋阳。上党至晋阳五百余里，石君立轻骑疾驰，朝发夕至，何其速也！石君立到得汾河桥边，见有梁军把守，率军击破之，径直来到晋阳城下大呼曰："昭义侍中大军至矣。"遂入城。夜间，石君立与安金全等人分出诸门击梁兵，梁军死伤十之二三。第二天王檀率梁军大掠而还。

梁兵围攻晋阳之时，降将大同节度使贺德伦属下士兵大多逃入梁军，张承业恐贺德伦有变，收贺德伦斩之。

梁末帝朱友贞闻知刘鄩战败，王檀无功，叹息道："吾事去矣！"

晋取梁河北之地。晋自后梁贞明二年（916年）二月大败梁军后，乘胜攻梁之卫州（今河南汲县），刺史米昭降；取惠州（即磁州，今河北磁县），刺史靳绍逃走，擒斩之。四月，又拔洺州（今河北永年东南）。

六月，晋攻邢州（今河北邢台），后梁保义节度使闫宝据城以守。梁末帝派捉生都指挥使张温率兵五百救之，张温却以其众降晋。

八月，晋王李存勖亲自率军攻邢州，后梁昭德节度使张筠弃相州（今河南安阳）而逃，闫宝闻相州已破，亦举邢州而降。

九月，晋军进逼沧州，后梁顺化节度使戴思远弃沧州城（今河北沧县东南）逃奔东都。此时河朔之地尽归于晋，沧州孤悬于外，援军断绝，故戴思远不能守。沧州守将毛璋举城降晋。晋王徙李存审为横海节度使，镇沧州，以李嗣源为安国节度使，李嗣源以安重诲为中门使。晋王领地内，凡节度使都设有中门使，相当于中央朝廷的枢密使。

当时后梁贝州（今河北南宫东南）刺史张德源已据州抗晋逾一年。张德源见到河北诸州皆为晋国所有，至此亦有降意。张德源召集将士商议，众人认为此时已经穷途末路，现在穷而后降恐不能免死，于是共杀张德源，仍婴城拒守。直至城中粮尽、以人为食，方请求携械出降，并约定事定后再释甲兵，解除武装。晋国假意许之，其众三千出降，俟其释甲后，围而杀之，三千人尽死。晋王以毛璋为贝州刺史。至此，后梁河北州县尽入晋国版图，唯黎阳（今河南浚县东）尚为后梁所守，梁晋形成夹河（黄河）对峙的局面。围绕着争夺魏博镇的这场战争，以晋军全胜后梁彻底失败而宣告结束，梁末帝得知战败的消息后，哀叹说："吾大事去矣！"

2. 吴越绕道入贡于梁

后梁贞明二年（916年），后梁嘉奖吴越王钱镠贡献之勤，特加钱镠为诸道兵马元帅。吴越与后梁之间隔有淮南杨吴（杨吴不附后梁,且是吴越敌国），钱镠召人出使后梁,人皆视如畏途,无人敢应召。后梁贞明二年(916年)五月，钱镠以浙西安抚判官皮光亚为使，假道闽之建州（今福建建瓯）、汀州（今福建长汀），跨虔州（今江西赣州），然后假道楚之郴州，经潭州（今湖南长沙）、岳州（今湖南岳阳），仍假道荆南入贡于梁。至贞明四年虔州为吴攻取，吴越遂改由水路出海，经登（今山东蓬莱）、莱（今山东莱州）登陆始达大梁（今河南开封）。钱镠因为国小力弱，自知实力不足，为了能在群雄割据的乱世中生存，遂采用了向中原朝廷称臣纳贡的"事大政策"，以牵制邻国，尤其是杨吴和之后的南唐，从唐朝末年历五代而至北宋，这种政策始终未变。

3. 蜀取岐之宝鸡、陇州

前蜀通正元年（916年），也即后梁贞明二年八月，蜀以王宗绾等率十万兵自凤州（今陕西凤县东北）攻岐国宝鸡,以王宗播等领兵十二万出秦州（今甘肃秦安北）取岐之陇州（今陕西陇县）。十月，王宗绾等出大散关,破岐兵，取宝鸡;王宗播等出故关，攻陇州，岐保胜节度使李继岌（桑宏志）弃州降蜀。

两军又会同攻凤翔（岐国大本营），恰逢天降大雪，蜀撤军。

4. 契丹寇晋（天皇王阿保机）

后梁贞明二年（916 年），也即契丹神册二年八月，契丹王耶律亿（耶律阿保机）帅诸部兵马三十万，号称百万军取道麟州（今陕西神木北）、胜州（今内蒙古托克托西南），乘晋不备，攻陷河东蔚州（今河北蔚县），虏振武节度使李嗣本，转而又攻云州（今山西大同），晋大同防御使李存璋全力拒敌。九月，晋王李存勖亲自领兵救云州，行至代州，契丹闻讯撤军，晋王亦班师返回。晋王遂升任李存璋为大同节度使。

5. 契丹称帝建元

辽神册元年（916 年）十二月，契丹王耶律阿保机自称皇帝，国号契丹，建元神册，契丹国人称他为天皇王（即辽太祖）。

契丹原为胡服骑射之族，部落众多，各部落为了疆域、猎物等争夺不断。耶律阿保机以良策治军，所在部落日见昌盛，终于统一契丹八部。塞外物资匮乏，契丹族便开始了南下侵扰。而此时的中原之地也是群雄逐鹿，于是中原河北的地方势力亦时常勾引契丹以为外援，契丹则从中获利。在互相的利用与被利用中，契丹族加强了与中原的接触，中原先进的文化和政治制度给阿保机以巨大的震撼。阿保机是个善于学习的人。于是仿效汉制，以妻述律氏为后，备置百官，又在城南别建汉城，以汉人居之。阿保机自此之后野心更盛，“颇有窥中国之志”。

6. 契丹的汉人宰相韩延徽

韩延徽（882—959 年），字藏明。幽州安次（今河北省廊坊市安次区）人，辽开国功臣。韩延徽原来是刘守光手下的参军，在晋王李存勖攻略燕国时，燕王刘守光派韩延徽赴契丹求援。阿保机因燕主刘守光无信而不肯发兵救燕。在面见耶律阿保机的时候，韩延徽坚持不肯向阿保机行跪拜之礼，惹得阿保机大怒，将他扣留下来，命韩延徽牧马于野。

阿保机的皇后述律平劝谏说："此人守节不屈，乃今之贤者，为什么要让他去放马，让他受窘迫和侮辱呢？应该礼而用之啊！"阿保机觉得述律平的话很有道理，就召见韩延徽并与他谈论军国大事，韩延徽应对如流，深合阿保机心意。阿保机大喜，当下就下令让韩延徽参与军政谋划，韩延徽从此成为阿保机的谋主。

契丹在进攻党项、室韦，征服各部落的战争中，韩延徽筹划出力最大，深得阿保机信任。接着韩延徽又奏请阿保机建牙开府，建立城郭，对城乡加以分别，又建造汉城让被降服的汉人居住下来，并为这些汉人择定配偶，让他们垦艺荒田，由是汉人各安生业，逃亡者益少。契丹威服诸国，韩延徽出力甚大。

韩延徽毕竟思念汉地，有一次偷偷跑回幽州探视家人，乘便到了晋阳，拜见晋王李存勖。晋王李存勖想将韩延徽留在幕府，命他掌管文书。晋王手下的掌书记王缄妒忌韩延徽的才能，于是秘密向李存勖告状，说韩延徽反复无常，先为燕国做事，又称臣于契丹，现在又来到晋国，不可信赖。韩延徽惧祸，东归幽州省母后，复归契丹。

阿保机失去韩延徽，如失臂膀，现在韩延徽复归，阿保机喜出望外，拍着韩延徽的后背说："这段时间你到哪里去了？"（契丹主闻其至，大喜，如自天而下，拊其背曰："向者何往？"）韩延徽说："我思念母亲，想回乡探母，怕您不允许，我就自己偷偷地跑回去了。"（延徽曰："思母，欲告归，恐不听，故私归耳。"）阿保机又问他去而复来的缘故。韩延徽说："忘弃父母称为不孝，背弃君王乃是不忠，臣尽管斗胆逃走，臣的心却是在陛下这里。所以臣又回来了。"（太祖问故。延徽曰："忘亲非孝，弃君非忠。臣虽挺身逃，臣心在陛下。臣是以复来。"）阿保机听了他的话，大喜，给他赐名为"匣列"，"匣列"在契丹语中是"复来"的意思。而且当下任命韩延徽为守政事令、崇文馆大学士，信用如故，中外事悉令参决。

契丹建国之初，百事草创，营都城，建宫殿，正君臣，定名分，法度井然有序，史称皆韩延徽之力。辽太祖与韩延徽这种君臣间的信任和配合，古来可贵，在中原王朝也是并不多见的。阿保机称帝，即以延徽为相，累迁至中书令。当初，韩延徽南奔，耶律阿保机梦见有一白鹤从帐中飞出；而韩延徽快回来的时候，耶律阿保机又梦见白鹤飞入帐中。第二天早晨，耶律阿保机就对侍臣说："延徽来了。"不久，韩延徽果真回来了。

后来李存勖派人出使契丹，韩延徽借机给李存勖写了一封信，讲述自己北上契丹的原因，他在信中说："不是我不留恋英主（指晋王李存勖），不是我不思念故乡，我之所以不留在您那里，是因为害怕王缄陷害我，因此我把老母亲托付给您，请您照顾她。"韩延徽还在信中向李存勖保证："只要我韩延徽在契丹，就保证契丹不会南侵。"晋王李存勖时常命幽州长官去看望韩延徽的母亲，让她丰衣足食、安享晚年。韩延徽感晋王知己，劝契丹勿深入为寇，故终后唐庄宗之世，二国无大战，契丹不深入为寇，韩延徽亦有力焉。（《契丹国志》记载："晋王遣使至契丹，延徽寓书于晋王，叙所以北去之意，且曰：'非不恋英主，非不思故乡，所以不留，正惧王缄之谗耳。因以老母为托。'且曰：'延徽在此，契丹必不南牧。'故终同光之世，契丹不深入南牧，延徽之力也。"）

7. 闽浙联姻、晋楚通好

后梁贞明二年（916 年）十二月，吴越王钱镠为其子钱传瓘迎娶闽王王审知次女，自是，闽与吴越通好。楚王马殷听闻晋王李存勖平河北，遣使通好，晋王亦遣使报之。

8. 前蜀改元天汉，改国号大汉

前蜀通正元年（916 年），也即后梁贞明二年十二月二十七日，蜀大赦，改次年为天汉元年，国号大汉。

9. 闽铸铅钱

后梁贞明二年（916 年），闽铸铅钱，与铜钱同时流通。

第十节

契丹南下互有胜负，梁晋夹河大战不休
（917年）

1. 卢文进投奔契丹

后梁贞明三年（917年）二月，晋国新州（今河北涿鹿）威塞军防御使李存矩（李存勖之弟）骄惰不治，侍婢预政，苛虐士卒。

当时晋王李存勖命李存矩招募山北部落骁勇者及刘守光手下的逃亡士兵以增加军力，又命百姓贡献战马。百姓本来并不养马，有的人家只得卖牛换马，马价腾贵，甚至有卖掉十头牛而换一匹战马的。官府逼迫甚急，百姓怨声载道。

李存矩收得五百骑，要亲自送交给李存勖，并以寿州刺史卢文进为裨将。从行的人都不愿长途跋涉，而李存矩并不体恤部下。一行人到了祁沟关，小校宫彦璋与士卒密谋说："听闻晋王与梁人确斗，骑兵死伤不少。我等抛弃父母妻子，长途跋涉，战于异乡，千里送死，而长官却并不体恤，奈何？"众人说："杀掉防御使（李存矩），拥卢将军（卢文进）还新州，据城自守，其如我何？"于是士兵们手持兵器大声鼓噪，径直拥入李存矩住处。当时天刚蒙蒙亮，李存矩尚未起床即被乱兵所杀。乱军推裨将卢文进为首，卢文进无法约束，拊膺哭李存矩尸曰："奴辈既害郎君，使我何面复见晋王！"于是卢文进被众人所拥，返回新州，守将杨全章拒之，无法入城。又攻武州，为晋国雁门以北都知防御兵马使李嗣肱所败。周德威又遣兵追讨，卢文进不得已率乱军北奔契丹。晋王闻李存矩不道以致乱，杀其侍婢及幕僚数人。

卢文进既奔契丹，于是助契丹为向导，引契丹兵占领了新州，卢文进留下部将刘殷为新州刺史，令他驻守新州。云、朔二州非常恐慌，李存勖急忙调幽州节度使周德威率兵三万迎战契丹。周德威来到新州城下，见到契丹兵势正盛，又听闻契丹皇帝阿保机率兵三十万前来援应，周德威料到不能对战，于是引兵退回。半途上，突然喊声大震，契丹骑兵已经杀到，周德威见胡骑漫山遍野杀来，急忙布阵。契丹骑兵凭着一股锐气，杀入阵中，周德威招架不住，损失了无数人马，被契丹大败，仅剩数千人保护周德威退回幽州。

后梁贞明三年（917 年）三月，契丹乘新州（今河北涿鹿）之胜，进围幽州（今北京），号称有兵百万，毡车毳（cuì，鸟兽羽毛）幕弥漫山泽。卢文进教给契丹攻城之法，挖掘地道，昼夜四面俱进，城中则挖掘地穴，燃烧膏油以抵御。卢文进又教契丹在城边堆土山，城中熔铜以洒之，日杀千计，而攻之不止。幽州节度使周德威一面派人向晋王告急，一面拒城固守。

晋王收到周德威告急的文书时，正与后梁相持于河上，欲分兵则兵少，欲不救又恐失掉幽州，于是与诸将共同商议。众将之中，唯有李嗣源、李存审、闫宝三人劝晋王救之。晋王大喜道："昔日唐太宗得一李靖犹擒颉利，今吾有猛将三人，复何忧哉！"对于作战方略，李存审和阎宝认为契丹深入作战，没有辎重粮草，势必不能持久，待其野无所掠，粮草耗尽后自然会撤军，到时候再进行追击。李嗣源反对这种做法，说道："周德威社稷之臣，今幽州朝夕不保，恐变生于中，事情危急，没有时间等待契丹退兵了。臣请身为前锋以赴之！"晋王道："公言是也。"当日，便命李嗣源整军出发。

夏，四月，晋王命李嗣源率军先进，驻扎在涞水。阎宝率镇、定之兵随后赶来。晋王以李嗣源、阎宝兵少，又命李存审率兵增援。

契丹围困幽州已经二百天了，城中粮草已尽，日渐危困。李嗣源、阎宝、李存审率步骑七万会于易州，李存审分析说："契丹兵马众多，敌众吾寡，而且契丹多为骑兵，我方多为步兵，若在平原相遇，契丹以万骑蹂躏吾阵，我方将无遗类矣。"李嗣源说道："契丹无辎重，而我方必须载粮食自随，若在平原相遇，敌方抄掠我方粮草，吾不战自溃矣。契丹人擅长野战，我军擅长利用险要地势，不如从山道偷偷行军，赶往幽州。到了幽州后，与城中里应外合，就算中途遇到敌军，亦可凭险自固。"于是晋军自易州（今河北易县）避开平原，翻越大防岭，向东行军，取山路赴幽州。李嗣源与养子李从珂率三千骑兵做先锋，轻装上阵，火速行军，在距幽州城六十里处与契丹军遭遇。李嗣源父子奋力作战，契丹人未尝料到晋军如此神速，惊慌退却，晋军就尾随在契丹兵之后。契丹军行于山上，晋军行于涧下，每到谷口，契丹就邀击晋军，李嗣源父子力战，乃得进。

行至山口，契丹万余骑兵挡住李嗣源去路，将士见到如此多的契丹骑兵，都惊慌失措。李嗣源父子率百余骑兵先行来到契丹阵前，脱去头盔，挥舞马鞭，用胡语对契丹说道："你们无缘无故背弃盟约，侵我疆土，实属可恨。晋王命我率大军百万，直抵西楼，灭汝种族。"契丹兵听闻此语，不免心惊。李嗣源趁势杀入，跃马奋檛（zhuā），三入敌阵，斩契丹酋长一人。晋军怒马向前，后军齐进，契丹兵退却，晋兵始得出。

另一边李存审命步兵伐木为鹿角，每人手持一支鹿角，一旦停止进军，就将鹿角插在地上围成城寨。契丹骑兵环寨而过，寨中发万弩射之，流矢遮天蔽日，契丹人马死伤塞路。将到幽州之时，契丹列阵以待。李存审命步兵列阵于后，戒勿动，先令羸弱之兵点燃柴草拖曳而进，一时间烟尘蔽天，契丹莫测晋军有多少兵马，不得已出阵迎战。双方鼓噪合战后，李存审看准时机，命步兵出阵一起奋力进攻，趁着烟雾弥漫，蹂躏敌阵。契丹大败，席卷其众从古北口逃走，一路上丢弃车帐、铠甲、旗帜、羊马漫山遍野，晋兵追击，斩获万计。李嗣源等人进入幽州，周德威见之，握手流涕。

2. 梁晋夹河大战，晋陷杨刘

李存勖得到契丹败退的消息，决定兴兵讨伐梁国。他调回李嗣源等人，择日出师。那时天气寒冷，河面上结了厚厚的冰。李存勖高兴地说道："用兵数岁，限一水不得渡，如今河水结冰，天助我也！"于是急忙赶往魏州，调兵南下。那时后梁黎阳留守刘鄩应召入朝，朝廷责备他失守河朔，将刘鄩贬为亳州团练使。后梁失去大将刘鄩，无人再能抵挡晋军。

后梁贞明三年（917 年）十二月二十三日，晋王李存勖乘冰封黄河之际，见到河冰已坚，领兵渡河。后梁甲士三千戍守杨刘城（今山东东阿北），沿河数十里，列栅相望。晋王率军急攻，皆陷之。攻破沿河营栅后，晋王进攻杨刘城，命步兵斩其鹿角，以芦苇填塞壕沟，四面攻城，当日杨刘城破，俘获守将安彦之。

在晋王攻杨刘城之前，后梁租庸使、户部尚书赵岩对梁末帝进言说："陛下登基以来，尚未南郊（行祭拜天地之礼），因此大家议论纷纷，认为陛下与诸侯无异，为四方所轻。请陛下幸西都行郊礼，拜谒宣陵（朱温之陵）。"敬翔进谏说："自刘鄩失利以来，公私困竭，人心惶恐。现今如果祭拜天地，必行赏赐，是慕虚名而受实弊也。现在劲敌就在河上，皇帝怎能轻动？待到平定北方，再祭拜天地，为时未晚。"梁末帝不听劝谏，执意赴洛阳，阅车服，饰宫阙。

梁末帝到了洛阳，准备就绪，过几天就要行郊祀之礼了。忽然消息传来，杨刘城失守，而且有谣言说晋军已至大梁，扼守汜水、虎牢之险了。跟从梁末帝到洛阳的官员们皆忧其家（家在大梁），相顾涕泣。梁末帝也惶恐不已，没了主意，赶紧停止郊祀之礼，奔归大梁。

从后梁贞明三年（917 年）到龙德二年（922 年），梁晋爆发了夹河之战，双方你来我往，死伤惨重。

3. 吴赠契丹猛火油

后梁贞明三年（917 年）二月，吴王杨隆演遣使往契丹，赠契丹主猛火油（即石油），曰："攻城，以此油燃火焚楼橹，敌以水沃之，火愈炽。"契丹主阿保机大喜。这也显示了石油在战争中的应用。

4. 蜀杀刘知俊

大汉（即前蜀）天汉元年（917 年），也即后梁贞明三年十二月，前蜀以谋叛罪杀刘知俊。刘知俊（？—917 年），字希贤，徐州沛县（今江苏沛县）人。唐末为徐州时溥部下，后率部归梁王朱温，为左开道指挥使，人称"刘开道"。刘知俊骁勇善战，于后梁兼并诸镇多建战功，得为同州匡国军节度使。梁开平三年（909 年），封大彭郡王。因声望日高遭梁太祖猜忌，遂叛梁入岐，为泾州节度使。复以功为岐王左右所忌。蜀永平五年（915 年）入蜀，为武信军节度使。蜀主王建亦忌其才，尝谓所亲曰："吾老矣，知俊非尔辈所能驭也。"故见杀。

5. 布袋和尚圆寂

后梁贞明三年（917 年）三月，布袋和尚圆寂。布袋和尚，明州奉化岳林寺僧，名契此，常携一布袋行乞于市，号长汀子。体形肥胖，大腹便便，出语无定。偃卧雪中，体不濡，言人祸福有验。据传后梁贞明三年三月三日，布袋和尚圆寂于岳林寺东廊磐石上，临终述谢世偈云：

“弥勒真弥勒，化身千百亿，时时示时人，时人自不识。”

宋徽宗时赐号定应大师，又称弥勒转世。今寺庙山门所塑笑弥勒，多是布袋和尚形象。

第十一节

梁晋大战胡柳陂，朱瑾怒斩徐知训
（918 年）

1. 大战胡柳陂

后梁贞明四年（918 年）正月，晋军挟胜掠郓州（今山东东平西北），濮州（今山东鄄城北）。梁末帝朱友贞与众臣商议，想要发兵收复杨刘城。宰相敬翔上书说：“国家连年战败，疆土越来越小。陛下每日深居宫中，只与左右近臣商议军务，岂能量敌国之胜负乎？先帝之时，奄有河北，亲御豪杰之将，犹不得志。如今敌人已经到达郓州，陛下仍不能留意。臣闻李亚子即位以来，于今十年，攻城野战，无不亲当矢石，近者攻杨刘，身负束薪为士卒先，一鼓拔之。陛下儒雅守文，晏安自若（意思说梁末帝只知纸上谈兵），派贺瓌之辈敌之，而在前线杀敌报国，也并不是臣之所长。希望陛下广开言路，询访黎老，别求异策；否则来日方长，后患无穷。臣虽驽钝，受国重恩，如果陛下确实无人可用，臣乞于边陲自效。”梁末帝朱友贞看完奏折，与赵岩、张氏兄弟商议。赵岩等人说敬翔仗着自己是老臣，口出怨言，请求朱友贞下诏责罚，朱友贞只是将敬翔的奏章搁置不理。

梁末帝朱友贞令后梁河阳节度使谢彦章率兵数万攻杨刘城。此时李存勖已经回到魏州，接到杨刘城急报，于是连忙率轻骑自魏州奔至河上。谢彦章筑垒自固，决黄河之水以阻晋军，晋兵不得进。杨刘城被攻破后，梁军散卒聚于山谷为盗，观二国成败。晋王招募之，多降于晋。

六月，晋王李存勖自魏州劳军于杨刘，泛舟测河水，其深没枪。晋王沉吟半晌，笑对诸将说：“我料梁军并无战意，只想借水自固，逼我退军，我怎会中此奸计？看我涉水攻之，攻他不备。”晋王率亲军涉水先渡黄河，诸军随之，褰（qiān，撩起）甲横枪，结阵而进。当日水势渐退，水深刚刚没过膝盖，众将士欢呼雀跃，争先进攻。梁将匡国节度使谢彦章率兵数万，临岸拒战。晋军冲锋数次都被击退。晋王心生一计，他先是下令挥兵后退，直至黄河中流，回头望见梁兵追来，又下令反身杀回。晋军上下调转枪头，高喊着奋勇作战，梁军不防此计，仓促之间队伍竟被晋军冲散，被打得晕头转向，纷纷后撤。待梁军撤回岸上，队伍已经不能成列。晋王李存勖驱军大杀，大败梁军，梁军死伤不可胜计，河水为之变赤。谢彦章仓皇逃跑，仅以身免，晋军遂攻陷后梁滨河四寨。

后梁贞明四年（918 年）七月，晋王李存勖继六月破梁杨刘（今山东东阿北）四寨之后，准备大举伐梁。召幽州周德威三万步骑，沧景李存审、邢洺李嗣源、易定王处直各一万步骑，以及北方麟、胜、云、蔚、新、武等州诸部落，奚、契丹、室韦、吐谷浑，皆以兵会之。八月，新调集的数万军队与河东、魏博之兵会师于魏州。晋王升座大阅将士，慷慨誓师，各军齐声应诺，仿佛海啸山崩，声震百里。梁国的泰宁节度使张万进（驻兖州）不战而栗，派人向晋王进贡。晋王李存勖带领全军自魏州赴杨刘，引兵掠郓州、濮州而还。之后循河而上，驻于濮州（今山东鄄城北）境内麻家渡。梁末帝朱友贞命贺瓌为北面行营招讨使，率师十万与谢彦章会和，屯于濮州北面的行台村，扼晋军西进道路，坚壁不战达百余日。

李存勖多次发兵诱敌，梁营始终不动。于是晋王亲自带领数百轻骑，来到梁营前踞坐辱骂。梁兵出营追赶，险些刺中李存勖，亏得元行钦力战护卫方得脱险。回营后众将纷纷劝说李存勖,赵王王镕和王处直也写信劝谏说:“元元之命系于王，本朝（唐朝）中兴系于王，奈何自轻如此？”李存勖笑对来使说：“定天下者，非百战何由得之？安可深居帷房以自肥乎？”来使刚刚离去，李存勖再次披挂上马，要亲自出战。李存审扣马泣谏曰：“大王当为天下自重。冲锋陷阵，乃是将士之职，上阵杀敌是我李存审之辈的事，非大王之事也！”李存勖不肯罢休，李存审死死抓住马的缰绳，不肯撒手，李存勖不得已才下马回营。

过了几日，趁着李存审不在，李存勖又策马急出冲向敌营，顾谓左右曰：“老子妨人戏！”（由此可见李存勖性情轻浮，缺乏稳重，在连年征战的危急情况下尚且如此,平定天下之后更是骄傲自满,不能居安思危,最后丧身亡国,自然就不可避免了。）

李存勖身后不过带了百名骑兵，直抵梁营。梁营外筑有长堤，李存勖跃马先登，哪料到谢彦章伏精兵五千于堤下，伏兵发出，围晋王数十重。晋王在重围中拼死力战，幸亏后面的骑兵陆续登堤，才杀开一条血路。李存勖寻找空隙策马飞奔，这时李存审也亲自带兵来援，才将梁兵杀退。李存勖这才信了李存审的忠言，此后更加厚待李存审。

晋王想要进攻大梁，而梁军扼守于前，坚壁不战，李存勖又急躁起来，下令进军距梁营十里扎营（自麻家渡进兵逼近行台村）。

梁军北面行营招讨使贺瓌善于步兵，排阵使谢彦章善于骑兵，贺瓌心中厌恶谢彦章与自己齐名。一日，贺瓌与谢彦章在野外练兵，贺瓌指着一块高地说："此处可以立栅。"后来，晋军果然在该处立栅，于是贺瓌怀疑谢彦章与晋国通谋。贺瓌屡次想要出战，对谢彦章说："主上悉以国兵授吾二人，社稷正赖于此。今强寇压吾门，而逗留不战，可乎？"谢彦章答道："强寇凭陵，利在速战。今深沟高垒，据其津要，彼安敢深入！若轻与之战，万一有个闪失，则大事去矣。"谢彦章本来想要通过持久战来拖垮晋军，可是贺瓌却更加怀疑他与晋国通谋。于是，贺瓌秘密报告了梁末帝朱友贞，诬陷谢彦章阻挠自己出兵御敌，私通晋军。此后，贺瓌又与行营马步都虞候曹州刺史朱珪密谋，以犒劳将士为名，用伏兵诱杀谢彦章与濮州刺史孟审澄、别将候温裕，然后才奏报朱友贞，只说三人谋叛，已在阵前诛杀。梁末帝朱友贞不辨忠奸，竟然升任朱珪为平卢节度使，兼任行营马步副指挥使。

李存勖听闻谢彦章被杀，笑对诸将说道："后梁将帅不和，自相鱼肉，真是天赐良机！灭亡后梁指日可待。贺瓌残虐，已失士卒之心，我若引军直指梁都，他岂能仍然坚守不出？只要我们与他作战，便没有不胜的道理！"晋王欲亲自率领万骑直捣梁都，周德威劝阻道："梁军虽然杀了上将，其军尚全，兵甲仍盛，不可冒险轻行啊！"李存勖不听劝谏，下令遣返军中老弱归魏州，号称精兵十万，毁营趋汴。

贺瓌得知晋王已经率军西行，于是弃营追赶。晋王从魏博征集三万丁役从军，专门负责建造营栅，所到之处营栅立成。晋军行至胡柳陂（今山东鄄城西南），梁军尾随而至。李存勖大喜说："正好要他追来，与他大打一仗！"

名将周德威主张以逸待劳，不必速战，劝说晋王道："梁军日夜兼程而来，倍道来追，不曾休息，还没来得及修筑营垒。而我军却已扎好营栅，步步为营，足以守备。我们既然深入敌境，一定要持重以保完全，不可轻发。此处距汴州只有两三日路程，梁军家属皆在城中，牵挂家园、顾念家乡，乃是人之常情。若我军骤然与之作战，梁军心情激愤，锐气正盛，必然死战。我军又是深入敌境，如不用计，恐难保必胜。兵法上所说以逸待劳，正是此策。请大王暂时按兵不动，只教德威等人分出骑兵，侵扰敌垒，使贼兵不得安歇，到了晚间梁军营垒未立，也不能生火造饭，乘其疲乏之机，我军一鼓出师，可以将贼众一举歼灭。”周德威之计本是万全之策，可是李存勖并未采纳。

李存勖以为周德威示怯，说：“前在河上恨不见贼，今贼至不击，尚复何待！公何怯也！”说完晋王即以亲军先出，周德威不得已，率领幽州兵跟随李存勖前进。周德威对儿子说道：“吾无死所矣！”

不久，梁军结阵而至，横亘数十里。晋王李存勖亲自率领中军银枪都，镇定军在左，周德威的幽州兵在右，辎重兵留守阵西。李存勖率亲军银枪效节都闯入敌阵，冲锋杀敌，十进十退，大破梁军。梁将王彦章所部支撑不住，最先溃败，向西逃往濮阳。按照一般判断，梁军败退本应向东逃窜（梁军自东而来），可是慌乱中的梁军骑兵竟然鬼使神差地逃向西方。可巧晋军的辎重兵正好就在阵西，辎重兵望见梁军旗帜，误以为梁军来袭，顿时慌乱惊溃。晋军的辎重兵乱跑乱窜奔入周德威的幽州兵阵中，幽州兵被辎重兵扰乱，自相践踏，反而令王彦章有隙可乘，顺势杀入幽州军。周德威慌忙拒战，已经来不及拦阻。这时，贺瓌又率军来助王彦章，可怜名将周德威父子竟战死在乱军之中！魏博节度副使王缄与辎重俱行，亦死。

周德威阵亡，晋军军心动摇，无复部伍。梁军四集，气势大盛。晋王李存勖慌忙占领高丘，收集散兵，直至日中，方才稳住阵脚。贺瓌此时也占领了对面土山，要与晋王一决胜负。

李存勖望见贺瓌占领对面土山，对将士们说：“今日得此山者胜，吾与汝曹夺之。”说罢，他率领骑兵驰下山丘，来到对面土山之前奋勇先登。李从珂与银枪都大将王建及等人以步兵继之。晋王以骑兵大呼陷阵，诸将继之，梁兵抵挡不住，纷纷退下山去。

行将傍晚，贺瓌率领后梁大军在土山以西列下大阵。梁军仍然气焰逼人，土山上的晋军见众寡不敌，望之皆有惧色。

此时已到日暮时分，晋军诸将认为部队尚未全部集结，请晋王暂时收兵，等到第二日天亮再战。只有天平节度使、东南面招讨使阎宝进言道：“王彦章的骑兵已经向西逃到濮阳，山下只有步兵，如今已经快到夜间，他们一定都想回营。我们居高临下，迅速出击，一定能够破敌。况且大王已经深入敌境，偏师失利，如果再退，必为敌军所乘。我军尚未集结的部队如果听闻梁军再胜，一定会不战自溃。凡决胜料敌，唯观情势，情势已得，断不再疑。王之成败，在此一战。若不决力取胜，纵然收余众北归，河朔恐怕就不再是晋国江山了。成败就在今日，岂能后退？”

晋王李存勖正在犹豫不决，此时昭义节度使李嗣昭也进言道：“贼无营垒，日晚思归。吾若收军，使彼休息，整而复出，何以当之？我方只要以精骑扰之，使敌军无法进餐，待其退兵，追击可破也。我军若收兵还营，敌军回营后整众复来，胜负未可知也。”李建及披甲横槊，慷慨陈词：“敌军大将已经遁逃，我军骑兵一无所失，今击此疲乏之众，如拉朽耳。大王尽管登山观战，看臣为大王破敌！”晋王愕然曰：“非公等言，吾几误计。”

梁兵正在饿着肚子考虑吃晚饭的问题，岂料到李嗣昭、李建及两员大将率领晋军骑兵大刀长槊闯入阵中，刀过处头颅落地，槊来时血肉横飞，杀得梁兵四散逃窜。晋王接着率大军来到，好似泰山压卵一般。战场上烟尘四起，喊杀声震天动地，在晋军骑兵的重击下，疲惫思归的梁军毫无还手之力，顿时崩溃。晋军的民夫也没闲着，在元城令吴琼、贵乡令胡装的率领下，在山下拖曳着柴草扬起尘土，大声鼓噪以助声势。梁兵自相践踏，丢弃的铠甲兵仗堆积如山，死亡者近三万人。

胡柳陂之役，梁、晋兵力各损失三分之二，两败俱伤，兵势不振。晋王李存勖还营，回忆起周德威之言，想起周德威父子死于乱军之中，痛哭道：“丧吾良将，是吾罪也。”

周德威还有一个儿子名叫周光辅，任幽州中军兵马使，留守幽州。李存勖任命周光辅为岚州刺史。此后，同光元年（923 年），李存勖称帝，建立后唐，是为后唐庄宗。周德威被追赠为太师。长兴二年（931 年），周德威与李嗣昭、符存审一同陪享太庙，灵位被放入庄宗庙廷。天福元年（936 年），石敬瑭建立后晋，追封周德威为燕王。

胡三省评价周德威说：“周德威临敌勇而事上敬。梁、晋争天下，周德威以勇闻，是难能也；然观其制胜，以计不以勇，是又难能矣。”

此战只有李嗣源比较失落，他与李从珂在战阵之中失去联系，因为军中讹传晋王已经渡河退回，李嗣源也北渡黄河，将要逃往相州。当日，李从珂跟随晋王攻夺土山，立下战功。后来李嗣源又听说晋王得胜，攻下了濮阳城，李嗣源又南渡来到濮阳，拜见晋王。晋王冷笑道：“你以为我已经死了吗？仓促北渡是何居心？”李嗣源磕头谢罪，李存勖因李从珂有功，不忍严惩李嗣源，只是罚他饮了一大碗酒。从此晋王待李嗣源稍薄。

2. 蜀主王建卒

大汉（即前蜀）光天元年（918 年），也即后梁贞明四年正月初一，大汉复国号曰蜀，改元光天。蜀于天汉元年（917 年），也即后梁贞明三年改国号大汉，仅一年即复旧称。

前蜀光天元年（918 年），也即后梁贞明四年六月初一，蜀主王建卒，次日，太子王宗衍即帝位，更名王衍，年十七，是为蜀后主。王衍（901—926 年），字化源，前蜀高祖王建幼子。

蜀永平三年（913），原太子王元膺被杀，王衍的母亲徐贤妃暗中指使唐文扆示意群臣拥王衍为太子，前文已经讲过，不再赘述。王建立王衍为太子，实在是重大失误。有一次，王建在宫中夹城路过，听闻太子与诸王斗鸡击球喧哗之声，叹曰：“吾百战以立基业，此辈其能守之乎？”王建的另外一个儿子信王王宗杰颇有才略，王建亦有废立之意。可是王宗杰突然暴卒，蜀主王建怀疑是有人谋害，但也不了了之。

王建病重之时，因北面行营招讨使兼中书令王宗弼沉静有谋，将其召还，封其为马步都指挥使，掌握兵权。又召众臣入寝殿，告之曰：“太子仁弱，朕不能违诸公之请，逾次而立之。若其不堪大业，可置诸别宫，幸勿杀之。但王氏子弟，诸公择而辅之。徐妃兄弟，止（只）可优其禄位，慎勿使之掌兵预政，以全其宗族。”王建这样交代后事，说明他对王衍的品行和徐妃家族的行径心知肚明，也预感到基业难保。但是在此情况下，王建自己不做决断，却将这个烂摊子推给臣下去处理，实在是匪夷所思。

3. 徐温与他的不肖之子

徐温，海州（今江苏连云港）人。年少时以贩盐为业，后跟随杨行密创业，是包括杨行密在内的“三十六英雄”之一。此人见识与众不同，杨行密攻取宣州之时，众将争取金帛，只有徐温开仓放粮，赈济百姓。徐温虽然没有赫赫战功，但是足智多谋，为杨行密所重。前文讲到，此时的徐温已经铲除异己，在南方的吴国大权在握，吴国国君不过傀儡而已。徐温执掌吴国大权后，由于吴国尚未正式建国，吴王与诸将都是节度使，只是以都统之名节制诸将，名不正言不顺，诸将分拒州郡，虽然尊奉吴王为盟主，但是政令征伐，多是各行其是，当时的吴国实际上只能算作一个松散的军事行政联合体。

公元 918 年，徐温与诸将联合，拥立杨渭为大吴国王，建元武义，建宗庙、社稷，置百官，徐温自称大丞相，都督中外诸军事，诸道都统，这样徐温便可以名正言顺地向诸将发号施令了，牢牢地将吴国大权掌握在自己手中。

徐温控制了吴国大权，着意培养自己的亲子。他命徐知训居于广陵（今江苏扬州）辅政，自己则统军居外，想要将吴国的军政大权牢牢控制在徐氏家族手中。但是徐温的儿子徐知训可不是一个省油的灯，他凭借徐温的势力，官至内外都军使，兼同平章事，俨然要成为徐温的继承人。徐知训不但酗酒，而且非常好色，骄横贪暴，为所欲为，遇到有姿色的女子，一定想方设法弄到手。吴国的威武节度使、知抚州李德诚有家妓数十，徐知训向李德诚索要。李德诚向来使解释说：“我的家妓年龄都大了，有的还有孩子，不足以侍奉贵人，我将为您搜求年少的美人。”徐知训闻言大怒，竟然说：“我一定杀掉李德诚，并其妻取之！”

徐知训还凌辱诸将，对吴王杨渭尤为无礼，经常加以欺侮戏弄。有一次徐知训与吴王杨渭反串戏中角色，自己扮演参军，却让吴王扮演苍鹘，身穿破衣，执帽相随。何为参军？何为苍鹘？原来当时有一种戏叫作参军戏，一个人袱头穿绿，叫作参军；一个人总角敝衣，拿着帽子跟着参军，像童仆一般，称作苍鹘。又有一次吴国君臣泛舟河上，吴王杨渭先起上岸，徐知训以为是对自己无礼，居然用弹弓射击吴王。还有一次，吴国君臣在禅智寺赏花，徐知训借酒侮辱吴王，诟骂杨渭，四座股栗，吴王又惊又怕，哭泣着乘舟离去。徐知训追之不及，一怒之下，用铁抓击杀了吴王随行的亲吏，发泄心头怒气。

徐知训与其弟徐知询还对徐知诰颇为无礼（因为徐知诰是养子），只有徐家老三徐知谏以兄礼对待徐知诰。有一次徐知训召集诸兄弟饮宴，徐知诰没来，徐知训怒道："这叫花子不欲饮酒，想要尝尝我的剑吗？"又有一次徐知训召徐知诰饮宴，暗伏甲士欲杀之。徐知谏悄悄地踩徐知诰的脚，暗示他赶紧离开。徐知诰假装如厕，赶忙逃走了。徐知训将自己的剑交给身边的刁彦能，命他追杀徐知诰。刁彦能骑马追上徐知诰后，向徐知诰说明原委，放徐知诰离开，回去后只是以追之不及回复了徐知训。可见徐知训的不得人心。

徐知训的行为激起一些将领不满，终于酿成大祸。吴将李球、马谦挟持吴王杨渭登楼，以吴王的名义调发军队诛杀徐知训。经过一场激战，李、马二人战败被杀，事件暂时平息下去了。徐知训不知以此事为鉴，反而更加横暴。

吴国有一位重臣朱瑾，本是唐末兖州节度使，上文曾经提到，在与梁太祖朱温的战争中被朱温打败，不得已南投杨行密，成为吴国著名大将，屡立奇功，备受礼遇，威望甚高。徐知训畏惧朱瑾功高望重，曾经派遣刺客在夜间刺杀朱瑾，不承想朱瑾武艺高强，反将刺客杀死。朱瑾自知徐氏势大，不愿声张，于是将刺客尸体悄悄埋于府邸之后。

徐知训此计不成，又生一计。他任命朱瑾为静淮军节度使（在泗州），要将朱瑾赶出朝廷。朱瑾心中愤恨异常，表面上却对徐知训更加恭谨。

一日，徐知训前来为朱瑾送行，朱瑾假意设宴款待徐知训，事先埋伏勇士于庭内，又在廊下系名马两匹。席间，朱瑾令宠姬献歌敬酒，又献名马，徐知训大喜，放松了警惕。朱瑾又将徐知训请到中堂，命妻子陶氏拜之，向徐知训敬酒。趁徐知训回礼答拜之机，朱瑾从背后用笏板猛击徐知训，将他打倒，然后命勇士将他拖出斩首。

朱瑾杀死徐知训后，提着徐知训的头颅走出，徐知训从者数百人皆散走。接着朱瑾提头入宫，将徐知训的头颅示之吴王曰："仆已为大王除害，请大王趁此良机亲政。"吴王杨渭见到徐知训人头，吓得魂不附体，慌忙用衣袖挡住脸，懦弱地答道："此事，此事与我无关！舅自为之，我不敢知！"一边说一边逃入内室。朱瑾见吴王如此无用，不禁怒发冲冠，大呼道："你这个无知的笨蛋，能成什么大事！"随即将徐知训的人头掷到房柱上，转身挺剑愤然想要出宫。不料大门已经关闭，朱瑾被徐知训的亲军子城使翟虔等人包围，争先恐后来杀朱瑾。朱瑾急忙跑向后墙，翻墙而出，不料落地时摔伤了腿。朱瑾知道难免一死，大喊一声："吾为万人除害，岂惜此身！"说罢自刎而死，终年五十二岁。

此时徐知诰（徐温的养子）在润州（今江苏镇江）任刺史，闻知朝中生变，急忙率军从蒜山渡江赶到广陵，安定秩序，稳定朝政，并代替徐知训在朝中辅政。这一地位的取得，对徐知诰后来取代吴国建立南唐具有决定性的意义。

徐温听说徐知训被杀，赶回广陵，问朱瑾在哪里，得知朱瑾已死，徐温便令士兵搜捕朱瑾家人。自朱瑾的妻子陶氏以下，全部逮捕，满门抄斩。陶氏临行之前痛哭不止，朱瑾的一个从妾坦然道："何必哭泣，此行正好可见朱公。"陶氏听了，随即收泪，引颈受刑。朱瑾的家人全部被杀，徐温还令人将朱瑾的尸体陈于北门。朱瑾名满江淮，百姓敬重，有人将朱瑾的尸体偷偷盗出安葬。那时瘟疫流行，传说病人取了朱瑾的墓土，和水服下，即能痊愈。于是，百姓取土之后，不断在墓上添加新土，久而久之，朱瑾的坟墓竟然成了高坟。徐温听说后，又命人将朱瑾的尸体挖出，沉于雷公塘下。据说徐温后来生病，梦见朱瑾要拉弓射他，惊惧不已。于是又命人将朱瑾的尸骨打捞出来，在雷公塘边建立祠堂祭祀。

当初徐温在朝中辅政之时，因为徐知诰并非亲子，对他并不十分看重，开始时徐温将徐知诰任命为升州（今江苏南京）刺史。徐知诰勤于政事，政绩斐然，将升州治理得井井有条，成为吴国富庶之地。徐温到升州视察，看到城池坚固，秩序井然，于是将徐知诰调任润州，自己移居升州。徐知诰不愿意到润州任职，请求改任相对富庶的宣州，徐温不允。徐知诰的幕僚宋齐丘悄悄劝说徐知诰："徐知训昏庸暴虐，老臣宿将，不甘其辱，早晚生变。润州与广陵隔江相望，一旦有变，一夜之间就可渡江赶回广陵，为何舍弃此利而远赴宣州？"徐知诰顿悟，立刻到润州上任。此后果如宋齐丘所料，使得徐知诰抢先进入广陵。

尽管徐知诰以平定内乱之功得以辅政，但毕竟不是徐温亲生，很难得到信任。徐温的部下严可求、徐玠屡次劝徐温以次子徐知询取代徐知诰的辅政之位，徐温因为徐知诰自幼由他抚养长大，一时不忍下手。

徐知诰辅政之后，一反徐知训所为，事吴王甚为恭谨，对老臣宿将也十分谦逊，严于律己，宽以待人，革除奸佞，整顿吏治，轻徭薄赋。以吴王之命，减免百姓天祐十三年（916年）以前的欠税，其余欠税待丰年再予补征。在徐知诰的治理下，城邦富庶，百姓安居乐业，士民归心，老臣宿将也都心悦诚服。徐知诰用宋齐丘为谋主，二人经常谋划大事。他们担心隔墙有耳，只用铁筋画灰为字，写完随即擦掉，所以二人所谈内容无人得知。

4. 刘岩改国号为汉

乾亨二年（918年）十一月，岭南刘岩祀南郊，大赦，改国号曰汉，史称南汉。五代时期帝王君主大多将自己的祖先附会为前朝帝王将相，因为刘岩姓刘，因此国号为汉。

5. 吴取虔州谭全播

后梁贞明四年（918 年）正月，吴国以右都押牙王祺帅江西洪、抚、袁、吉四州之兵袭虔州(今江西赣州)，吴国兵临城下，虔人方才发觉。虔州城险固，吴师久攻不下。七月，时疫流行，王祺染疾而亡，吴以镇南节度使刘信代之。虔州防御使谭全播向吴越、楚、闽求援，三路援军均无功而返。九月，刘信攻城不下，取质纳赂而归。

吴国执政徐温得知了撤兵的消息，勃然大怒，杖责刘信的使者。当时刘信之子刘英彦典亲兵，于是徐温就命刘英彦率三千兵前去增援，并说道："汝父居上游之地，将十倍之众，不能下一城，是要谋反吧？汝可以此兵前往，与你父亲一起谋反吧！"又命升州牙内指挥使朱景瑜同去，说："谭全播的守卒都是农夫，饥窘逾年，妻子在外，如今刘信已经撤去重围，他们必定相贺而去，听闻大兵再往，必定逃遁，谭全播所守者空城耳，往必克之。"史书说徐温既能驾驭将领，又能料敌如神，果真如此。

再说前线的刘信听到徐温之言，大惧，赶忙回师继续攻城。虔人果然不战而溃，谭全播被擒，吴国以谭全播为右威卫将军、百胜节度使。自唐光启元年（885 年）谭全播据虔州，历三十余年而亡。

6. 前蜀改元乾德

前蜀光天元年（918 年），也即后梁贞明四年十二月二十二日，蜀改明年为乾德元年。

第十二节

蜀政混乱江河日下，梁晋大战德胜二城
（919年）

1. 前蜀政乱

前蜀高祖王建百战而得天下，一生征战，六十多岁才当皇帝，已经进入暮年，选择接班人便成为极其重要的大事。王建的长子王宗仁幼年患病成为废人，自然不可能成为接班人。次子王宗懿（王元膺）被立为太子，却在内乱中被杀。王建本来想要立雅王王宗辂或者信王王宗杰，由于二人各有长处，一时难以决断，这就为第十一子郑王王宗衍留下了空间。

前文提到，王宗衍之母徐妃，乃是蜀中美女，徐氏姐妹二人在王建进入成都后均被纳为妃，徐氏妹妹后来生了王宗衍。徐妃貌美，得到王建专宠，于是她勾结宦官，干预朝政，拉拢宰相和诸将联合上表，称王宗衍“才器英武，实堪社稷之托”。王建看到重臣的表章，惊疑道：“宗衍还小，能做太子吗？”徐妃在旁劝说道：“宗衍已经十多岁了，相士也说他是大富大贵之相。现在十几个皇子充斥后宫，臣妾也知道陛下为难，臣妾情愿领宗衍出宫，免得招人嫉恨，令陛下为难！”说罢，脸上的泪珠串串落下。王建连忙劝慰说：“我并非不愿立宗衍，只是他年纪太小，担心误了国家大事。”徐妃答道：“宰相和众臣尚且一致赞成，只是陛下英明，思虑许多。臣妾怕陛下只是推托欺骗臣妾呢！”徐妃一再撒娇纠缠，王建情急起来，说道：“罢罢罢，我立宗衍就是了。”徐妃方才收泪谢恩。

在宫内宫外的合力煽惑之下，蜀主王建正式册立王宗衍为太子。王建虽然立了太子，但是总不放心，有一次他见王宗衍与诸王斗鸡、击球，叹息说：“我百战而立此基业，此辈安能守之乎？”王建见信王王宗杰颇有才干，便有了改立太子的意向，然而信王却突然暴毙。王建心中怀疑是徐妃下毒，却不愿深究。王建在临终之时，在遗诏中说：“若太子确实不堪做皇帝，应置于别宫，另行选立贤者，不要害其性命。”王建把应该自己决断的国本问题推卸给大臣们，自己不负责任，真是糊涂至极。

光天元年（918 年）六月初一，王建病故，终年七十二岁，庙号高祖，谥号神武圣文孝德明惠皇帝，葬于永陵。皇太子王宗衍继位，改名王衍。王衍继位时年仅十七岁，浑然不知治国为何事，军国大事都交给宦官们办理，自己则奢纵无度，每日与太后、太妃游宴贵臣之家，游玩于近郡名山，所费不可胜记。

宦官弄权，两位徐妃也不甘落后，公然卖官鬻爵，按照官爵高低估价出售。太后和太妃卖刺史、县令等官，每有官缺，数人争纳赂，赂多者得之。太后和太妃如此，权臣们也不甘寂寞，礼部尚书韩昭主持考试，选拔人才，也公然受贿舞弊。韩昭还向王衍请求把蓬、渠、巴、集数州刺史给他，由他售卖，所得的钱财用以营建自己的府邸，王衍竟然批准！王衍本人也卖官，如阆中人何奎，精通术数，号称能预言未来（就是个算命先生），与许多公卿贵族往来密切。何奎到了晚年忽然想要做官，便通过行贿的手段获得了兴元府少尹的高官。王衍还以个人好恶随意授官，宦官严旭善于歌舞，得到王衍宠信，他深知王衍好色，便多方搜求美女献给王衍，强取士民女子纳于宫中，博得王衍欢心，得到蓬州刺史的官职。一时间，蜀国境内徇私枉法，贪污受贿，卖官鬻爵，营私舞弊，受贿卖狱，暗无天日。

王衍改元乾德，乾德元年（919年），王衍兴建了一处皇家御园——宣华苑，其中有湖名曰龙跃池、宣华池，亭台楼阁无数，奇树异花、怪石修竹随处可见。王衍与徐氏姐妹及宫中美女，时常游乐园中，歌舞宴饮长年不断。他又结缯（缯帛）为山，建宫殿楼观于其上。有时缯山为风雨所败，便以新者易之，丝毫不逊民力。或乐饮缯山，涉旬不下。山前穿渠通禁中，或乘船夜归，令宫女秉烛千余居前船，照水面如同白昼。王衍还在宫内兴建村坊，立市肆，令宫女们扮作普通百姓，售卖物品，王衍与后妃游乐其中。

在成都游乐王衍还不满足，又外出游乐，名为巡狩。乾德二年（920年）七月，王衍下诏北巡。他从成都出发，经汉、利、阆数州，历时五个月，沿途旌旗招展，百里不绝。王衍身披金甲，头戴珠帽，执弓挟矢，百姓望之，谓之灌口二郎神。所到之处，官吏供奉款待，所费钱财无数，百姓不胜其扰。王衍到了阆州，看见州民何康的女儿明艳动人，立即命侍卫将何氏女带回。可是此女已经订婚，王衍便命人带了一百匹帛赐给夫家，叫他另娶他人。可怜那未婚夫听得此事，竟悲愤而死。

有君主如此，国家不亡才怪。

2. 梁晋大战德胜二城

胡柳陂之战后，后梁贞明五年（919年），晋王李存勖命李存审以数万名士卒筑造德胜南城和德胜北城以守之，梁晋每日争战，大小战斗百余次，互有胜负。

三月，后梁贺瓌率大军攻打德胜南城，百道俱进，以竹笮（zé，竹篾拧成的绳索）联艨艟（méng chōng，古代具有良好防护的进攻性快艇）十余艘，蒙以牛革，设成一道如同城池一般的障碍，横于河中，以隔绝位于两岸的德胜南北二城，断绝德胜北城的救兵，使其不能渡河。晋王亲自率兵疾驰而来，在北岸列阵，却无法渡河前进。于是，晋王遣善游者马破龙游泳入南城，面见守将氏延赏。氏延赏报告说矢石将尽，陷在顷刻。晋王将金帛堆于军门，悬赏招募能破艨艟之人。正在大家惶惑无计之时，亲军将领李建及站了出来，说道："贺瓌悉众而来，冀此一举；若我军不渡，则彼为得计。今日之事，建及请以死决之。"于是在银枪效节都中选死士三百人，身披重铠手持大斧，乘舟而进。眼看就要来到艨艟跟前，突然流矢雨集，李建及率众勇士奋不顾身，强行冲入艨艟之中，用大斧砍断竹笮。晋军又用木罂（木制的盛水贮粮之具）装满柴草，以油浇沃，然后点燃，从上游放入河中顺水而下，焚烧梁军的水上城池。同时晋军以巨舰载甲士，鼓噪攻之。艨艟被斩断后，顺流而下，黄河之上火光冲天，梁兵烧死、淹死大半，晋军顺利渡河。贺瓌见到艨艟被破，晋军攻来，连忙解围撤走，晋军逐之，至濮州而还。贺瓌退屯行台村。

3. 吴越破吴于狼山江

三月，后梁命吴越大举讨伐淮南杨吴，钱镠以节度副大使钱传瓘为诸军都指挥使，率战舰五百艘自东洲击吴（从常州的东洲出海，再溯江而入击吴）。吴国派舒州刺史彭彦章和裨将陈汾拒之。钱传瓘与吴将彭彦章大战于狼山江（苏州界北八十里有狼山，山外即大江）。钱传瓘命每船皆载灰、豆、沙，作战时顺风扬灰，吴人目不能张。及船舷相接，钱传瓘又命人散沙于己船而散豆于吴船，豆为战血所渍，吴人践之皆僵仆摔倒。钱传瓘纵火焚吴船，吴兵大败。吴将彭彦章挺身力战，兵器用尽后仍不肯降，手持木棒继续战斗，身被数十创，陈汾却按兵不救。彭彦章自知难免一死，自杀殉国。钱传瓘俘吴裨将七十人，斩首千余级，焚战舰四百艘。战后，吴国将陈汾处斩，抄没其家，以陈汾家财之半赐给彭彦章的家属，并赡养彭彦章妻子儿女终生。

4. 吴败吴越于无锡

七月，吴越王钱镠遣钱传瓘乘势率兵三万攻吴国常州，徐温率诸将拒之，右雄武统军陈璋以水军下海门出其后，两军战于无锡。当时恰好徐温中暑，不能治军，吴越攻打吴国中军，飞矢雨集。在此危急时刻，吴国镇海节度判官陈彦谦将中军的旗鼓迁到左军，找到一位貌似徐温的人，身披甲胄，号令军事，使徐温稍稍得到休息。过了一会，徐温好转，重掌军令。当时久旱草枯，吴人乘风纵火，吴越兵大败，死万余人，折二将。钱传瓘遁去，吴兵追至山南，复败之。

徐知诰请求率步卒二千，换上吴越的旗帜铠仗，冒充吴越军，跟随吴越败兵东去，袭取苏州。徐温说道："尔策固善，但是我想要息兵养民，不能按照你的计策行事。"诸将皆以为："吴越所恃者舟楫，今大旱，水道干涸，这是苍天要灭亡吴越，我们应该步兵骑兵一起进发，一举灭之。"徐温叹曰："天下离乱久矣，民困已甚，钱公（指吴越王钱镠）亦未易可轻;若连兵不解，方为诸君之忧。今战胜以惧之，戢兵（jí，收兵）以怀之，使两地之民各安其业，君臣高枕，岂不乐哉？多杀何为？"遂引还。八月，徐温遣使以吴王书致吴越，归其无锡之俘；吴越王钱镠亦遣使请和于吴。此后吴国休兵息民，三十余州百姓安居乐业者二十余年。

5. 石敬瑭和刘知远出场了

现在两位重量级人物石敬瑭和刘知远正在台下摩拳擦掌，他们迫不及待地要登场了。

后梁贞明五年（919年）十月，晋王李存勖来到魏州，派数万名士卒扩建德胜北城，梁晋每日争战，大小战斗百余次，互有胜负。晋国大将李嗣源的女婿左射军使石敬瑭和后梁军在黄河边上交战，战斗中梁军击断了石敬瑭战马的铠甲。这时晋国横冲兵马使刘知远把自己的战马让给了石敬瑭，自己骑着断了甲的马在军队的后面慢慢走着殿后。梁军怀疑晋军有伏兵，不敢靠近，因此石敬瑭和刘知远都幸免于难。从此石敬瑭更加亲近刘知远。石敬瑭、刘知远的先人都是沙陀人，石敬瑭就是后来后晋的创立者，刘知远就是后来后汉的创立者。

十一月，梁军又在潘张村修筑营垒，储蓄粮食，潘张离杨村五十里。十二月，晋王亲自率骑兵自河南岸西上，阻截梁军的送粮部队，俘获而还。哪知后梁在要路上设了伏兵，晋军大败。晋王李存勖只率领几个骑兵逃走，被后梁几百骑兵包围。晋将元行钦认出了晋王旗帜，单枪匹马奋力解救晋王，晋王才免于一死。初五，晋王又和王瓒在黄河南岸交战，王瓒先取得胜利，俘获了晋将石君立等人。过了一阵，王瓒的军队又大败，王瓒乘小船渡过黄河，跑回北城坚守。后梁此次战败，有一万多士卒逃跑或被杀。梁末帝听说晋国的石君立非常勇猛，打算让他做自己的将领，将石君立关在狱中，好菜好饭相待，并派人去劝诱他。石君立说："我晋之败将，而为用于梁，虽竭诚效死，谁则信之！人各有君，何忍反为仇雠用哉？！"梁末帝犹惜之，尽杀所获晋将，只留下了石君立。晋王乘胜前进，一举攻下了濮阳。后梁帝把王瓒召回，任命天平节度使戴思远代为北面招讨使，驻扎在黄河抵御晋军。

第十三节

晋取河西之地，杨溥承袭吴王（920年）

1. 朱友谦

朱友谦在前面已经出场。

朱友谦，字德光，许州人，初名朱简，在渑池镇当士卒，有罪逃走，在石濠、三乡之间为大盗，后来归附朱温，赐名朱友谦。朱温遇弑后，朱友珪称帝，朱友谦不服，归附于晋，晋王亲自领兵相救，打退梁军。而且当年朱友谦曾在晋王的卧室内熟睡而不相猜忌，因此，朱友谦与晋王结下了深厚友谊。等到梁末帝朱友贞即位后，极力拉拢朱友谦，朱友谦也继续向后梁称臣并用后梁年号。但实际上，朱友谦的河中镇已经从朱温时的后梁直属藩镇，变成半独立状态了。朱友谦归附于梁但不与晋断绝关系，逶迤于梁晋之间。

后梁贞明六年（920年）四月，后梁河中节度使（今山西永济）冀王朱友谦遣其子朱令德袭取了后梁的同州（今陕西渭南市大荔县），驱逐了后梁忠武节度使程全晖，程全晖逃奔大梁。朱友谦以其子朱令德为忠武留后（代理节度使），并为儿子朱令德向梁末帝上表求同州节钺。梁末帝朱友贞大怒不准。之后梁末帝又担心朱友谦心怀怨望，于是又下旨任命朱友谦兼任忠武节度使。然而，当后梁的诏书下达时，朱友谦已经转而求节钺于晋王，晋王以墨制任命朱令德为忠武节度使，朱友谦举河中归附于晋。

后梁朝廷虽然默许朱友谦半独立，但此时朱友谦已经公然归附晋国，这让后梁朝廷颜面尽失，不得不发兵讨伐。六月，梁末帝命泰宁节度使刘鄩为河东道招讨使，率感化节度使尹皓、静胜节度使温昭图、庄宅使段宁攻同州，讨伐朱友谦。刘鄩与朱友谦为姻亲，于是事先写信告知朱友谦，然后进兵包围同州。朱友谦并不回信，而向晋王告急。晋王派李存审、李嗣昭、李建及、慈州刺史李存质率兵救援。

李存审率军来到河中，当日渡河。由于梁人向来轻视河中地区的士兵，于是李存审利用梁军的这种心理，选精兵二百，夹杂在河中兵之中，直压刘鄩营垒。刘鄩见是河中兵，便派出千余骑兵出战。此时晋军骑兵发动反击，擒获梁军骑兵五十，梁军见晋兵已至，大惊，从此不敢轻出。晋军于是驻扎在朝邑（同州东三十五里）。河中在唐昭宗年间就已经归附朱温，将士皆持两端，心怀异志。朱友谦的儿子们纷纷劝他暂时投降于梁，以退其师。朱友谦说："昔日晋王亲自营救，秉烛野战，现今刚与梁军作战，晋王命将领星夜来援，分给我们物资粮草，岂可负邪！"

李存审解了同州之围，继而分兵攻华州（今陕西华县），坏其外城。李存审率军逼近刘鄩营垒，刘鄩率军出战，被李存审打得大败，只得退保华州罗文寨。李存审对李嗣昭说："兽穷则搏，不如开其走路，然后击之。"于是给刘鄩军故意留下一个缺口。刘鄩趁着夜晚率军逃遁，李存审率军追至渭水，又破之，杀获甚众。刘鄩人称十步九计，为当世名将，此时为何屡战屡败？大概是刘鄩此时胆气已失，后梁朝廷又不能信用，已经是强弩之末了吧。

晋遂尽有梁河西之地。晋封朱友谦西平王，加守太尉，以其子令德为同州节度使。

2. 杨溥即吴王位

吴武义二年（920 年），也即后梁贞明六年五月，吴王杨隆演（杨渭）病殂，终年二十四岁，结束了他憋屈的一生。六月，杨隆演之弟杨溥即吴王位。

吴王杨渭病重之时，徐温自金陵入朝，商议立谁为后嗣。有人为了巴结徐温，劝徐温说："蜀汉先主（刘备）曾对诸葛亮说，嗣子不才，君宜自取。"徐温正色答道："吾果有意取之，当在诛杀张颢之时，还用等到今日吗？即使杨氏没有男丁，有女亦当立之。敢妄言者斩！"于是以吴王的命令迎丹杨公杨溥监国。吴王杨渭死后，杨溥即位。

从徐温的所作所为来看，他并非不想取而代之，只是不愿留下骂名。他着意培养儿子，独揽大权，当是希望效仿曹孟德和司马氏吧。从这里我们也能看出身体健康的重要性，徐温身体好，寿命长，耗死了"三十二英雄"中的其他弟兄，当然是"舍我其谁"了。

3. 楚与吴越通婚

后梁贞明六年（920 年）十二月，吴越王钱镠为子钱传琇求婚于楚。楚王马殷许婚，次年七月送女归杭州。

第十四节

名将刘鄩难逃一死，成德军乱晋并四州
（921年）

1. 刘鄩之死

后梁龙德元年（921年）五月，梁末帝命西都留守张宗奭（张全义）鸩杀大将刘鄩。

上文说到，朱友谦叛梁，刘鄩在进兵之前曾给朱友谦去信，劝朱友谦投降，待之月余，朱友谦不从，刘鄩才进兵。后梁段凝、尹皓等人素来妒忌刘鄩战功，于是密报梁末帝朱友贞，诬陷刘鄩顾念与朱友谦的姻亲私情，沿途逗留，贻误军机，导致兵败。刘鄩败归后，称自己身患疾病请求解除兵权，于是梁末帝命刘鄩赴西都洛阳就医（梁的东都为大梁今开封，西都为洛阳）。刘鄩来到洛阳后，梁末帝朱友贞密令西都留守张宗奭鸩杀刘鄩。

刘鄩（858—921 年），密州安丘（今山东安丘）人。唐末隶平卢节度使王武俊、王师范父子麾下，以功授登州刺史。天复三年（903 年）随王师范降梁，得梁太祖朱温重用，累迁同州忠武节度使。当世名将，有“一步百计”之称。刘鄩在梁多年征战，有得有失，最终因遭人猜忌及受姻亲朱友谦附晋之累，仍遭鸩杀。梁之大将又少一人，正可谓自剪爪牙。

此时，梁国大将贺瓌也病逝了。梁国大将，智推刘鄩，勇推贺瓌，两人相继离世，梁军皆无斗志。

2. 成德军乱，晋并镇、冀、深、赵四州

成德军节度使赵王王镕自从与晋国联手之后，得到强援，没有了后顾之忧，于是王镕自恃世代经营成德镇，受到百姓拥戴，开始居安忘危，大兴土木，广选美女。

而且王镕事佛求仙，宠信方士，在西山广造宫殿，炼丹制药，求长生不老之术。每游西山，流连忘返，不理政事。王镕将军国事务都交给幕僚们处理，权力逐渐转移到行军司马李蔼和宦官李弘规手中。另外一个男宠宦官石希蒙善于献媚，也得到王镕的宠爱，王镕甚至让石希蒙与自己同起同卧。

当初，刘仁恭命令牙将张文礼辅佐刘守文镇守沧州，刘守文到幽州拜见刘仁恭，张文礼趁机盘踞沧州发动兵变，兵变失败后张文礼逃往镇州，投奔了王镕。张文礼口若悬河，自称精通兵法，把王镕说得晕头转向，认为张文礼是个奇才，于是王镕收张文礼为养子，并改名王德明。

好了，几位主要角色介绍完毕，好戏上演了。

王镕晚年笃信佛教，还喜欢求仙，接受道教的符箓，炼制仙丹。王镕在西山建有别墅，每次逗留山中，游山玩水，数月不归。随行将士不下万人，往来供应，百姓苦不堪言。

后梁贞明六年（920年）十二月，王镕从西山返回，留宿在鹘营庄（今河北平山县西），石希蒙劝王镕再到别处游玩。宦官李弘规在城外宫宇里找到赵王，进谏道："今天下诸国，晋国最强，晋王尚且不惧战场上的刀枪箭雨，夹河血战，栉风沐雨，亲冒矢石，而大王您却搜刮民脂民膏，竭尽全国之力来供您出游玩乐。如今时事艰难，人心难测，如今大王出游在外长达一个多月，留下一座空城，如果出现闪失，有奸人叛乱闭门不纳，大王您去往哪里呢？"

王镕听到李弘规如此说，本打算即刻回城。但是石希蒙仗着王镕对他的宠信，对王镕说："李弘规总是仗势在大王面前作威作福，专门夸大其词，他一定对大王怀有异心，大王不可不防。"于是王镕犹豫，又留了下来，过了两晚也没有动身之意。李弘规怒发冲冠，派内牙都将苏汉衡率亲兵带刀来到王镕帐前说道："军士们都很疲惫，希望能跟随大王一同回府。"李弘规接着又进言："迷惑大王的是石希蒙，他劝大王整日游玩，而且听说他阴谋弑逆，请大王斩了他。"王镕不准，于是牙兵大噪，李弘规命手下甲士斩了石希蒙，将人头扔到王镕面前。王镕无奈，只好同意马上回城。

王镕回到镇州后，迅速派其长子王昭祚和养子王德明率兵包围了李弘规和行军司马李蔼的府邸，诛杀全家，牵连被灭族的竟达几十家。又杀苏汉衡，收押其手下党羽追究罪状，搞得亲军人人自危。

王镕杀了李弘规等人，将政事委于其子王昭祚。王昭祚性格骄慢、刚愎自用，得掌大权后，对之前依附李弘规的人统统族诛。李弘规所部亲兵五百人准备逃跑，聚在一起哭泣商议，却不知能往何处去。有时诸军皆有赏赐，王镕恼恨亲军当初杀石希蒙，唯独不赏亲军，众人内心更加恐惧。王镕的养子王德明为人狡猾奸诈，素怀异志，此时见到有机可乘，于是煽惑亲军说："大王已经命令我将你们全部活埋。如果听从大王命令，我实在于心不忍，如果不从命，我又将获罪，这可如何是好呢？"众人听他这么说，都对王德明感激涕零，纷纷表示听命于王德明。

当天夜里，一千多士卒从子城西门翻墙进入赵王宫，当时王镕正在和道士焚香受箓，士卒们杀死王镕，割下头颅，焚烧赵王宫。王镕姬妾数百人有的投井而死，有的投入火中被活活烧死。军校张友顺带军到王德明府邸，请王德明统领众军。于是王德明恢复本名张文礼（王德明本名叫张文礼，当初拜王镕为义父而改名王德明），第二天捕杀王镕长子王昭祚，并尽灭王氏子孙，只留下了王昭祚的妻子（朱温的女儿）普宁公主以通后梁。

王镕的幼子王昭诲年仅十岁，被亲将救出，藏于洞穴才幸免于难。后来王昭诲偷偷跑到湖南落发为僧，法号崇隐。

乱军推张文礼为留后（代理节度使），其实明眼人都能看出，王镕被杀的这场政变的幕后操纵者正是张文礼。

三月，张文礼遣使告乱于晋王，并求节钺。晋王方置酒作乐，闻王镕死，投杯悲泣，欲讨伐张文礼。晋王僚佐以为张文礼确实有罪，然晋国正与梁国争霸，不应节外生枝，应该暂从其请以安之。晋王不得已，授张文礼为成德留后。王氏自唐长庆元年（821 年）王庭凑据成德军，历四世五帅一百年而亡。

成德留后张文礼弑杀养父王镕而自立，虽受晋封而心中不安。于是张文礼一面派遣使者与卢文进联系，求援于契丹；另一面又秘密上表梁末帝朱友贞，说王镕乃是被乱兵所杀，幸好普宁公主无恙，现在自己已向契丹求助，请梁国发精兵一万，从德州、棣州渡河，攻打河东，扫灭晋国。

梁末帝朱友贞看完奏章后犹豫不决，老臣敬翔建议趁此良机收复河北，说道："陛下不乘此衅以复河北，则晋人不可复破矣。亦徇其请，不可失也。"而赵岩和张氏兄弟却认为张文礼诡计多端，不可轻信，说道："今强寇近在河上，尽吾兵力以拒之，犹惧不支，何暇分万人以救张文礼乎？且文礼坐持两端，欲以自固，于我何利焉？"于是梁国按兵不动。

张文礼北邀契丹，南结朱梁，其潜通南、北之蜡书屡为晋国截获。晋王遣使将蜡书送还，张文礼既惭且惧。此时赵国的都指挥使符习率兵万人，跟随晋王驻守德胜城。张文礼阴怀猜忌，招符习回镇。符习前去拜见晋王，哭着请求晋王将他留下。晋王说:“我与赵王结盟讨贼,情同骨肉。现在赵王遇害,我心痛难忍。如果你们顾念旧主恩情,能为赵王报仇,我愿借你兵粮,助你讨伐逆贼!”符习与部将三十余人跪伏于地说道:“大王念我旧主,令我复仇,符习等人不敢劳烦晋国大军,愿率本部兵马前去杀贼,以报王氏大恩。我虽死无恨!”

后梁龙德元年(921 年)八月,晋王李存勖以赵王王镕旧将符习为成德留后,又命天平节度使闫宝、相州刺史史建瑭率兵助之以讨张文礼。张文礼闻讯惊惧而卒,其子张处瑾秘不发丧,与同党韩正时谋划全力拒晋。九月,晋军包围镇州(今河北正定),决漕渠之水灌城,晋军将领史建瑭中流矢而死。

十一月,晋王李存勖亲自领兵攻镇州,张处瑾请降,晋王不许,攻城不克。

龙德二年(922 年)三月,晋王返回魏州(今河北大名北),留天平节度使闫宝筑营垒继续围攻镇州,闫宝决滹沱河水围城,镇州内外断绝,城中食尽,派五百人出城觅食。闫宝本来想以伏兵取之,于是放纵敌军出城。五百镇州兵攻长围,阎宝轻敌没做准备。没想到过了一会,镇州兵又出来数千人,而晋国诸军尚未集结,于是反被镇州兵攻长围而出,火烧晋营。阎宝无法抵御,退保赵州(今河北赵县)。镇州兵毁掉晋军营垒,夺取晋军粮草,数日不尽。晋王闻知阎宝大败,以昭义节度使兼中书令李嗣昭为北面招讨使,代替阎宝。

四月,镇州张处瑾遣兵千人继续从被毁的晋军营中取粮,李嗣昭在原来的阎宝营中设伏,待镇州兵进入埋伏圈,一声令下,伏兵尽出,将镇州兵杀获殆尽。有五名镇州兵藏匿在废墟间负隅顽抗,李嗣昭策马绕废墟而行,边走边射。不承想一支冷箭从矮墙后射出,正中李嗣昭头部。此时李嗣昭囊中箭矢已尽,就从自己的头上将箭拔下,返身一箭,将敌兵射杀。日暮还营,李嗣昭创口处流血不止,当晚就去世了。晋王李存勖得知李嗣昭的死讯,悲痛不已,数日不食酒肉。李嗣昭临死前留下遗命,将兵权授予判官任圜,督率诸军继续进攻镇州,晋军号令如一,所以镇州军并不知晓李嗣昭之死。

李嗣昭死后,晋王以天雄马步都指挥使、振武节度使李存进为北面招讨使,命李嗣昭诸子护卫李嗣昭灵柩归晋阳。当年,李嗣昭死守以全潞州,缓法宽租，劝农耕桑，数年之内，泽潞军政井然。如今李嗣昭战死沙场，晋王却并无褒死恤存之命，引起李嗣昭诸子不满。于是李嗣昭的儿子李继能拒不受命，率领李嗣昭的亲军数千保护灵柩返回潞州。晋王派自己的弟弟李存渥前去劝阻，李嗣昭的儿子们愤恨异常，要杀李存渥。李存渥急忙逃回。李嗣昭共有七个儿子，分别是李继俦（chóu）、李继韬、李继达、李继忠、李继能、李继袭、李继远。其中李继俦为长子，当袭封爵。但是李继俦素来懦弱，被狡诈的次子李继韬囚禁起来。李继韬诈令士卒劫己为留后（代理节度使），李继韬自己却假装不从，并且禀告晋王。当时晋王正在四处用兵，一方面镇州尚未攻下，另一方面梁军又在河上袭扰，不得已只得妥协，承认了既成事实，改昭义军为安义军，以李继韬为留后。

九月，张处瑾以其弟张处球领七千兵偷袭晋营，时晋国骑兵皆往镇州城下，营中空虚。镇州兵攻入李存进营门，李存进率十余人与镇州兵战于桥上。此时晋国骑兵赶回，断敌后路，两面夹击，杀镇州兵殆尽，然而李存进也于此役战死。

讲到这里，各位读者可能会奇怪，晋国骑兵向来骁勇善战，为何与素来怯弱的镇州兵交手，却如此费时耗力，连续损失史建瑭、阎宝（由于战败既惭且愤，已经病故）、李嗣昭、李存进四员勇将？对此宋代胡三省的分析可谓鞭辟入里，胡三省分析说："当是时，晋兵强于天下，镇号为怯。晋王杖顺讨逆，宜一鼓而下也。镇人忘王氏百年煦养之恩，而为张文礼父子争一旦之命，史建瑭殒毙于前，阎宝败退于后，李嗣昭、李存进相继舆尸而归，四人者皆晋之骁将也，然则镇勇而晋怯邪？非也，镇人负弑君之罪，知城破之日必骈首而就戮，故尽死一力以抗晋；晋以常胜之兵而临必死之众，虽兵精将勇，至于丧身而不能克。是以古之伐罪，散其枝党，罪止元恶者，诚虑此也。"

也就是说，如果当初讨伐张文礼时，就明确说明只惩首恶，胁从不问，也许镇州早就被晋国拿下了。《孙子兵法》说"上兵伐谋，其次伐交，其次伐兵，其下攻城"就是这个道理吧。

李存进死后，晋国又以蕃汉马步总管李存审为北面招讨使。此时镇州已经食竭力尽，张处瑾遣人往晋王行营请降，使者尚未回报，晋国李存审大军已至城下。镇州将李再丰为晋国内应，九月二十九日夜命人悄悄从城上放下绳索以纳晋兵，到天明之时，晋军已经尽数登城。晋军入镇州，擒张氏兄弟、家人及同党，磔张文礼尸于市。赵王王镕旧时侍者得赵王遗骸于灰烬之中，晋王命祭而葬之。晋王李存勖兼领成德军，晋耗时一年余，折损大将数员，最终兼并镇、冀、深、赵四州。

李存勖准备封赵将符习为成德军节度使，符习哭着拒绝了，说："旧主无后，符习要为他送葬。旧主入土为安之后，符习再来听命。"葬礼结束后，赵军请李存勖兼领成德军，李存勖答应，又打算另外割相、卫二州，设置义宁军，以符习为节度使。符习又拒绝了，说："魏博军（相州、卫州属魏博）不应分开,符习愿从河南诸镇中选取一镇。"于是晋王封符习为天平军节度使，兼任东南面招讨使。

3. 义武军乱

当初，义武军节度使兼中书令王处直膝下无子，巫师李应之得到一个小儿名叫刘云郎，将其送给王处直，并称此儿有富贵之相。于是王处直将刘云郎收为义子，改名王都。

王都长大后，口齿伶俐却内心狡诈，深得王处直喜爱。王处直后来又生了一个庶子，名叫王郁，但是王处直并不喜欢这个亲生儿子，后来王郁投奔了晋王，晋王将自己的女儿嫁给王郁并提拔他做新州团练使。王处直的其他儿子都还年幼，于是任命王都（就是养子刘云郎）为义武节度副大使，打算让王都做继承人。

在晋王李存勖讨伐张文礼之时，义武军节度使王处直与将领们商议说："镇州是定州的屏蔽，张文礼虽然有罪，但镇州被吞并，定州就不能独自生存了。”于是派人请求李存勖不要发兵。李存勖把张文礼写给后梁的蜡书给王处直看，说："张文礼背叛了我，不可退兵！”（张文礼弑王镕，庄宗发兵讨文礼，处直与左右谋曰："镇，定之蔽也，文礼虽有罪，然镇亡定不独存。”乃谓人请庄宗毋发兵，庄宗取所获文礼与梁蜡书示处直曰："文礼负我，帅不可止。”）

王处直见无法说服李存勖退兵，便派人偷偷找到王郁，令他重赂契丹，求契丹派兵南下牵制晋军。王郁要求王处直传位给他，方才听命。王处直不得已答应下来，可是王处直的定州将士都不愿招引契丹兵。

王都（刘云郎）素为王处直所宠爱，如今眼见王郁即将成为继承人，王都心中不安。

后梁龙德元年（921 年）十月，王处直与张文礼的使者在城东宴饮，直到天黑才回城。王都以义武军人不愿暗结契丹与张文礼，乃率所统亲军劫持王处直，幽之于西第，尽杀王氏在定州子孙及心腹将领，自为留后。王都通告于晋，晋王遂以王都代替王处直为义武军节度使。

后梁龙德三年（923 年）正月，王都到王处直被囚禁的西第去看望他。王处直奋拳殴打王都，大声骂道："逆贼，我何负于汝！”由于手中没有兵器，王处直抓住王都要去咬他的鼻子，王都仓皇逃走。没过几天，王处直就忧愤而卒（抑或被王都害死）。

王处直（862—923 年），字允明，京兆万年（今陕西西安）人。唐末义武节度使王处存弟，唐光化三年（900 年）逐侄王郜自立，据有定、易二州。五代梁、晋相争，王处直结晋抗梁以自存。晋国河北多次战役中，义武军出兵助晋。后梁龙德元年，晋国讨伐张文礼，王处直欲结契丹以自固，被养子王都囚禁而死。

4. 后梁朱友能反

贞明七年（921 年）三月，后梁陈州（今河南淮阳）刺史惠王朱友能（梁太祖朱温的养子）反，举兵进逼大梁（今河南开封）。梁遣陕州留后霍彦威、宣义节度使王彦章、控鹤指挥使张汉杰等讨之。朱友能至陈留（今河南开封东南）兵败，逃回陈州，梁军围陈州。七月，朱友能降，诏赦其死，降为房陵侯。

5. 辰、溆蛮侵楚

后梁龙德元年（921 年），辰州（今湖南沅陵）、溆州（今湖南怀化南）蛮侵楚，楚宁远节度副使姚彦章击退之。

第十五节

契丹南侵大败北还，贤官张公撒手西归（922年）

1. 契丹南侵

后梁龙德元年，也即契丹神册六年（921年）十一月，契丹主耶律阿保机应卢文进之请，并受义武节度使王处直之子王郁之诱，倾全力南侵。王郁劝阿保机说："镇州美女如云，金帛如山，天皇王速往，不然，为晋王所有矣。"阿保机悉发所有之众南侵。

述律后劝谏说："吾有西楼羊马之富，其乐不可胜穷也，何必劳师远出以乘危徼（求取）利乎！吾闻晋王用兵，天下莫敌，脱有危败，悔之何及！”阿保机不听。十月，阿保机率军进入居庸关，十一月攻下古北口，分别劫掠檀州、顺州、安远、三河、良乡、望都、满城、遂城等十余城，将当地百姓掠迁至契丹境内。

十二月，阿保机攻幽州，李绍宏婴城自守。于是契丹长驱南下，围涿州（今河北涿州），不久就攻下了涿州，擒刺史李嗣弼。然后又进攻定州，义武军节度使王都告急于晋，晋王李存勖亲领五千精兵驰援定州。

后梁龙德二年（922 年）正月，晋王来到新城以南，侦察兵报告说契丹前锋住宿在新乐,已经涉过沙河向南进攻。将士们都大惊失色,士卒有逃亡者,主将斩之不能止。诸将都说:“契丹倾国而来，我军寡不敌众;又闻梁寇内侵,我们应该先还师魏州以救根本，请您释镇州之围，西入井陉避之。”晋王正在犹豫不决之时，手下大将郭崇韬说道:“契丹被王郁所诱，是为了财货而来,并非是为了救镇州而来。大王新破梁兵，威震夷、夏，契丹人闻听大王到来,必然心惊气短，如果我们能够挫败契丹的前锋，他们必定逃走。”此时正巧李嗣昭也从潞州赶来，也说:“今强敌在前，吾有进无退，不可轻动以摇人心。”

此时晋王决心已下，慷慨说道:“帝王之兴，自有天命，契丹其如我何！吾以数万之众平定山东（河北之地在太行、常山之东），今遇此小虏而避之,何面目以临四海！”于是亲自率领铁骑五千先进。晋王到了新城之北，刚刚走出桑林一半，契丹万余骑兵见到晋王到来，惊慌逃走。晋王分军为二而逐之，行数十里，生擒契丹主耶律阿保机之子。此时沙河桥狭冰薄，契丹陷溺而死者甚众。当晚，晋王就住宿在新乐。当时阿保机的车帐正在定州城下,败兵回来，阿保机得知晋王到来，赶紧率众离开定州退保望都。晋王来到定州,节度使王都迎谒于马前,请求将自己的爱女嫁给晋王的儿子李继岌。当晚,晋王留宿于定州开元寺。

次日，晋王李存勖率大军趁势赶往望都（今河北定县东北），与契丹展开大战。晋王身先士卒，率亲军千名骑兵先行进攻，遇到了契丹大将秃馁的五千骑兵。辽军以绝对优势围击晋王，骁勇善战的李存勖左右冲杀，却不能突围。双方从中午一直厮杀到傍晚，未分胜负。李嗣昭闻之，率三百骑兵横击契丹，契丹退兵，晋王这才突围而出。接着晋王会合大军奋勇反击，反将辽军击败，北逐辽军百余里直至易州。

契丹北撤至易州，时逢连旬大雪，平地数尺。契丹军人无粮、马无草，倒毙者相望于道。阿保机举手指天，对卢文进说道："天未令我至此。"于是阿保机率契丹军北归。尽管如此，辽太祖退兵之际，仍然法度井然。晋王在辽兵退后，去巡视辽军兵营，见契丹人在地上插了许多禾秆，回环方正，非常整齐。虽然辽军已经逃跑，但禾秆无一枝乱倒。李存勖不禁赞叹道："契丹用法如此之严，中国所不及也！"契丹人马损失惨重，遂自幽州撤到塞外，絷新州团练使王郁以归，自是不听其谋。王郁诱使契丹南侵，自己也没什么好下场。

2. 贤宦张承业去世

张承业（846—922年），字继之，本姓康，自幼净身入宫后被内常侍张泰收为养子，因此改姓为张，唐僖宗时宦官。大唐光启年间，主郃阳（今陕西合阳）军事，赐紫，入为内供奉。乾宁二年（895年），张承业被任命为晋王李克用的监军，随河东军征讨邠宁节度使王行瑜，这是他和李克用、李存勖在那个风云际会的时代合作的开始。讨伐王行瑜之后，改任酒坊使。

乾宁三年（896年），凤翔节度使李茂贞攻打长安，唐昭宗本想到太原避难。张承业因与李克用交好，被任命为河东监军，前往太原秘密安排迎驾事宜。但唐昭宗最终逃往华州（今陕西华县），并未前往太原。张承业加官为左监门卫将军。

天复三年（903年），宰相崔胤在朱温的支持下在朝中大肆诛杀宦官，又命各镇节度使诛杀当地监军宦官。但李克用不忍杀死张承业，将其藏在斛律寺中，并杀死一个罪囚，以应对朝廷诏令，张承业因此得以幸免。因此李克用对张承业有救命之恩。

昭宗遇弑后，张承业复出为监军，竭力辅佐李克用、李存勖父子，以兴唐灭梁为己任。张承业感李克用厚遇，晋王李存勖连年与梁征战，太原军国政事，一律托付给张承业。张承业招抚流散，劝课农桑，贮金谷、买兵马，使河东肃整，晋军不乏馈饷，以此成就了李存勖霸业之根基。对于李克用、李存勖父子而言，张承业功不可没。

而且张承业对留在晋阳的宗室权贵严格约束，太后、嫔妃、诸王等贵戚，如果向张承业提出不合理的要求一概拒绝，若有违法犯禁的必予严惩。由是贵戚敛手，百姓安居乐业。

贞明三年（917 年），李存勖承制拜张承业为开府仪同三司、左卫上将军、燕国公。张承业固辞不受，仍旧担任唐朝官职。

后梁龙德二年（922 年）十一月，李存勖欲登基称帝。当时，张承业正卧病在床，听闻后命人将他从晋阳抬到魏州，劝谏晋王道：“大王父子与梁血战三十年，本欲雪家国之仇，而复唐之社稷。今元凶未灭，而遽以尊名自居，非王父子之初心，且失天下望，不可。”庄宗谢曰：“此诸将之所欲也。”张承业继续劝说道：“不然，梁，唐、晋之仇贼，而天下所共恶也。今王诚能为天下去大恶，复列圣之深仇，然后寻找唐室后人而立之。假如唐之子孙在，孰敢当之？假如唐无子孙，天下之士，谁可与王争者？臣，唐家一老奴耳，诚愿见大王之成功，然后退身田里，使百官送出洛东门，而令路人指而叹曰‘此本朝敕使，先王时监军也’，岂不臣主俱荣哉？”庄宗不听。张承业知不可谏，乃仰天大哭曰：“诸侯浴血奋战，本为恢复唐朝，现在大王却自取帝位，真是欺骗老奴啊。”于是张承业乘肩舆归太原。

张承业返回太原后，不食而卒，终年七十七岁。曹太夫人（李存勖母）闻知，立即赶到张承业家中致哀，为之行服如子侄之礼。晋王李存勖闻其丧，不食者累日。人谓唐宦官少忠贤，而承业独异。李存勖称帝建立后唐后，追赠张承业为左武卫上将军，赐谥贞宪。

后世明代王世贞对张承业的评价非常之高，说："张承业不完人也，然而完人矣。其不受晋爵也，不从晋帝也，其在文若之上乎。"将张承业与三国之时的荀彧相比，尚在其上，张公若泉下有知，也当含笑了吧。

3. 契丹改元天赞

契丹耶律阿保机神册七年（922年），改元天赞。

4. 王氏高丽建国

后梁龙德二年（922年），大封国王躬乂性残忍，海军统帅王建杀之自立，仍称高丽王，以开州（今朝鲜开城）为东京，以平壤为西京。王建宽厚，国人安之。

第十六节

晋王奇袭七日灭梁，后唐建立改元同光
（923年）

公元923年，是五代时期异常精彩的一年，让我们先看看923年上半年的局势。

后梁龙德三年（923年）春，二月，晋王李存勖下教（王之命令曰“教”）置百官，又于河东、魏博、易定、镇冀四镇判官中选唐朝士族，欲以之为相。首选河东节度判官卢质为相，卢质固辞，于是晋王拜义武节度判官豆卢革、河东观察判官卢程为行台左、右丞相，以卢质为礼部尚书。

这是晋王李存勖开始为称帝做准备了，但是，923年的上半年，李存勖还处于左支右绌的状态，灭梁似乎仍然遥不可及。

1. 泽潞李继韬叛晋

上文说到，晋国昭义（下辖泽潞二州）节度使李嗣昭阵亡于镇州，晋王李存勖命其子护葬归晋阳。李嗣昭的儿子李继能以晋王无褒死恤存之命，怒不听命，率领父亲手下数千牙兵护丧径直回到潞州。李嗣昭的长子李继俦为泽州刺史，理当袭爵，然而李继俦性格懦弱，被弟弟李继韬囚禁于别室，李继韬自为昭义留后。晋王不得已，只好承认既成事实，任命李继韬为留后。李继韬虽然窃位成功，但是心中终不自安。龙德三年（923 年）三月，李继韬以泽潞叛晋附梁，梁末帝大喜，更安义军号为匡义军，以李继韬为节度使、同平章事，李继韬以二子为质。

晋国安义旧将裴约驻守泽州（今山西晋城），哭着对部下说："我服侍旧主（指李嗣昭）二十余年，经常见他分发财物，犒赏军士，立志灭敌。不幸旧主去世，尸骨未寒，灵柩未葬，李继韬就背叛君亲，甘心降贼，吾宁死不能从也！"于是裴约据城自守。后梁以其骁将董璋为泽州刺史，率兵讨伐，却久久不能攻克。

李继韬招兵买马，尧山人郭威前来应征，这位郭威便是未来后周的开国皇帝。郭威曾经因杀人而入狱，李继韬爱惜他的才干和勇猛，将郭威收入麾下。时至八月，晋国援军仍然未至，梁军破城，裴约死。

晋国援军为何迟迟未至？原来这边李存勖正在忙着登基称帝呢！

2. 后唐庄宗登基

后梁龙德三年（923年）四月，晋王李存勖在魏州（今河北大名东北）正式称帝（是为后唐庄宗），改天祐二十年为同光元年，天下大赦。他沿用“唐”为国号，又追赠父祖三代为皇帝，与唐高祖、唐太宗、唐懿宗、唐昭宗并列为七庙，以表示自己是唐朝的合法继承人，史家称之为后唐。尊生母晋国太夫人曹氏为皇太后，嫡母秦国夫人刘氏为皇太妃。以豆卢革为门下侍郎，卢程为中书侍郎，并同平章事；郭崇韬、张居翰为枢密使，卢质、冯道为翰林学士，张宪为工部侍郎、租庸使，又以义武掌书记李德休为御史中丞。

其实，后唐庄宗李存勖任命的两位丞相豆卢革与卢程，都没什么才干，只是因为他们是唐代的衣冠名门之后，就加以重用。李存勖如此任命宰相，他后来的失败也就可以预料了。

后唐以魏州为兴唐府，建东京；又于太原府建西京，以镇州为真定府，建北都。以魏博节度判官王正言为礼部尚书，兴唐尹；太原马步都虞候孟知祥（后蜀开国君主）为太原尹，充西京副留守；潞州观察判官任圜为工部尚书，兼真定尹，充北都副留守；皇子李继岌为北都留守、兴圣宫使，判六军诸卫事。

当时，后唐辖有魏博、成德、义武、横海、幽州、大同、振武、雁门、河东、河中、晋绛、安国、昭义十三个节镇、五十个州，后唐正式建立。

3. 李嗣源取郓州

后唐建国伊始，北有契丹寇幽州，西有泽潞叛附于梁，黄河以南尚为梁有，一年之前又损失了卫州军储的三分之一，当真是前途未卜。

恰在此时，同光元年（923 年）闰四月，后梁郓州的一位将领叫作卢顺密的前来投奔，并送来一份非常有价值的情报："郓州（今山东东平西北）守兵不满千人，且守将不得人心，可袭取也。"建议唐军东取郓州。

后唐内部的谋士对这个情报都不大相信，认为可能有诈。郭崇韬等皆以为"悬军远袭，万一不利，虚弃数千人，不可听从卢顺密所言"。

但李存勖和李嗣源（李克用养子，后来的后唐明宗）都喜欢出奇制胜，庄宗密召李嗣源于帐中谋之曰："梁人志在并吞泽潞，不会戒备东方，若得东平（郓州），则溃其心腹。东平果可取乎？"李嗣源先前在胡柳一战中渡河先逃，此事始终是他的污点，常常想立奇功以弥补过失，于是回答说："今用兵岁久，生民疲敝，苟非出奇取胜，大功何由可成！臣愿独当此役，必有以报。"庄宗大喜。二人密谋已定，由李嗣源率领五千精兵，从德胜出发袭取郓州。

同光元年（公元 923 年）四月二十八日，李嗣源和李从珂率领五千精兵乘夜渡黄河，当时天色已暮，阴雨道黑，将士皆不欲进。高行周曰："此天助我也，敌人必然无备。"乘着夜色，后唐军渡河来到郓州城下，守军毫无知觉。李从珂率先登城，杀守卒，打开城门，后唐军一拥而入，进攻牙城（内城），城中大扰。次日清晨，李嗣源兵已经全部进城，攻下牙城，后梁守将刘道岩、燕颙逃奔大梁。李嗣源禁焚掠，抚吏民，一夕而定。庄宗大喜曰："总管（李嗣源）真奇才，吾事集矣！"庄宗即以李嗣源为郓州天平节度使。此战之后，后唐从桥头堡杨刘向前迈进一大步，直接打开了进军大梁的道路，威胁后梁首都。

4. 梁将王彦章攻取德胜城

后唐同光元年（923 年），梁末帝闻知郓州失守后，大惧，斩刘道岩、燕颙于市，罢戴思远招讨使，降职为宣化留后，遣使责备北面诸将段凝、王彦章等人，催促他们速速反攻。老臣敬翔知道梁室已危，以绳纳靴中，入见梁主，泣曰：“先帝取天下，不以臣为不肖，所谋无不用。今敌势益强，而陛下弃忽臣言，臣身无用，不如死！”于是拿出绳子就要自缢。梁末帝连忙让人阻止，问所欲言。敬翔奏道：“事急矣，非用王彦章为大将，不可救也！”

梁末帝朱友贞这次听从了老臣敬翔之言，以王彦章为北面招讨使，以段凝为副。梁末帝问王彦章破敌之期，王彦章对曰：“三日。”朱友贞身边的近臣都哑然失笑。（从大梁出师，三日不能至河上，所以大家都以为王彦章在说大话。）

王彦章，字子明，郓州寿张人。少为军卒，事梁太祖，为开封府押牙、左亲从指挥使、行营先锋马军使。梁末帝即位，迁濮州刺史，又徙澶州刺史。王彦章为人骁勇有力，能跣足履棘行百步。王彦章持一铁枪，骑而驰突，奋疾如飞，而沙陀人莫能举也，军中号为“王铁枪”。

庄宗听说梁末帝任命王彦章为主帅，连忙亲自率领亲军屯驻澶州，命蕃汉马步都虞候朱守殷防守德胜城，并且告诫他说：“王铁枪勇决，乘愤激之气，必来唐突，宜谨备之。”

王彦章以两日从大梁驰至滑州，他召集将士，大摆酒席，暗中却派人在杨村准备船只。时至夜晚，王彦章命六百甲士各持巨斧，与冶工一同乘舟，载着木炭、风炉等物，顺流而下直扑德胜（杨村顺流至德胜，水路只有十八里）。当时酒宴未散，王彦章假装起身更衣，从军营后门潜出，带领数千精兵，沿着南岸直奔德胜南城。

此时天上淅淅沥沥下起小雨，晋国德胜城守将朱守殷屯兵在德胜北城，他以为王彦章出兵不会如此之快，因此毫无防备。哪料到王彦章用兵如神，梁军兵船乘风而来，先让冶工烧断河中铁索，再让猛士用巨斧砍断浮桥，隔绝了德胜夹河的南北二城。与此同时，王彦章率军猛攻南城，由于浮桥已被切断，德胜北城的晋军只能望河兴叹，顷刻之间南城失陷。自王彦章受命出师，到夺下德胜南城，前后正好三日。王彦章又乘胜攻下潘张、麻家口、景店等寨，梁军声势大振。

5. 杨刘之战

后唐同光元年（923 年）五月，后梁大将王彦章三日破德胜南城（今河南濮阳东南）后，前线连接黄河两岸的重要渡口只剩下杨刘了。杨刘一旦失守，后唐孤悬于黄河东岸的郓州就从插入梁军心腹的一把利刃变成一块肥肉了。

后唐庄宗一面命人急赴杨刘（今山东东阿北），一面令朱守殷放弃德胜北城，拆屋为筏，运载兵械浮河东下至杨刘，以助杨刘守备。后唐的粮草则运至澶州（今河南清丰西），仓促搬运之间，物资运至已损失大半。梁军王彦章亦拆德胜南城房屋浮河而下，两军常于河中相遇而战，飞矢雨集，有的木筏在激流中全舟覆没，两军一日百战，互有胜负。等到船只抵达杨刘，两军各损兵至半。

五月二十六日，后梁王彦章、段凝以十万兵力攻后唐杨刘，百道俱进，昼夜不息。又连巨舰九艘，横亘在河中以绝援兵。杨刘城有四次险些被梁军攻陷，全赖守将李周全力拒敌，与士卒同甘共苦。王彦章攻城不下，退屯城南，筑建连营以守之。

杨刘向庄宗告急，请求援军日行百里，速速救援。唐庄宗李存勖亲自率兵救援杨刘，却说："李周在内，何忧！"每日只行六十里，而且边行军边打猎游玩（可见庄宗轻狂）。

六月，庄宗到了杨刘城。庄宗见梁军深沟高垒，无懈可击，于是向大将郭崇韬问计。郭崇韬说："今王彦章据守津要，其实是想攻取郓州。若我军不能南进，王彦章一定向东进军，那时郓州便守不住了。臣的意思是，我们在博州东岸筑造一座新城，截住河津，一可接应东平（郓州），二可牵制敌兵，以分敌军兵势。但如果此计被王彦章识破，派兵攻打我军，我们没有时间筑城，则此计无法成功。臣请陛下招募死士，每日挑战以拖住王彦章。如果能够拖住王彦章十日，城可筑成，我们就不用担心了。”

唐庄宗连连称妙，分万人由郭崇韬带领，自博州（今山东聊城东北）马家口渡黄河，赶筑新城，昼夜不息。

庄宗李存勖在杨刘城下与王彦章苦战，到了第六日，王彦章得知郭崇韬筑城之事，立刻率领数万兵马奔驰而至，攻打后唐新城，并且连巨舰十余艘于中流以绝援路。当时新城刚刚完成版筑，城池尚未竣工，城墙低矮，沙土疏松，楼橹也未建成。郭崇韬慰劳将士，身先士卒，四面拒战，拼死抵抗，同时向庄宗告急。庄宗李存勖从杨刘亲率大军救援，列阵于新城西岸。城中守军见援军到来，士气大增。王彦章见不能取胜，随即解围而去，退保邹家口（麻家口、马家口、邹家口都是黄河渡口，以当地人所居之姓为地名）。

梁军退走后，后唐重新取得了与东面郓州（今山东东平西北）李嗣源军的联系。李嗣源密奏庄宗，请求治朱守殷丢失德胜城之罪。但庄宗顾念朱守殷是自己的旧仆，不忍治罪。由此可见，李存勖的性格弱点非常明显，这也为他将来丧身辱国埋下了伏笔。

七月五日，庄宗引兵沿河向南，王彦章率梁军弃邹家口，重新进攻杨刘。七月十二日，后唐游弈将李绍兴击败后梁游兵于清丘驿南。后梁副帅段凝误以为唐兵已经从上游渡河，惊骇失色，当面责备王彦章不应深入敌境，并率先退兵。当时王彦章是梁军主帅，段凝仗着自己与朝中权贵的关系，竟然欺凌主帅，不听号令，这也为后梁的失败埋下伏笔。

庄宗又派遣元行钦直抵梁营，擒其斥候，并用燃烧的火筏焚毁梁军河中的连舰（列于河流之中以断援兵的战舰），梁军更加惊恐。王彦章听闻庄宗率军已至邹家口，只得解杨刘之围退回杨村（今河南濮阳西），丢弃资粮军械数以万计。唐军尾随追击，重新屯驻德胜城。这一战梁军前后急攻诸城，士卒遭矢石、溺水、中暑而死者万人，委弃资粮、铠仗、锅幕，动以千计。唐军得以复屯德胜城，杨刘解围之际，城中已断粮三日。

6. 后梁决河自固

王彦章恨赵岩、张汉杰等人乱政，曾对左右言道：“待我得胜还朝，一定诛尽奸臣，以谢天下！”赵岩和张汉杰得知此言，自然要陷害王彦章。这也是武将心直口快、不懂政治斗争的弊端。赵岩、张汉杰私下商议道：“我辈宁死于沙陀（李存勖是沙陀人），不可为彦章所杀。”

史载副帅段凝向朝臣行贿，与赵岩、张汉杰等人合谋向后梁末帝隐瞒王彦章战功，又于王彦章战败时诬陷他饮酒轻敌，因此梁末帝召还王彦章，委任段凝代替王彦章为招讨使。段凝就任后，不及百日，后梁亡国。

后梁龙德三年（923 年）八月，梁末帝命于滑州（今河南滑县东，在当时黄河南）决开黄河，使河水东淹曹州（今山东曹县西北）、濮州（今山东鄄城北）、郓州（今山东东平西北），以阻唐军向西进攻大梁。李存勖闻知冷笑道：“决黄河只是害了民田，苦了百姓，难道我军不能渡河吗？”诚如斯言，这人为的水灾给人民带来巨大的灾难，在军事上却没有起到多大作用。

7. 七日灭梁

后唐同光元年（923 年），也即后梁龙德三年七月，后唐经苦战保住杨刘重镇，后梁主帅王彦章因副帅段凝及监军掣肘功败垂成，后梁以段凝为帅。后梁老臣敬翔、李振屡次请求罢免段凝，梁末帝说：“段凝没有什么过失。”李振说道：“俟其有过，则社稷危矣。”段凝厚赂赵岩、张汉杰求为招讨使，敬翔、李振都力争以为不可，赵岩、张汉杰却竭力主张，最终段凝被后梁任命为北面招讨使，于是宿将愤怒，士卒亦不服。天下兵马副元帅张宗奭（即张全义）对梁末帝说："臣为副元帅，虽衰朽，仍然可以为陛下捍御北方。段凝乃是晚辈，功名未能服人，而今大家议论纷纷，臣深为国家忧虑啊。"敬翔也劝道："将帅关系国家安危，如今国势已经危急，陛下仍然不醒悟吗？"这些忠言梁末帝统统听不进去。

八月，段凝率五万大军过黄河剽掠澶州（今河南清丰西）诸县。后梁调王彦章领万人准备收复郓州，西以董璋攻太原，霍彦威攻镇定，准备于十月大举发兵攻唐。

刚好此时，后梁左右先锋指挥使康延孝率领百骑前来投奔庄宗李存勖。庄宗大喜，解下身上穿的锦袍玉带赐给康延孝，并任命他为南面招讨都指挥使，领博州刺史。庄宗屏退左右问康延孝后梁的情形，康延孝将梁军部署和盘托出，禀奏道："梁朝土地不算狭小，兵力也不少，但是论其君臣将校，及其所行之事，则终见败亡。为什么这么讲呢？梁朝主君暗昧懦弱，赵岩和张氏兄弟擅权专政，内结宫掖，外纳贿赂，官之高下唯视贿赂之多少，不择才德，不校勋劳。段凝之辈智勇俱无，却一下子得到重用，霍彦威、王彦章皆宿将有名，却反而屈居段凝之下。段凝自从掌握军队以来，专门用心克扣粮饷，以用来贿赂权贵。王彦章性格刚烈，不耐凌制，可是梁主每次发兵，不能专任将帅，常常派近臣作为监军，军队的进退和调动悉取监军处分，王彦章郁郁寡欢，形于颜色。近日听闻梁朝准备数道出兵，令董璋以陕虢、泽潞之众，趋石会关以寇太原；霍彦威统关西汝、洛之兵自相卫、邢洺以寇镇定；令王彦章、张汉杰统禁军以攻郓州；段凝、杜晏球率领大军以阻挡陛下，决以十月大举。臣窃观梁兵聚则不少，分则不多。愿陛下养勇蓄力以待其分兵，率精骑五千，自郓州直抵大梁，擒获梁主，旬月之间，天下定矣。"庄宗怿然壮之。

话虽如此，但此时的后唐西有泽潞之叛，北有契丹扰边（王郁、卢文进召契丹南侵瀛州、涿州），同时卫州、黎阳为梁人所据，而且后唐自从德胜城被王彦章袭破，丧失粮草数百万，租庸副使孔谦横征暴敛以供军需，百姓四处流亡，租税日少，仓库的积蓄只够半年之用。因此，众将领颇有议和之意，李存勖也很是忧虑，于是召集众将吏商议对策。宣徽使李绍宏等人都说郓州城门之外皆为敌境，孤城难守，不如与梁朝讲和，用郓州与梁朝调换卫州和黎阳，彼此划河为界，休兵息民，日后再做打算。李存勖勃然大怒道："如果依此行事，我将死无葬身之地！"

庄宗斥退李绍宏等人，另召郭崇韬议事。

郭崇韬说："陛下不栉沐、不解甲，转战辛劳已有十五年，目的就是为家国报仇雪恨。现在陛下已经称帝登基，黄河以北的黎民百姓也都盼着您早日平定天下。今日刚得到一个郓州就不能坚守，就要丢掉还给梁国，又怎么可能尽有中原呢？臣担心士兵们心灰意冷，将来食尽人散，虽然划河为界，又有谁为陛下坚守？将领万一有变，谁为陛下守卫黄河沿岸？臣已仔细询问康延孝，了解了后梁军队的全部情况，日夜筹划，现已考虑成熟，我们成败关键就在今年！现在后梁军队的精锐都交给段凝指挥，屯驻于我们南面边境。段凝又决黄河自守，想阻止我们在东面用兵袭击他们的首都大梁，所以他们自以为胜券在握，认为我军仓促间无法渡河，必然防备不严。梁朝又派王彦章进逼郓州，意图是期望我们内部发生叛乱，他们好趁机进攻。据臣判断，这个段凝毫无将帅之才，只是一个无勇无谋攀附权贵的小人，在战场上根本就不能临机决策，无足可畏。近日梁朝的降兵降将都说大梁无兵，臣认为陛下可以留下兵马守卫魏州，坚守杨刘，以应付段凝，然后陛下自己亲自率领精锐骑兵与郓州兵会师，长驱直入，日夜兼程奇袭汴州，汴州没什么军队守卫，城中空虚，肯定会望风而降。如果成功，俘虏后梁的皇帝，梁军诸将自然会倒戈投向我方，半月之间天下必然平定。今年秋谷不丰，我们的军粮将尽，拖下去恐生内变。若非陛下决志，大功何由而成！俗话说，筑室道旁，三年不成。愿陛下当机立断、一举成功，否则后果难测。帝王应运，必有天命，何必畏首畏尾？"庄宗决断道："此正合朕志。丈夫得则为王，失则为虏，吾行决矣！"

唐庄宗李存勖与郭崇韬决计乘后梁兵力四出，都中空虚之机，直捣大梁。九月底，后唐命将士送家属返兴唐府（今河北大名东北），庄宗也将魏国夫人和李继岌送回兴唐府，并与他们母子诀别说："成败在此一举，如果失败，你们就将我们全家聚集在魏州皇宫，举族自焚！”

此战庄宗破釜沉舟，志在必得。十月初二，后唐大军自杨刘渡河，三日抵达郓州，当天半夜即南渡汶水，继续前进，以李嗣源为先锋。初四凌晨唐军与梁军相遇，很快就将梁军击败，一直追杀到中都，将中都城包围起来。中都城毫无防备，唐军于郓州中都（今山东汶上）一战而败梁师，王彦章率数十骑逃走。后唐龙武大将李绍奇（原名夏鲁奇）单骑追之，认出了王彦章的声音，大喊道：“王铁枪在这里！”拔矛刺之，王彦章重伤马倒，遂擒王彦章，并擒都监张汉杰、曹州刺史李知节、裨将赵廷隐等二百余人，斩首数千级。

王彦章曾经对人说：“李亚子斗鸡小儿，何足畏！”至此，唐军擒获王彦章，庄宗对王彦章说：“尔常谓我小儿，今日服未？”又问：“尔是有名的良将，为何不守兖州而守中都？中都无壁垒，何以自固？”王彦章正色道：“大势已去，非人力可为！”庄宗爱王彦章骁勇忠烈，劝他降唐，并命人给他疗伤。王彦章长叹道：“余本匹夫，蒙梁朝厚恩，位至上将，与陛下交战十五年，如今兵败力竭，不死何为？即使陛下怜惜想放我一条生路，我又有何面目见天下之人？岂能朝为梁将，暮做唐臣？此我所不为也。”

庄宗又对李嗣源说：“尔宜亲往谕之，庶可全活。”当时王彦章重伤不能起身，李嗣源至卧室内见之。王彦章躺着对李嗣源说：“汝非邈佶烈乎？”邈佶烈，是李嗣源的小名，王彦章素轻李嗣源，故以小名呼之。次日，庄宗命人以肩舆送王彦章至任城，王彦章以伤患痛楚为由坚乞迟留。

庄宗召集诸将商议下一步的计划，说道：“之前所担心的只有王彦章，今已就擒，是天意灭梁也。段凝仍然率大军在河上，进退之计，宜何向而为？”诸将以为：“传说大梁无备，未知虚实。今东方诸镇兵皆在段凝麾下，所余空城耳，以陛下天威临之，无不下者。若先广地，东傅于海，然后观衅而动，可以万全。”这种主张是让庄宗先利用有利态势扩大地盘，然后再择机而动。但是要知道，战场上的机会稍纵即逝，所以康延孝坚持应该亟取大梁。李嗣源也说：“兵贵神速。今王彦章被擒，段凝未必得知消息；即使有人前去报告，等到消息确认至少需要三日。假设敌军知道了我军动向，立即发救兵，由于直路有决河之水阻挡，敌军只能从白马渡河，数万之众的渡河船只仓促之间也无法完备。我们现在距离大梁非常近，前无山险阻隔，方阵横行，昼夜兼程，信宿可至。段凝尚未从河上出发，朱友贞就已经被我们擒获了。康延孝说得非常有理，请陛下率大军徐行，臣愿以千骑前驱。”庄宗慨然从之。军令下达，诸军皆踊跃愿行。当夜，李嗣源率领前军倍道兼程，直取大梁。

紧接着，庄宗也从中都出发，并抬着王彦章随军。庄宗派人问王彦章此行能否成功，王彦章说：“段凝有精兵六万，虽主将非才，亦未肯遽尔倒戈，殆难克也。”庄宗知王彦章终不为所用，遂斩之。王彦章享年六十一岁。

北宋欧阳修对王彦章的评价说：“呜呼，天下恶梁久矣！然士之不幸而生其时者，不为之臣可也，其食人之禄者，必死人之事，如彦章者，可谓得其死哉！”“公死已百年，至今俗犹以名其寺，童儿牧竖皆知王铁枪之为良将也。一枪之勇，同时岂无？而公独不朽者，岂其忠义之节使然欤？”

此时段凝统帅的后梁大军正在黄河以北，无法救援。王彦章的败卒有逃到大梁的，禀告梁末帝说：“王彦章被擒，唐军长驱直入，马上就要到啦！”梁末帝朱友贞慌得不知所措，聚族哭曰：“运祚尽矣！”梁末帝召集群臣商议，众人面面相觑，无人开口。末帝朱友贞哭着对老臣敬翔说道：“朕平常忽视了爱卿所奏，果至今日。事急矣，请您不要记恨，且使朕安归！”敬翔泣奏曰：“臣受国恩，将近三十年了，从低微到位居相位，皆先朝所遇，虽名宰相，实朱氏老奴耳。服侍陛下就如郎君，以臣愚诚，敢有所隐！陛下初任段凝为将，臣已极言不可，小人朋比，致有今日。如今唐军顷刻即至，段凝限于水北，不能赴救。欲请陛下出居避敌，陛下必不听从；欲请陛下出奇合战，陛下必不果决。纵张良、陈平复生，也难以转祸为福了。臣请先死，不忍见宗庙陨坠。”言罢，君臣相向恸哭。大梁城内惶惶不可终日，乱作一团。

广王朱全昱（朱温的大哥）的儿子朱友诲，任陕州节度使，颇得人心。有人诬陷他结党谋乱，于是朱友贞就把朱友诲召回都城，与兄长朱友谅、朱有能囚禁起来。唐军将至，朱友贞担心他们趁乱起事，就将他们一并赐死。朱友贞还勒令皇弟贺王朱友雍、建王朱友徽自尽。到了这个时候，还不忘内斗，我也真是服了这个梁末帝。

梁末帝登上建国楼，选出自己最亲信的人，厚加赏赐，让他们穿上百姓的衣服，携带蜡书前去催促段凝速速率兵勤王。这些所谓的亲信拿到赏赐后，就不知所终、逃之夭夭了。

又有人建议末帝主动去段凝军中，控鹤都指挥使皇甫麟说道："段凝本非将才，官由幸进，今危窘之际，望其临机制胜，转败为功，难矣。并且段凝听闻王彦章之败，其胆已破，怎么知道他是否能为陛下尽节呢？"赵岩说道："事势如此，一下此楼，谁心可保！"梁末帝又没了主意。

此时同平章事郑珏献计说，请末帝将传国玉玺送到唐营诈降，作为缓兵之计。朱友贞犹疑良久，说道："今日固不敢爱宝，但如卿此策，竟可了否？"郑珏俯首良久，说："但恐未了。"左右皆缩颈而笑。梁末帝日夜涕泣，不知所为。他将传国玉玺放置在卧室之中，突然发现玉玺不知何时丢失了，想是已经被侍臣偷走献给唐军了吧。这时朱友贞最为宠信的租庸使赵岩，已经不辞而别偷偷跑到了许州。

初八，梁末帝知回天无力，对控鹤都指挥使皇甫麟说道："李氏是吾家世代仇敌，不可低头投降居于其下，受其羞辱。吾不能自裁，卿可断吾首。"末帝命控鹤都指挥使皇甫麟杀死自己，皇甫麟答道："臣下只能替陛下仗剑抗敌，岂能伤害陛下呢？臣不敢奉此诏。"朱友贞说："你不肯杀我，难道是准备将我出卖给姓李的吗？"皇甫麟拔出佩剑，想要自杀以明心迹。朱友贞拦住他说："与卿俱死！"说着，握住皇甫麟手中剑柄，横剑往自己颈项一挥，血流如注，倒地死去。皇甫麟也哭着自刎而死。梁末帝朱友贞，在位十年，享年三十六岁。自朱温代唐，后梁只传了一代，共计十六年。梁末帝为人温和，并无荒淫之失；但是他宠信赵岩和张氏兄弟，疏远敬翔、李振等旧臣，不用忠臣之言，以至于亡。

朱友贞有一点还是值得称赞的，他并未选择向仇敌李存勖屈膝投降，而是选择了慨然赴死，保全名节，此举堪比几百年后杀身殉国的金哀宗完颜守绪，而亡国辱身的刘守光、北宋的徽钦二帝则不可同日而语。

次日初九早晨，李嗣源军至大梁，攻封丘门，开封尹王瓒开门出降，李嗣源入城，安抚军民。当日，庄宗入大梁。后梁百官迎谒于马首，拜伏请罪，庄宗慰劳之，命各复其位。李嗣源前来迎贺，庄宗喜不自胜，用手牵着李嗣源的衣袍，以头触之曰："吾有天下，卿父子之功也，天下与尔共之。"（庄宗此言过矣，李嗣源有功，高官厚禄赏之则可，岂能说以天下共之？这也看出庄宗失于稳重，此后不能保有天下。）从唐军渡河，到进入开封灭亡后梁，一共仅有七日。后梁自公元 907 年立国，至此为后唐所灭。段凝自河上入援，中途闻讯，率五万大军降唐。

五代的第一个王朝就此完结了。有几个人的归宿，读者或许会感兴趣，我们在这里说一下。

朱温的两个重要谋士敬翔和李振，下场各不相同。李存勖攻陷大梁后，下诏赦免梁朝大臣，李振对敬翔说："诏令赦免我们，我们一起朝见新君吧。"敬翔反问道："吾二人为梁宰相，君昏不能谏，国亡不能救，新君若问，将何辞以对？"

这一夜，敬翔回到自己的府邸，宿于车坊之中。我想，敬翔这晚一定彻夜未眠，当时他与梁太祖朱温的风云际会、改朝换代，朱温被弑的政治风波，梁末帝十年间的韬光养晦，一桩桩、一幕幕的往事在眼前回放，这一生跌宕起伏。敬翔抬眼望着璀璨的银河默念道："太祖，我无愧于你！"

天将放亮，身边人报告说："崇政李太保已入朝拜见新君了。"敬翔回到室中叹息说："李振枉为丈夫耳！朱氏与新君世为仇敌，今国亡君死，即使新朝赦免我等，我又有何面目再进建国门！"言罢自缢而死。数日后，其族被诛。

再看去朝见新君的李振，也就是当年唐末时酿成白马驿之祸，建议朱温将众公卿投入黄河的那个落第之人，他拜见了庄宗李存勖，数说自己的罪过，屈膝低头，再也没有当初被视为鸱鸮时的威风。后唐重臣郭崇韬说："人们都说李振是一代奇才，我今天看他也不过是一个普通人而已！"由于段凝等人在背后落井下石，李振虽然屈膝认罪，但终究没有逃过一死，他和族人第二天就被处死了，反落得千古骂名。

再说那位租庸使赵岩，真是给他的老爹赵犨丢脸。他靠着祖上的阴德，娶了太祖朱温的女儿长乐公主。开平初年，授卫尉卿、驸马都尉。后来参与诛朱友珪有功，后梁末帝即位，用为租庸使、守户部尚书。赵岩以勋戚自负，贿赂公行，天下之贿，半入其门。唐庄宗灭梁，赵岩却在城破前夕逾垣而逸。赵岩素与徐州贼温韬相善（温韬盗掘唐室皇陵，是个不折不扣的盗贼），前往依之。既至，温韬斩赵岩首级送京师。

庄宗下令缉拿梁主朱友贞（当时尚且不知末帝已死），有梁臣提着末帝的头颅前来进献。庄宗审视一番，怃然叹道："古人有言，敌惠敌怨，不在后嗣。朕与梁主对垒十年，恨不能活着相见一面。现在他已经死了，遗骸应命人收葬。只是他的首级要函献太庙，可涂漆收藏。"

段凝率精兵五万投降后，庄宗赐以锦袍、御马。段凝扬扬自得，毫无愧色。梁室旧臣见到他都咬牙切齿，恨不能生啖其肉。段凝暗地里向庄宗进谗言，排挤梁朝旧臣。于是庄宗贬梁相郑珏为莱州司户，萧倾为登州司户，翰林学士刘岳为均州司马，任赞为房州司马，封翘为唐州司马，李怿为怀州司马，窦梦征为沂州司马，崇政院学士刘光素为密州司户，陆崇为安州司户，御史中丞王权为随州司户，共计十一人，一日罢黜。段凝、杜晏球又联名上奏说："故梁奸人赵岩、张汉杰等十余人侮弄权柄，残害生灵，请皆族之。"庄宗再传诏令，治罪敬翔、李振，说他们党同朱氏，倾覆唐祚，应一并诛杀；朱珪助纣为虐，张氏荼毒生灵，也应诛杀。

除敬翔已死，李振、朱珪、张汉杰、张汉伦等人都被押到汴桥之下处斩。庄宗赐段凝姓名为李绍钦，赐杜晏球姓名为李绍虔。庄宗下诏废朱温、朱友贞为庶人，毁去梁室宗庙，并想掘开朱温坟墓。河南尹张全义劝道："朱温虽为陛下世仇，但已死多年，就不要再掘坟了。"于是庄宗只是命人铲除宫阙，削去封树，便算了事。时至今日，张全义仍然不忘当年朱温在河阳援救之恩，可见也是重情重义之人。

庄宗下令肃清宫室，梁主嫔妃多半怕死，都跪着哭作一团，请求免死。唯独贺王朱友雍的王妃石氏昂首站立不拜，面色凛然。庄宗见石氏体态端庄，不禁爱慕，令她入内侍奉。石氏凛然道："我乃堂堂王妃，怎么可能侍奉你这个强盗？头可断，身不可辱。"庄宗大怒，命将石氏斩首，石氏慨然受刑。庄宗又见梁末帝的妃子郭氏面容姣好，令郭氏侍寝，郭氏贪生怕死，从命去了。

8. 后唐迁都洛阳

后唐同光元年（923 年）十一月，庄宗从河南尹张全义之请，迁都洛阳，废北都真定府复为成德军；复以梁东都开封府为汴州宣武军；梁永平军大安府依唐旧称为西京京兆府。凡后梁所改军镇之名，亦先后恢复唐朝旧称。十二月，庄宗至洛阳。此后至同光三年（925 年）三月，后唐遵唐旧制，复以洛阳为东都，长安为西京，以兴唐府（今河北大名东北）为邺都。

十二月，李继韬母杨氏携四十万两银及财宝贿于后唐朝廷上下，庄宗释李继韬罪，征其入朝，不久因潜谋归镇败露，庄宗斩李继韬及二子。稍后李继俦、李继达兄弟自相攻杀，泽潞遂归朝廷。

后唐基业初成，转向全力治理内政。因其自认为唐朝嫡系，一切法律均从唐旧制。后梁立国后，曾于开平四年（910 年）删改唐代律令格式，并收唐法典旧本焚毁。后唐同光元年（923 年）十二月，御史台奏，唯定州敕库有唐法典全本，请下令由定州节度使录副本进纳，并请后唐法律从唐旧制，庄宗从之。不久，定州进唐律令格式共二百八十六卷。

9. 荆南高季兴亲自入朝

后唐同光元年（923 年），荆南节度使高季昌闻后唐灭梁，为避李存勖祖父李国昌之讳，将名字由“季昌”改为“季兴”，并在司空薰等人的劝说下打算入朝朝见。梁震劝道：“大王不可入朝。唐有吞并天下之志，严兵守险，犹恐不自保，况数千里入朝乎！况且梁朝与唐朝有二十年的世仇，大王是梁朝旧臣，手握强兵，占据重镇，如果亲自入朝，恐怕有去无回。”高季兴不听，亲自前往洛阳朝见。

十一月，后唐加高季兴守中书令。高季兴入朝后，庄宗果然有意扣留他，郭崇韬进谏道：“陛下新得天下，诸侯不过派遣子弟将吏前来朝贡，唯有高季兴亲自入朝，为诸侯表率。陛下应当褒奖高季兴，以劝来者。如果扣留高季兴，背弃信义，就会阻碍四海归顺之心，万万不可。”庄宗于是厚赐高季兴，并放高季兴回去了。

高季兴连忙倍道兼程而去。行至许州，高季兴对左右随从说：“此行有二失，我来洛阳朝见，一失；主上纵我而去，二失。”于是快马加鞭，行李都丢弃不顾，等他过了襄州之境，庄宗果然后悔，命襄州节度使刘训拦截，但已经来不及了。

高季兴返回江陵后，握着梁震的手说：“不用君言，几乎不免虎口。”又对将佐说：“主上百战而得中原，对勋臣夸手抄《春秋》，又竖着手指说，吾于十指上得天下，如此则功在一人，臣下又有什么功劳呢？而且主上经常游猎，经旬不归，荒淫骄矜，不理朝政，必不能久。我可以高枕无忧了！”于是高氏在荆南修城积粟，招纳后梁旧部，以为战守之备。不得不说，高季兴的政治眼光还是非常独到的。

当时吴国得知后梁灭亡的消息，上下震惊，而谋士严可求却全不在意，从容言道：“我闻唐主始得中原，志气骄满，御下无法，不出数年，必有内变。”建议吴国卑辞厚礼，保境息民，以待其变。严可求的看法无疑也是准确而锐利的。